台灣日治時代
青春、愛恨與戰爭的
記憶傷痕

春之夢

許旭蓮 著

推薦序
《春之夢》讀後感

文學譯者　賴明珠

《春之夢》讓我想起年輕時看過的幾部電影：海明威原著小說改編，洛赫遜和珍妮佛瓊絲主演的《戰地春夢》（A Farewell to Arms），賈利古柏和英格麗褒曼主演的《戰地鐘聲》（For Whom the Bell Tolls）。瑪格麗特・米契爾的小說《飄》（Gone with the Wind）改編的電影，費雯麗和克拉克蓋博主演的《亂世佳人》。男女主角，都是俊男美女超級巨星。

俄國作家托爾斯泰的小說《戰爭與和平》、《安娜卡列尼娜》；和另一位俄國作家巴斯特納克的小說，創作歷時八年的《齊瓦哥醫生》，榮獲諾貝爾文學獎，但因內容質疑政權，被當局視為禁書，無法在國內出版，首版破例以義大利文在米蘭發行。但他被蘇聯作家協會開除會籍，也被迫拒絕領獎。《齊瓦哥醫生》電影由奧瑪雪瑞夫、茱莉・克莉絲蒂主演，故事動人，場景壯闊優美，令人回味無窮。

這次《春之夢》難得的是第一本台灣作家以台灣的台南、日本的橫濱、和海南島為背景所創作，從戰時到現代的大河小說。背景和我們更接近，故事也感覺更真實。

女主角依江，是從台灣移民到日本橫濱的第二代，從小父母雙亡，由日本養父母扶養長大。男主角政雄則是從台灣到日本學醫的留學生，兩人由相識而相戀。不久政雄卻因故回台灣，兩人又分隔兩地，並各自結婚，擁有自己的家庭，依江仍時時暗自思念政雄。

失聯多年後，依江第一次回台灣，政雄擔任導遊，領她回台南故鄉，探訪各處名勝，吃遍美食小吃，家鄉處處新奇，樣樣有趣。多年思念的昔日情人雖近在眼前，卻已各自成家，政雄的女兒已長大成人。雖想親近只能克制，謹守分際。一方面回到台南雖說返鄉，卻也近鄉情怯，感覺彷彿觀光客，心情無比複雜。美麗而親切的故事，娓娓道來，如夢似幻。希望不久之後，也能看到《春之夢》拍成電影。

自序

許旭蓮

我來日本已經有一段很長的歲月，在日本生活的時間已經超過在台灣的時日了。因為習慣日本的生活，有時會迷惘自己是日本人，還是台灣人。我寫這本小說時，從住在台南的母親口中，得知二二八事件時，有位湯德章（日本名坂井德章）的律師，不惜犧牲自己，救了很多台南人的生命，受刑前還喊著「台灣人萬歲！」他對台灣人的愛心，令我熱淚盈眶，此時我確信自己是一個台灣人。台灣被日本殖民五十年，不管是在地理上或歷史上都有一段很深的情緣。台灣和日本的年輕人如果不知道這段殖民時代的史實的話，就成為一段空白的歷史。

這部長篇小說是我花了十五年的時間寫的。我參考了很多日治時期的資料，也在台灣採訪許多經歷過殖民時代的長輩，在他們的記憶裡，有愛也有恨。太平洋戰爭時，台灣人作為日本軍去出征，大約有三萬人犧牲。

這本書除了寫台灣和日本的關係外，內容也涉及一九三七年中日戰爭爆發時，橫濱中華街的華僑有許多人被懷疑是中國的間諜，受到日本憲兵嚴格的管制，也遭受種種的迫害。

書中男女主角的因緣是發生在橫濱中華街，所以橫濱中華街也是重要的歷史舞台之一。為了寫這部小說，我也採訪了許多住在中華街的老華僑，從口述中得到許多寶貴的資料。

作品中描述被捲入戰爭的洪流，而無法實現的愛戀，在彼此獲得各自伴侶後的再相會。但失去的青春已經無法挽回，此時必須用大人的智慧來選擇不同階段的人生。幸福的形式不是只有一種，必須思考如何來作決斷。最近常在電視上看到烏克蘭的戰爭，使我想起義大利一部有名的電影《向日葵》。舞台是烏克蘭，因戰爭而失散的戀人，再相會時的無奈及傷痛，無法言喻。戰爭是殘酷、無情的，會造成妻離子散，並奪走人民的幸福，使人失去愛情、親情和友情。

最後，要感謝兩位在戰爭中受過苦難的長輩留下的自傳，讓沒有經歷過戰爭的我了解戰爭的悲慘，使這部創作小說能真實地描述當時的情景，兩位雖都已不在塵世了，我對他們的恩情永遠不忘。去年（二〇二一年）日文版出版後，受到台南台灣首廟天壇徐國潤董事長的看重推讚，也得到台南黃偉哲市長的誠摯鼓勵，感到非常榮幸。感謝貴公司前總經理莫昭平女士大力推薦此書給時報出版，及趙政岷董事長盛意地給予我出版的機會，才得以實現宿願。借這本中文書的一角，感謝山中啟二先生將我的中文原稿翻譯成日文出版，且在出版後榮獲兩項日本文藝創作首獎。最後更值得我一提的是默默地支持我又鼎力協助我的台南中華醫事科技大學的蔡淑芳副教授，在此獻上我由衷的謝意。

目錄

第一章
軍鞋與青春

關帝廟

一八九五年（明治二十八年）台灣被日本併吞為殖民地，日本在台灣設立總督府統治台灣。中日戰爭開始後，實施皇民化政策，推動同化台灣人為日本人的運動，強制台灣人使用日語及更改為日本名字。太平洋戰爭期間還實施志願兵和徵兵制度。約有二十一萬台灣人作為日本軍．軍屬參加中日戰爭和太平洋戰爭。兩場戰爭，約三萬人戰死。直到一九四五年（昭和二十年）日本戰敗為止的五十年間，台灣是日本統治下的殖民地。

南京町

我穿著深藍小碎花的長褲、白毛衣，和一雙平時捨不得穿的黑色塑膠鞋，心裡迫切地想去南京町找我最愛的姑姑。為了找姑姑我要乘換兩種電車。

我從洪福寺前的車站搭乘橫濱市營電車，在浦舟町站下車，轉換開往南京町方面的電車。

星期天的車內很擁擠，有胸前斜掛著彩帶準備出征的士兵，旁邊有拿著太陽旗陪同的父母和朋友們，坐在士兵身邊一個年輕女性，拿著寫有祝賀詞的大太陽旗，應該是他的夫人吧。從後座傳來興奮的聲音：「相撲選手雙葉山真了不起啊！今年連勝四十場。」「不知還能破多少次最高紀錄呢！」「真的好厲害啊！」對連勝的雙葉山就像自己勝利一樣感到自豪。我覺得日本人把戰爭一直連勝和相撲選手雙葉山連勝，這兩種興奮的心情重疊在一起。

我在花園橋站下車，十一月的上午雖然空氣很冷，但是天空湛藍清澈，所以心情很好。沿著左手邊的橫濱公園，進入南京町，南京町的入口房子很少，一直走進去，店鋪就多起來了，形成一條店鋪大街。

在店鋪大街的入口邊有加賀町警察署、啤酒廳，還有幾間氣派的中華料理店。料理店的建築顏色很華麗，有朱紅、翠綠、橘黃等等，非常鮮豔，牆壁的雕刻及屋頂的裝潢，彷彿是日本傳說中的龍宮城，料理店旁邊停著可以送外賣用的腳踏車，還有個竹筐裝在車架上，電線桿上到處貼著料理店的廣告單，五花八門。南京町對我來說好像是另一片天地。

街上有穿著中國服的孩子們一邊吃著零食，一邊玩耍，偶爾有拖車通過，馬路很寬闊。雖說是星期天，但比我以前來的時候人要少。要去姑姑工作的洋品店，就要從大街彎進小巷子，我想早點見到姑姑，不知不覺地小跑步起來。

一進到巷子，能聞到各種調味料的香味參雜在一起。有人說日語，也有人說著我聽不懂的話，聽上去應該是中國話。

我想沒有日本小孩會自己一個人來南京町，但是我不怕，我去過姑姑的店好幾次，而且也喜歡中國菜的香味。

在理髮店和雜貨店併排的巷子裡可以看到掛著「金山洋品店」的招牌。我喘吁吁地從木框的玻璃窗往裡看，有好幾個男客人，好像是日本人，還有西洋人和穿著中國服的人，大家看起來都很像有錢人。

「今年夏天的……北支事變……上海也是……」

「……共產黨和國民黨……抗日戰線的……」

透過玻璃窗，斷斷續續聽到了他們的對話。因為是快步走來的，所以毛衣下面滲著汗，吐出的熱氣模糊了玻璃窗。

「……如果這場戰爭持續下去的話……南京町也……」

對了，今年夏天，北支（中國北部）發生了事變。日軍政治宣傳口號「暴支膺懲」，意思是說為了要「懲治暴虐的中國」，是日本軍隊做出的戰鬥。他們是在說那場戰爭吧，和南京町又有什麼關係呢？

不知不覺地豎起耳朵仔細聽時，忽然從我的頭上傳來很大的一聲：「喂！」

我急忙回頭一望，看到兩個表情嚴肅的憲兵站在那裡，其中一個憲兵手上拿著傳單寫著「防諜強化運動」。

「妳為什麼一直在窺視這家店？」

原來從剛才我就被注意了，心想一定要冷靜地回答：「我是來見姑姑的，我姑姑在這家店工作。」

我像優等生那樣禮貌且清楚地回答著，並儘量控制住自己顫抖的聲音，心臟跳動得很厲害，自己都能聽到怦怦的聲音。

「妳是日本人，還是華僑？」

「日本人。」

「在哪裡上學？」

「保土谷第二尋常小學，六年級。」

「妳姑姑是日本人嗎？」

「是。」

憲兵互相使了個眼色，傲慢地說：「好，去吧！」然後就離開了。

嚇得我身上冒冷汗，心臟還在怦怦地跳，大口吸氣、吐氣了好幾次，才緩過氣來。我走到門前，輕輕地敲門。為了讓姑姑從裡面能看到我，我又急忙退回到玻璃窗前往裡面看。

姑姑注意到我，露出驚喜的笑容，來打開門並說：

「是依江喔，妳來了啊！真高興看到妳，快進來！」

姑姑溫柔地牽著我的手，把我帶進店內。

店內很暖和，玻璃櫥窗裡有中式服裝、洋裝、領帶等整齊地陳列著，也有看起來很高級的蕾絲、桌巾、厚實的毛巾，還有結實傘柄的雨傘，櫥窗的一角排列著好幾根菸斗，散發出沉穩的光澤，簡直像是另一個世界。那裡有很多西洋的東西，有些是我第一次看到的。

姑姑把我介紹給店裡的客人們：「她是我姪女，我們感情很好哦。」

「哈囉！」

「妳好！」

大人們一起往我這邊看，和我打招呼。雖然有些不好意思，我還是邊鞠躬邊說：「初次見面，我是沼田依江。」

其中一個身穿和服、留著整齊鬍子的人說：「妳就是依江啊？妳好！」

接著就向姑姑問道：「這孩子就是台灣何正孝的女兒？」

「……嗯，是啊……」

姑姑含糊其辭地回答，然後馬上說：「哎呀哎呀！打擾大家談話了，真是不好意思呢。你們請繼續，我和這孩子去二樓一下……」

姑姑牽起我的手，快步帶我往裡面走。

何正孝是我親生父親的名字，他怎麼會知道呢？

秀子姑姑

二樓是姑姑的房間，她帶我上樓。

「依江，快進來！」

房間雖然小，但裡面擺放著很有品味的櫃子和桌子，外套、帽子、收音機都擺放得很整齊。一走進房間，我就感到很舒適，小書架上醫療方面的書籍和西式的檯燈擺在一起，一看就感覺是姑姑的房間。

「妳能來我太高興了，今天是怎麼了？」

「媽媽和吉則他們一早就去東京的親戚家，我應該看家，但是很想見姑姑，就過來找您了。」

「我哥哥……喔不，妳爸爸呢？」

「從昨天就出差去廣島了。」

「不看家，自己一個人跑出來，沒關係嗎？」

「沒關係。我會趕在媽媽他們回家前回去的。」

「哈哈，妳真有一套。」姑姑小聲地笑著。

「姑姑，剛才那個留鬍子的大叔，為什麼知道我親生父親的名字呢？」

姑姑停止了微笑，臉上神情慎重起來，說著：「他是這家店的老闆，年輕的時候，和沼田家父親，還有妳親生父親都是很親密的朋友，他還去過台灣呢。」

「啊，是嗎。那麼，那個……」

我正想要再多加詢問時，姑姑笑著對我說：「對了！對了！有個德國朋友送給我年輪蛋糕，妳想吃嗎？」

「……哇！好想吃吃看。」

雖不知道年輪蛋糕是什麼樣子，但我已察覺到姑姑不喜歡提到這個問題，還是不要再多問比較好。

姑姑把年輪蛋糕擺在有粉紅色小花的白瓷碟上，拿給我。

「真好吃！我能不能剩下一半給弟弟們帶回去。」

「吉則和吉彥的份，等下次去妳家拜訪的時候會帶過去的，所以妳全都吃了吧。」

正在這時，樓下傳來老闆的聲音：「秀子，下來一下！」姑姑聽到後，馬上下樓去了。

姑姑烏黑亮麗的秀髮盤了起來，身上穿著色彩鮮豔的小花紋和服，姑姑以前和我們一起住在葉山的家裡時就穿得很高雅，現在看來比以前更華麗。

我快吃完年輪蛋糕的時候，姑姑回來了。

「老闆今天特別放我一個下午的假，所以我帶妳去南京町逛逛吧。」

我跟著姑姑走下樓梯，剛才的客人們都已經走了，只剩下鬍子老闆一個人在辦公桌前打著算盤，他戴著金戒指的粗手指，輕快地劈里啪啦上下移動著算珠。當他注意到我們下來的時候，把眼鏡往下推，說道：「秀子，明天見。」

然後，仔細打量著我微笑地對姑姑說：「這孩子和沈小姐長得很像呢……」沈月華……，我的親生母親，看來老闆也認識我的親生父母。

「妳到沼田夫妻家多久了？」

我正在猶豫怎麼回答時，姑姑代我說著：「已經十二年了，她現在上六年級，對哥哥們來說，這孩子就跟自己的親生孩子一樣。」

姑姑說這些話的時候，老闆正用溫和的眼神看著我。這是第一次，我從養父母和姑姑以外的人口中，聽到關於台灣親生父母的事情。

「那麼，老闆，我們就先出去了。依江，我們走吧！」

姑姑不喜歡提到我的親生父母這個話題，很快地帶著我離開洋品店。

從小巷走到大街上，除了數間大的中華餐廳外，還有理髮店、蔬菜店、雜貨店、咖啡店、兌換錢的商店、古董店等各式各樣的店。

我邊走邊好奇的看著周遭的事物，姑姑說道：「我們日本人稱這裡為南京町，但住在這邊的華僑稱這裡為唐人街。」

「唐人街？」

我也小聲跟著讀「唐人街」，姑姑開心地看著我說：「那我們先去露天的藍天市場看看吧，那裡有很多妳沒看過的食材呢。」

從店鋪大街上的一間雜貨店旁進入小巷子，看到很大的露天廣場上擺滿了攤子，有賣肉、魚、洋酒和罐頭的店，也有賣大塊的生豬肉。我還發現有在水盆裡張著大口呼吸的鯉魚，及關在鐵籠裡鳴叫的雞。廣場上，一大群人嘰嘰喳喳說著快速的中國話。

「有很多麵店啊。」

「在市面上日本人經營的中華麵店都會一大早就來這裡買麵。」姑姑告訴我。

「喔！所以來買的不只是南京町的人。」

過了一會兒，就一個接一個地收攤了。

「已經是收攤的時間了，藍天市場只開到中午，我帶妳去看看別的地方吧。」

從市場的小路上，我們繼續走到稍微寬闊的街道上，轉向右邊的街角。

「這裡有間關帝廟，好不容易來一趟，我們進去拜拜一下。」

「關帝廟是供奉哪個神明？」

「這裡是祭祀《三國志》裡關羽的寺廟。」

提到《三國志》，我多少也知道一些，是以前中國武將的故事，主人公有劉備、關羽、張飛，還有諸葛亮。

令人吃驚的是南京町裡竟然還有一所學校，關帝廟就在學校的後面。沿著石板小路往前走，在環繞著香火味的空氣中看到了中國式的寺廟，廟裡豎立著一個很大的人物雕像，臉龐是紅色的。我想那一定是關羽。

廟裡有很多華僑點著長線香參拜，也有人跪著向神像喃喃自語，和日本神社的祭拜方式有些不同，線香的味道很有異國風味。

我對關帝廟裡的氣氛感到很好奇，回過頭來，發現姑姑不見了。環視四周，看到她在稍遠的地方，和一位穿著中式服裝的女士說話，我急忙跑過去。那位女士看到我來了，便和姑姑揮手離開了。

「姑姑您懂中文啊！」

「不是中文，我們是說台灣話。我年輕的時候也和哥哥們一起住在台灣，所以會說台灣話。南京町的華僑說廣東話的人比較多。」

「台灣話還有廣東話和中國話都不一樣嗎？」

「兩種都是方言，發音和中文完全不同，可以說是另一種語言。」

穿過參拜的人潮，我們再次回到街上。

「姑姑也經常來這裡參拜嗎？」

「只是偶爾呢。那個……就……我認識的一位台灣醫生會邀我來。」

「是台灣人嗎？」

「是的。是我在台灣時認識的，現在他在南京町開醫院。」

姑姑看來又害羞又開心，和提到我親生父母時的態度有所不同。

「是不是林醫師？我從父親那裡聽說過。」

「對了，依江，下次要不要見見他？林醫師要是見到妳的話，一定會很開心的。」

出了關帝廟，走到了剛才看到的那所學校的正門口。

今天是星期天，但好像是有什麼活動，穿著黑色制服戴著學生帽的男生們從學校裡走出來，看上去和我年紀差不多。

「妳肚子應該餓了，我現在帶妳去吃午餐。」

姑姑帶我到大街上，街上有幾間氣派的飯店，門口停著好幾輛嶄新的人力車。姑姑毫不猶豫地走進了一家飯店，裡面天花板很高也很華麗，圓桌上鋪著雪白桌布，還有豔麗的朱紅色柱子，並裝飾著豪華的工藝屏風。店內只有一組客人，看上去像是中國人的家族。

「對不起！今天不能為您準備座位了。」店裡的女服務員對姑姑說。

「可是店裡這麼空啊。」

「真不湊巧，今天都預約滿了。」

「哦！對喔，今天是賽馬的日子。」

姑姑有些失望地帶我走出了店門。

我問：「賽馬的日子會有什麼不一樣嗎？」

「根岸那個地方有個賽馬場，賽馬比賽的那一天，賭贏錢的人會到南京町來請朋友們吃大餐。」

接著，我們從大街轉入小巷，姑姑推開一家店的門，說：「沒有預約，可以嗎？」很幸運地，我們馬上被帶到座位坐下了。

「這裡的雞肉料理很有名呢。有白切雞、油淋雞、烤雞……我們都點來吃吃看吧。」

「姑姑，您對這家店很熟悉呢。」

「林醫師的家人很喜歡雞肉料理，有時會邀請我來這裡吃飯。」

我突然明白，姑姑一個人住在南京町也不會感到寂寞的原因了。沒過多久，從賽馬場回來的人們一個接一個地走進店裡，店裡坐滿了人。

「人開始變多了，吃不完的妳打包帶回家吧。」

「不行！我是瞞著媽媽來見姑姑的。」

「呵呵，是啊！那麼我打包拿給我們旁邊蔬菜店的老闆娘，她也很喜歡這家店的雞肉料理呢。」

之後，我們又坐市營電車來到伊勢佐木町，在一間叫「不二家」的西餐廳吃了芭菲甜點。「妳要趕在妳媽媽他們回來前回家吧！」在傍晚前姑姑將我送到車站，我從電車的窗戶向姑姑揮手道別。

對於小學六年級的我來說，這一天充滿奇蹟，好像做夢般，分別的時候我差點哭出來。

我親愛的姑姑，真希望還能馬上再見到您啊！

養母

隔年，一九三八年（昭和十三年）四月，我小學畢業後升入高等女子學校，那是一所在山丘上的學校，從家裡步行要二十分鐘左右。

放學後，我偶爾會從和家裡相反方向的地方走下山丘，從保土谷站乘坐往伊勢佐木町方向的市營電車，目的地是去電影院。電影院門口經常會貼滿正上映或即將上映的電影廣告。

當時學生去電影院，必需向學校申請，沒申請就去電影院，被教護聯盟發現的話，會向學校報告並受到處罰。所謂的教護聯盟，在當時是為了防止兒童、學生有不良行為，由當地的學校和警察聯合組成的團體，經常在繁華街道巡視。

如果只是欣賞看板或海報的話，可以不用提交申請，也能在喜歡的時間去欣賞海報上演員的服裝及電影場景的圖片，還有詳細的說明文字，對我來說是件非常有樂趣的事。

女子學校二年級的春天，我正聚精會神欣賞電影院的海報時，突然有人對我說：「小姐，我在這裡經常看到妳呢。」

好像是售票窗口的工作人員，可能看到我常來這裡不進去，只是轉來轉去，所以感到奇怪吧！我稍顯緊張地回答說：「是的。因為我很喜歡看電影，但是不能經常進去看，所以就欣賞看板和海報。」

「妳喜歡什麼樣的電影呢？」

我猶豫了一下，小聲地回答：「……不是戰爭題材的電影。」

這位叔叔聽了後點點頭，也小聲回答說：「是喔。」

然後他向入口的負責人示意了一下，招手叫我進去。我既驚訝又高興地急忙跟了上去，場內正在放映著《一個巨星誕生》的美國電影，導演是威廉・威爾曼，主角是傑內・蓋納和弗雷德里克・馬奇，從海報上看到的畫面自然而然地浮現在腦海裡。

這位叔叔帶我來到一間小辦公室，讓我坐在木椅上，接著說：「如果那麼喜歡看電影的話，妳每天幫我打掃一個小時作為交換條件，妳就可以隨時免費看電影，妳覺得這樣好嗎？」看起來他應該是這個電影院的負責人。

「真的嗎？太謝謝您了。我願意做。」

從第二天開始，我在電影院打掃，每天回家的時間都會比平時晚一個小時，學校較早放學的那天，我會在電影院裡看電影。兩週左右都平安無事地過去了。

「我回來了。」

一天傍晚，我推開房門，養母從屋裡飛奔過來，用很刻薄的語氣問道：「怎麼回來這麼晚？每天都這樣，到底去做什麼要緊的事啊？」

從開始打掃電影院那天起，我都找藉口來騙養母，但好像已經到極限了。

我坦白說出真相，養母聽後臉色鐵青地說：「妳還會和電影院的人進行那樣的交易，真難以置信。這可不是正經人家的女兒該做的事。」

「對不起，其實……」

養母歇斯底里地大聲叫，正在客廳茶几上寫作業的弟弟們，嚇得肩併肩地靠在一起。

「妳有什麼資格看電影啊，而且在這個局勢下還去看外國電影，妳不要讓我擔心好嗎。」養母持續叫著，最後可以說是變成尖叫聲。

「是的，媽媽，我知道錯了……」

「真是的！一定是受了秀子的影響吧！電影啦、音樂啦……」

但是我並沒打算放棄電影院的打掃工作，我和老闆商量了一下，他說：「妳母親的擔心我也能理解，現在這種時局，因為和中國的戰爭還有和滿洲國的關係，我們國家和美英之間也是處於高度緊張狀況。說不定馬上就不能上映歐美電影了，趁現在多看看，即使不能每天來打掃，也沒關係。」

自我進了高等女子學校後，養母對我生氣的次數好像增加了，可能是因為價值觀不同，也可能因為我們不是親生母女。雖然不像小說故事中的「後母」那樣明目張膽地對我不好，但是每當她說「為什麼妳會這樣呢？」就會讓我覺得她在暗地裡一定想說：「妳不是我們親生的孩子。」「妳不是日本人，才會這樣。」每當遇到這些不如意的事時，我就很想去見姑姑，雖然她不會替我去指責養母，但每次都會安慰我說：「依江，只要按照自己的想法去做就可以了，我會支持妳的。」

有一天，我和姑姑去伊勢佐木町那條繁華街看「歌唱大賽」，聆聽素人歌手的歌唱比賽。當時的會場是伊勢佐木町的電影院，因為電影院放映機故障，所以利用修理的這段期間，舉辦歌唱比賽。我和姑姑併排坐著，聽著出場者唱的流行歌曲和民謠歌曲，自己竟然也產生了想在舞台上高歌一曲的衝動，主持人好像看穿我的心思一樣地說：「今天也接受台下客人的臨時挑戰，有意願的人，請到舞台上來。」

我竟然舉起手，我自己都覺得不可思議。

我聽到坐在我旁邊的姑姑驚訝地發出了「咦？」的聲音，主持人說：「有人馬上舉手了呢，請上來吧！」聽到這些話，我快步走了上去。

舞台上比觀眾席亮得多，我能感受到照明燈的炙熱。

「歡迎歡迎，妳要唱什麼歌？」

「我想唱〈悲傷的搖籃曲〉。」

「是電影《愛染桂》的主題曲。」

那是前年，也就是一九三八年（昭和十三年）上映的電影《愛染桂》，是一部暢銷電影，我在電影院看過好幾次，主題曲也非常流行，經常在收音機裡播放。

樂團開始進入前奏，我擔心不能抓住開始唱的節拍，穿著白色禮服的指揮者，他用眼神暗示我：「妳可以開始了。」照他的指示我開始唱了。那些看熱鬧的聽眾，在聽我唱了幾小節後，都露出了驚訝的表情。我能感受到隨著我的歌聲，場內氣氛愈來愈熱烈，歌聲結束的時候響起了熱烈的掌聲，我感覺到周圍的溫度又上升了幾度。評審是位很有名的民謠歌手，他誇讚著說：「音色很美，節奏感也很好，又有感情，妳很有天分。」

在我之後也有幾位聽眾出來演唱，持續到比賽的後半部。

比賽結束後，另一位評審，走到我的座位邊說：「我覺得妳可以考慮接受正式的訓練課程呢。」同時給我一張名片，是東京音樂事務所的經紀人。

姑姑開心地說：「妳從小就喜歡音樂，而且又有歌唱的才能，這次終於證明了。」

「謝謝您褒獎，我記得小學的時候，姑姑在南京町的樂器店，帶我去彈過鋼琴。」

「妳還記得啊！那時的依江，真的是一副很想彈鋼琴的表情呢。」

很憧憬彈鋼琴的我，那次是第一次觸摸到鍵盤，並且按出聲音。記得那是一間專門賣鋼琴的店，是中國人開的，路過的時候，我被店內的鋼琴吸引住了，不想離開。姑姑去拜託店裡的人，讓我試彈一下，那時我在心裡奢望過：「好想要有一台鋼琴。」

我也記得被姑姑帶進店內，看到有黑色、胭脂色、紅木色、還有原木棕色等許多顏色的鋼琴，「哪一台都可以試彈哦！」店裡的人笑著對我說。

我選了一台黑色鋼琴，店裡的人幫我打開琴蓋，精美的白色鍵盤赫然可見，我不由得發出了「哇！」的聲音，用右手食指按了靠中間的琴鍵，象牙鍵盤彷彿黏在手指上一樣，和學校裡的風琴是完全不同的。低音好似從地底傳來，中音很柔和能適合各種表達，高音好像可以看到各種色彩的光輝。

「能在南京町彈到鋼琴，我是連做夢都沒想到啊。那時候的事，我至今難忘……」

我不知道我有沒有音樂才能，但我是真的很喜歡音樂，我也很高興姑姑能支持我。但是養母卻不同。所以，我在家裡並沒說過關於那個歌唱比賽的事。

以前我和養母之間有過這樣的事。

有一次女子學校比平時提早放學，我回到家，打開門，養母慌張地跑了出來。

「我回來了。」我和平時一樣說著。

「妳今天怎麼了，回來這麼早？」

門口放著一雙陌生男子的鞋子。

「家裡有客人嗎？」

「是啊。妳打過招呼就進去自己的房間吧！」

只見一位青年坐在客廳茶桌那裡。

「初次見面，妳是依江小姐吧，我是林清一。」

「初次見面，請你們慢慢聊。」

說完後，我就進去自己的房間。還是聽得到養母和青年的對話：「那孩子從小就不怎麼跟我說話。」

「但是我從秀子那裡卻聽說她是個坦率又聰明的孩子呢。」

「養別人家的孩子沒什麼好處，既花錢又費力。」

聽到這些話深深地刺痛了我的心，但怎麼說養母也是對我有養育之恩，對於她說的這些話，我只好裝作沒聽見。

「對了！清一，秀子在你父親的醫院幫忙已經快一年了吧。」

「父親的醫院忙不過來的時候，她就會從洋品店過來幫忙，真是幫了我們大忙，真不知道如何來感謝金山老闆的協助呢。」

「我們也要感謝你們，謝謝林醫師經常讓秀子拿藥來給我丈夫，也請代我向林醫師問好。」

當晚吃完飯，桌上擺了好多中式小點心，弟弟們高興得跳了起來，我想應該是那位叫林清一的青年帶來的吧。

梨花

我們高級女中的所在地是在一個山丘上，也是觀賞櫻花的聖地。一到春天，整個山丘就被櫻花所覆蓋，無論是從我家的坡道上來，還是從保土谷站上來的坡道，兩邊都是櫻花盛開的林蔭大道，有好幾次學生們頭上有著掉落的櫻花花瓣，但自己卻不自知地走進了教室，花瓣在教室裡飛舞著。在櫻花季節的不斷更迭中，政治時局正向黑暗危險的方向急速發展。

就在我去參加「歌唱大賽」的那時期，美國對日本進軍中國的事感到不滿。宣布廢除日美通商航海條約。這是一九三九年（昭和十四年）七月的事，正如電影院負責人所擔心的那樣，當時被稱為支那事變的日本和中國的戰爭，還有日本和滿洲國的關係，都是造成美國和日本對立的原因。

第二年一九四〇年（昭和十五年），通商條約廢除，美國和日本中斷了貿易往來，日本為了能從東南亞獲取資源，而採取了南進政策。

另一方面，在歐洲，希特勒率領下的德國向英國和法國發起了戰爭，征服了歐洲多個地方，日本與德國、義大利結成了日、德、義三國軍事同盟。

就在這時，電影院的負責人去世了，在這種悲傷當中，我決定暫時不去電影院，專心準備師範學校的入學考試。

在我小學六年級時，從中國北方開始的戰爭蔓延至全中國。與此同時，日本加強了南進政策，進駐了法國殖民地中南半島。對於日本的這一舉動，美國愈來愈看不慣，中止了對日本石油的輸出。日本政府則是抗議美國、英國、中國、荷蘭四國對日本經濟進行封鎖政策，這就是所謂對日本的ABCD包圍陣。

想要擴大領土的日本，和想要抑制日本領土擴大的美國，兩國的緊張狀態與日俱增。終於在一九四一年（昭和十六年）十二月八日，日本偷襲珍珠港，並向美國和英國宣戰，日本民眾是事後在上午七點收音機的廣播中才被告知這件大事的：「現在播報臨時新聞，大本營陸海軍部十二月八日上午六點發表：帝國陸海軍本月八日凌晨，在西太平洋與美國、英國軍隊進入戰鬥狀態。」

我帶著五味雜陳的心情來到學校，因為中午有重大的廣播，所以大家都聚集到學校操場，播音員宣讀了開戰的詔書：「朕在此向美國及英國宣戰……」、「對美國及英國之宣戰詔書」，大家都站直不動，低著頭在聽。

同月十二日，又發表了「關於這次對美英戰爭，包括支那事變在內的戰爭統稱為大東亞戰爭」。

我對政治和國際形勢很感興趣，偶爾會向養父詢問報紙和廣播上報導的內容。但是，我會儘量避免讓養母知道，因為養母總是會嘲笑地說：「妳明明是個女生，為什麼對這些事情這麼關心。」但養父總是一臉溫柔地，戴著圓框眼鏡笑咪咪地對我說：「妳能對這些感興趣是很好的事情，這和男生還是女生沒有關係的。」

「爸爸，美國明明擁有那麼廣闊的國土，為什麼要妨礙日本進軍世界呢？」

「可能是因為日本強行在中國的東北部建立了滿洲國吧，美國和中國本來有貿易往來，但自從日本進攻中國以後，就不能像以前那樣自由貿易，所以非常不滿日本的侵攻行為吧！」

「話雖如此，但美國也不能因此停止和日本的貿易往來啊。就因為這個原因，日本才不得不從南方採購石油和橡膠吧。」

「南下政策也是為了能得到軍事資源。」

對我的提問，養父總是仔細地分析，為我解釋現在的狀況。

對英美戰爭開始後，因為是敵國語言，就不上英語課了。本來很喜歡英語的我感到很失望，有一次我對養父說：「正因為是敵國的語言，所以才有必要學習英語。」正在閱讀報紙的養父抬起頭來，用溫和的眼神等著我繼續把話說完。

「要是我們不會對方的語言，無論你是和他戰爭還是談判，都沒有辦法溝通啊。」養父邊聽邊點頭表示同意。

但是養母卻說：「妳這孩子胡說什麼啊！如果被鄰居誤認我們是反動分子，該怎麼辦呢？」

在女子學校我的同班裡，有一位叫雨宮梨花的，她到小學都一直住在美國的洛杉磯，每次班上的同學和我為珍珠港的勝利，和日美開戰而興奮不已時，她卻總是一個人默默地躲在角落裡。

一個同學故意用半逼迫的語氣問她：

「日本和美國，妳支持哪一方呢？」

「當然是美國啊！」

教室瞬間安靜下來，大家都默默地看著梨花。

本來就經常孤獨一人的梨花，自從那次以後，就被班上的同學完全孤立了。

但我卻被梨花的個性所吸引。有一天，我決定要和梨花聊一聊，於是叫住了正要走出校門的梨花。

「一起回去嗎？」

她瞄了我一眼，便大步往前走，我趕忙快步追上。道路兩旁，是葉子已掉落的櫻花樹，走到梨花旁邊。我說道：「梨花，妳是在保土谷站下車吧。我是從相反的方向回家。」

她開口問道：「那妳走這個方向可以嗎？」

「沒問題的。因為我有時也會從保土谷站乘車回家。」

「是哦……」

透過櫻樹的枯枝看到一片藍天萬里無雲，寬廣得幾乎可以感受到地球是圓的。我們併肩走著，一邊自然地說一些無關緊要的話，一邊慢慢地走下坡路。

坡路的盡頭有一座寺廟，不知道是誰先停下的，我們併排坐在石階上。

天近黃昏，沉默了一會兒後，梨花說道：「我說我支持美國，是哪兒不對呢。」

我回答著：「我覺得妳在美國住了那麼久，支持美國是理所當然的，但因為日本的經濟被美國封鎖了，大家心裡都不高興，而且開戰在即，大家為了自己國家萬眾一心，就會採取那種態度對妳。」

「妳說大家，那妳也是這樣想的嗎？」

「……」我無言以對。

我的親生父母是台灣人，雖說日本人的養父母把我當作日本人養大，但我還是沒辦法成為純粹的日本人，這種感受一直在心底默默地存在著。

我壓低聲音說：「……因為現在是戰爭中。」

「因為是戰爭中，所以呢？」

「說違背國家的想法就是不好的，是嗎？」

「為什麼大家會這麼想，我不能理解。我也不贊成妳的想法。」

雖然她很強勢，但我對梨花這種明快直爽的口氣卻感到很痛快，也許是因為我心底的想法和她一樣吧！但是不知道怎麼說才好，我們一起看著黃昏的天空彼此靜默下來。

過了一會兒我說：「下次一起去伊勢佐木町好不好？那裡有個書店擺放著好多外國書籍。」

幾天後，我們來到了伊勢佐木町大街的「有隣堂」書店。一樓擠滿了站著閱讀各種新刊書籍的人們，二樓是西洋書的專櫃，美國的舊雜誌堆積如山。

「哇，好多西洋書啊！妳怎麼知道這樣的店。」

梨花高興得幾乎要跳起來，我也很興奮地說：「是我姑姑帶我來的，從小她就經常帶我來這條街看電影，回家的路上我們倆經常路過這裡。」

「姑姑會說英語嗎？」

「會一點。姑姑是我父親的妹妹，年輕的時候和我父親一起在台灣住過，所以台灣話說得比較好。雖說是父親，其實是養父。」

自己也不知為什麼會脫口說出些話呢，我從來沒和同學提起過養父這件事。

「……妳是養女嗎？」

「嗯……我的親生父母是台灣人，來日本留學時生下了我，但是兩個人都已經不在這個世界上了。」

梨花突然認真地看著我，她的眉毛好像被修飾過，和電影演員一樣漂亮。面對著她豔麗的臉龐，我突然感覺有點羞澀。

「我呢……是媽媽很早就去世了，爸爸和美國人再婚。」

「哦……那妳現在的媽媽是美國人嗎？」

「是的。是『繼母』。」

梨花故意用蠻不在乎的口氣說出這些，但我覺得她站在美國這邊是理所當然的。雖說是繼母，但畢竟是她母親的祖國。

看到陷入困惑、懷著複雜思緒的我，梨花開口說道：「……啊！每個人都有各自的境遇呢。」

接著像在外國電影裡經常看到的那樣，她突然緊緊地抱住我。

因為被她意想不到的行為感動，我的心一下子暖了起來，有點想哭。但她那讓人感動的動作及稍嫌做作的口氣，又讓我笑出聲來。

「喂！為什麼笑啊，我是認真的！」

梨花鬆開我，做出了嘟嘴生氣的表情。

「對不起！對不起！」

就在這時，她找到了一本雜誌。

「啊，這本太好了！」

說著便拿在手上開始仔細翻閱，我好奇地看了一下，大標題裡可以看到「JAZZ」這個單詞。

「爵士樂……？」

「是的，是爵士樂……啊，我真的太感謝妳了。」

她毫不猶豫地買了那本舊雜誌。

「這裡真像一個寶庫，依江，我們一定要再來尋寶啊。」

大本營連日宣告日本的勝利，國民毫不懷疑地高興著。但是，中國的戰爭卻已經長期化了，戰死者也一直增加，作為女學校合唱隊的隊員，我參加了集體葬禮，為死者唱送葬歌。

「在雲霧繚繞的遠東風暴中，正義之軍毅然前進，太陽旗下的你永世長存。」

歌詞令人感動，悲涼的旋律與女學生們清澈的歌聲，令遺屬們都淚流滿面。看到這個情景，我強忍著眼淚唱完了歌。遺屬們緊緊地抱著的那個用白布包好的骨灰盒，我聽說骨灰盒裡面根本沒有遺骨。

我們還去參加學校安排的集體勞動，由於出征，農家失去了男勞動力，我們幫助他們割草、挖蕃薯、踩踏麥子等。在水田裡還幫忙除稗，稗是和稻子相似的雜草，如果不早點拔掉的話，就會妨礙水稻的生長。光著腳在水田裡，水蛭附著在腳上，水蛭是呈茶色圓柱形的環形動物，用腹部兩端的吸盤吸在皮膚上，好不容易才能摘除，血就從那裡流了出來，而且一直很癢。

師範學校入學

一九四二年（昭和十七年）二月中旬的某個早上，收音機裡傳來日本軍隊攻陷了英國殖民地新加坡的新聞，日本國內立刻掀起了歡欣的氣氛。

這天正好是女子師範學校的入學考試日，弟弟們看我有些緊張安慰我說：

「姐姐，加油哦！」

「妳一定沒問題的。」

養母則是用嚴厲的語氣對我說：「家裡經濟很困難，如果考不上就麻煩了。」因為師範學校免學費，家庭經濟困難，成績優秀的人都會去參加考試。

養父穿著睡衣一邊看報紙，一邊說：「今天可能會下雪，出門時要穿暖和一點。」家裡養的花貓三毛在火盆旁懶懶地睡著。

養父從以前身體就很虛弱，胃藥不離手，最近身體狀況更加不好，偶爾會請假在家休息。

「爸爸，今天身體也不舒服嗎？」

「不，沒什麼大不了的，不要太擔心，考試加油吧！」

我以考上師範學校為目標，將來想去故鄉台灣當教師。從小養父就對我說：「妳的故鄉台灣很有人情味，氣候很溫暖，是個好地方。」

從下午開始，正如養父說的那樣，小雪紛飛。

養父單身時曾到台灣赴任，工作辛苦胃病成了宿疾。考試結束後在回家的路上，看著飄雪，我想起了溫暖的台灣，也擔心著養父的病。

四月，我進了女子師範學校，學校在立野山丘上，是在本牧和山手這兩個地方之間。回家的路上，我經常去南京町的金山洋品店找姑姑。

「您好！」

我現在已經習慣了，自己打開門。

「依江，秀子在二樓。」

鬍子老闆臉上露出了笑容。最近南京町很多店雖然開著門，但沒客人來，金山洋品店過去常來的西洋和中國的客人完全看不見了。

上了二樓，我敲了房門說道：「姑姑，我是依江。」

從門外我聽到姑姑和幾個男生談笑的聲音。

「依江來了啊，快進來！」

屋裡坐著三位男學生。

幾年前開始姑姑的家就經常有從台灣來的學生出入，姑姑幫他們解決一些難題，給他們意見，有時也做飯給他們吃，姑姑被他們稱為「台灣學生的母親」。他們大都是在大學和專科學校上學的學生，在我看來是很有禮貌的哥哥們，他們經常在姑姑的房間裡一邊喝茶，一邊聊天。

戰局愈來愈嚴苛了。

我進入師範學校的一九四二年四月，美國的飛機第一次轟炸了日本本土，被稱為杜立特空襲，橫濱的堀之內町和打越這兩個地方受到了損害，但我那時不知道詳細情況。之後兩年多，敵機沒有襲擊過日本本土。

國防婦女會的會員，數年來急速增加，也在同年和其他類似團體合併為大日本婦女會，為了檢舉一些奢侈行為的人。養母也是國防婦女會會員，她強烈反對我對電影和音樂感興趣，恐怕也是受了這個會的影響吧。

「我們和秀子的生活方式不同。」成了養母的口頭禪。

另一方面，她對最近姑姑不帶食物給我們感到不滿，其實南京町的糧食情況好像也變差了。

「秀子不是還有很富裕的洋人朋友嗎？而且她常去林醫師那裡幫忙，患者肯定會送一些吃的給她。我們和單身的秀子不同，我們家還有小孩子，她這把年紀真的是一點也不懂得關心我們。」

因為美國阻斷了鋼鐵的進口，連小學生都被迫出去回收廢鐵，兩個弟弟也拉著拖車，出去收集鐵屑。學校的鐵門、鐵琴等樂器，就連寺廟的鐘都被軍隊徵收了。

次年一九四三年（昭和十八年）四月，女子師範學校與男子師範學校合併，成為擁有男子部和女子部的國立師範學校，當時我成為這所學校女子部的二年級學生。

五月，發布了聯合艦隊司令官山本五十六海軍大將於四月戰死的消息。同月末，全面打倒阿茲島「不打倒敵人絕不罷休！」的海報到處可見。

學校開始進行軍事訓練了，女子部也不例外。

從軍隊來的教官對我們發號施令。

「用單腿跪坐！」

「右膝跪坐，左膝直立！」

「趴下！」

接著，是一齊伏地。正值夏季，地面的熱度通過襯衫和勞動褲，傳遞到胸部和腹部，真是難以忍受。但是，沒有一個人敢發出聲音或者晃動身體。

大家輪流大聲發號施令，「號令」訓練中，大家都要從丹田發出像怒吼的聲音。為了增強體力，體育課也變得嚴格，跳箱的高度和身高差不多，前滾翻是連續翻二十次，然後馬上站起來，不能搖晃。早上要跑一個小時的馬拉松，晚上在武道場練習長刀。還有，揹著重五公斤的背包跑二十公里的馬拉松，不斷重複著「鍛鍊」、「訓練」。

我對軍事教練和教官們懷有反抗心，而且叛逆的心理愈來愈強。但是，不能讓同學們知道我有這種想法，只能和大家一樣默默地接受訓練。

早在一九四一年四月開始，大米就採用了憑配給卡去領取的制度。在我進入師範學校前的一九四二年一月，味噌、醬油、鹽，甚至衣服都實行配給制，食品和生活用品日漸不足。

我們開墾了學校後院的土地，揮著鋤頭，扛著裝有肥料的竹簍搬運肥料，種植紅薯，常常弄得滿身是泥。

因為英語是敵國語言，所以在社會上很盛行把英語轉換成純日文的說法。

一九四四年（昭和十九年）一月，第三學期開始的時候號召了勞動總動員，學生也去縣中心的通信機器工廠上班，這是一項用手把銅線纏在通信機零件上的細緻工作。因為過度使用指尖，我右手食指的指甲周圍嚴重紅腫，一陣陣刺痛。但是，每天還是要繼續工作，不久手指便化膿了，去切開取出了膿水，即使那樣也不允許休息。負責的教官這樣斥責著：

「這種程度的小病痛就休息，妳對得起在前線的士兵嗎？」

也許是因為疼痛的關係，我暈過去好幾次，在意識朦朧中，我聽到耳邊說著：「這樣一點小傷就昏倒，真是沒用的東西，繼續工作！」的怒罵聲。

相遇

指尖的腫漲和疼痛總算消失了，我又想念姑姑了，於是我便去南京町的金山洋品店玩。雖然店裡很冷清，但是鬍子老闆看起來還很有精神，和他打過招呼後我便跑上二樓。

「姑姑，您好！」

說完後沒等姑姑回答，我便迫不及待地打開門。

屋裡有兩位年輕男性，一位穿著海軍軍服，另一位穿著立領學生服。

沒想到屋裡先來了客人，而且是年輕的男性，緊張得我心臟都快停止了，其實之前在這邊也碰到過男性客人，我都沒有什麼感覺的，今天是怎麼了呢？

「哎呀！依江，妳沒事吧！聽說妳手指受傷了，已經好了嗎？」

姑姑的話我完全沒聽進去，眼角瞄到他們在盯著我看，我便失去了平常心，心裡七上八下的。

「家裡剛好來了客人。」

這樣說著，姑姑便轉身對兩位客人說：「是我姪女，在師範學校上學。」

「……我是沼田依江。」臉微微泛紅。

兩個人站起來，向我這邊看。我的臉就更紅了。

穿軍服的男士說道：「初次見面，我叫青山典夫，我也是師範學校出身，畢業後申請志願軍。」他微笑的說。

然後，另一位男士也開口了：「我叫胡政雄，我從台灣來唸東京的醫科大學，預計今年九月畢業。」在他濃眉之下，有一雙很吸引人的眼睛。

「我們剛好在聊電影《驛馬車》，依江也看過了吧。」姑姑說著。

電影畫面一下子在我腦海裡掠過，我站著興奮地說：「看了！看了！很有魄力啊，特別是奔馳的馬車。」

於是政雄繼續說：「阿帕奇族的襲擊！」

我也不服輸地說：「奔馳馬車上的應戰！」

「沒子彈了！被阿帕奇族逼近，快要窮途末路！」

「那時救援的號角聲響起！」

「舉旗飄揚的騎兵隊雄姿！」

政雄雙臂張開像騎在馬上，他熱情的和我說電影的劇情。

談到電影，我一時困擾著的戰爭、糧食不足、勞動動員的事都煙消雲散了，彷彿回到與美國戰爭前，我常去看電影的那個時代。姑姑和青山微笑著看著初次見面，卻談得火熱的我和政雄。我意識到這一點，不好意思地說：「對不起。突然跑進來，還打擾到你們說話……」

青山回答：「哈哈哈。沒關係的，我不常看電影，但是我喜歡聽政雄講各種各樣的事情。我和他是在沼田姑姑這裡認識的，但總覺得和他像是一起長大似的。」

「喂喂！你這麼一說，我想起在台灣的時候，附近有個和你長得很像的淘氣鬼。」政雄打趣地說著，聽了大家都笑了。

兩個人要離開的時候，姑姑和我把他們送到門口。政雄對姑姑說：「我最近想再和依江小姐說話，不知道您是否允許？」

坦率的話讓我又臉紅了，鬍子老闆用爽朗的聲音說：「俊男美女很登對哦。」

從那以後，我便和政雄約好在姑姑家見面，姑姑偶爾會讓我們獨處，我們倆有時也會去山下公園和橫濱公園散步。我們都喜歡看海，所以有時會一直走到本牧的三溪園附近。那個時代，年輕男女連挽著胳膊走路都會被警察責罵，所以我們倆走時是稍微保持距離的。

政雄雖然是台灣人，但他說的日語很道地，和日本人沒什麼區別。

我每天數著和政雄見面的日子，因為心裡有期待，去勞動動員做工的痛苦也減輕了。

有一天，養母突然說：「今天秀子有送吃的東西過來，聽說妳和一位台灣青年走得很近呢。而且是醫學院的學生，是嗎？」

我沉默著，一定是養母最近注意到我浮躁的樣子，向姑姑追問吧。

「能從台灣來日本的大學留學，他的家境一定不錯，妳可要好好把握機會。」

我什麼也沒說，但養母繼續說著：「妳親生父親也是大地主的兒子，來日本後參與反日活動，結果被特高警察盯上了，連台灣都回不去了。」

聽到這些，一直低著頭的我抬起頭來，看著養母。第一次聽養母說關於我親生父親的事，我想知道更多，正期待養母繼續講下去時，她似乎意識到自己說得太多了，話題又回到了我身上，她繼續說著：「拜託秀子，請她來湊合妳和這位台灣青年。」

政雄的心意我還不了解，我自己也有我的想法，真的不想讓養母做這種不考慮別人感受的事。但是，反抗養母的話我又說不出口。

實施勞動動員的工廠位於縣中心的一個叫高座郡的地方，我每天從橫濱的家裡乘坐電車過去。

有傳言附近有個製造戰鬥機的海軍工廠，那裡有很多從台灣來的少年工在那裡工作。每次經過那個工廠，我都會不經意地往裡面看。有一天，我看到兩個穿著工作服的少年在說話，不是日本語，一定是台灣話吧！看來大概十三、四歲左右，我對他們大聲打招呼說：

「你好！」

兩個人回頭看著我，我問他們：

「你們是不是從台灣來的？」

少年們很驚慌也不說話了，可能是因為私底下說台灣話會被責備吧，我微笑看著他們。過了一會，一個少年脫下了卡其色的帽子，小聲地回答：「是的。」

「你們為什麼來日本呢？」

少年用流利的日語回答：

「因為聽說可以一邊製造飛機一邊學習，所以申請公費留學，而且能成為科技人員或技師。」

另一個少年戒備的表情也消失了，看向我這邊，是張稚氣未消的臉。

這時一個像是教官的男子大步走過來，大聲訓斥道：「你們不要偷懶，趕快回去工作。」然後又對我說：

「妳有什麼事嗎？沒事的話就趕緊走，走！」

一邊說著一邊用手打發我走，少年們小跑步離開，身影消失在基地裡。看著他們還稚嫩的背影，令人心痛！

他們的事一直環繞在腦子裡，那天晚上我把這件事告訴了養父。

養父的身體狀況和我剛進師範學校的時候相比，更加虛弱了，原本就很瘦弱的身體，現在瘦得連骨頭都清晰可見，他經常向公司請假，躺在家裡休養。有一天，我想和他說說話，當我仔細望著養父的臉時，我發現他的雙頰凹陷，臉瘦了一圈，所以平時喜歡戴的那副圓形眼鏡看起來格外地大。

養父聽我說這些後，用虛弱的聲音說：「台灣的孩子為了自己的前途，也有這麼小就來日本做工的啊……」

養父看著遠方開始對我說：「妳的生父何正孝出生在台南大地主的家庭，在台灣富裕的家庭，才會讓子女到日本留學。何正孝也是擁有這樣的條件。」

我不想錯過這個千載難逢的機會，於是大膽地問養父：「我的親生母親是什麼樣的人？」

「妳的母親沈月華是護士，當時和秀子是台灣護理學校的同學。」

我知道姑姑曾在台灣的護理學校唸書，並且做過一段時間的護士工作。據說養母在單身時也曾當過富裕家庭的特別護士。因為同是護士，養母和姑姑之間有了交流，才促成養父母的婚事。但我卻不知道我生母也是護士，而且在台灣還和姑姑是唸同一間學校的同學。

「爸爸，您去台南的銀行就任的時候，認識了我的親生父母，是嗎？他們兩個人是怎麼死的？我又是為什麼成了沼田家的養女呢？」

在我的追問下，養父輕輕地呼了一口氣，慢慢地說道：

「妳能成為我們家的女兒，對沼田家來說真是太幸運了。」

這時家裡養的花貓三毛走了過來，坐在養父的腿上，養父用他骨瘦如柴的手溫柔地撫摸著三毛。

「三毛來我們家的時候，依江妳那時是小學四年級左右吧。因為是花貓，所以妳就給牠取了三毛這個名字。」

那時我們住在葉山，小野貓三毛跑到我們家的院子。幾年後，三毛也和我們一起搬到了橫濱現在這個家。

「因為妳總是做鰹魚乾飯給牠吃，所以三毛可挑嘴了……」

三毛很滿足地閉著眼睛，喉嚨裡發出咕嚕咕嚕的響聲。

「那時候，和中國的戰爭也還沒有開始……」

然後養父突然間又對我說：「妳一定會成為一個好老師的。」

接著他用哀求的聲音說：

「如果我有什麼三長兩短，妳能不能代替我照顧沼田家呢？妳要是能答應我，我就安心了……」

養父看來沒有氣力，所以我不敢再追問我親生父母的事。那時我突然注意到，養母正坐在茶几前聽著我們說話，從養母的表情來看，我感覺到養父的病情應該很嚴重了。

獻身於教師工作

認識政雄後已經過了一個月左右了，即使見面時間短暫，我們也努力製造見面的機會。面對政雄我可以無話不談，我不知這是因為我們同是台灣人，還是因為他的包容力和善解人意讓我傾心。

我們還談到了我是養女和我親生父母的事情，政雄知道我本來是台灣人後，更增進對我的親切感。

當我談到我親生父親，因為做了什麼政治活動而無法回到台灣時，他一點也不吃驚。

「無論哪個時代都有胸懷大志的人，他們懷著愛國心，為了保護和支持自己國家而努力著。台灣是日本的一部分，但是台灣人被日本人歧視，知識分子中有去美國、歐洲留學的，也有人認為台灣就應該是台灣人的，而立志當先鋒為達成革命的使命而努力。」

二月黃昏時分，刮著寒冷的海風，山下公園裡一個人也沒有，我們悄悄地依偎在一起，望著港口。

「來日本的台灣學生中，有人以筆為劍，以住在日本或台灣的青年人為對象發行報紙和雜誌，傳遞各種訊息。通過這些刊物將啟蒙知識擴散，來反抗日本對台灣的強化統治。我覺得妳的生父一定是個有見識和勇氣的人。」

我和政雄的想法一樣，如果生父為了祖國以筆為劍的話，我會感到自豪，這讓青春期的我體會到日本人無法體會的感傷。

政雄還告訴我，關於台灣的戰爭受害情況：「台灣也被捲入日本發動的這場戰爭中。在支那事變發生的第二年，台北的松山機場遭受到中國和蘇聯聯合軍的空襲，據說去年新竹的海軍基地也遭到美國和中國聯合部隊的空襲，蒙受巨大的損失。」

這些是我完全不知道的事。

「我來日本快三年了，中途只回老家一次，所以關於現在台灣的情況，也只是從朋友和家人那裡聽到的，但是聽說物資一年比一年缺乏。」

「都是因為日本，才會變成這樣……」

「自從支那事變發生後，台灣人的心理很複雜。台灣人中也有和大陸中國人同樣祖先的人，所以也有支持中國的台灣人。另一方面，也有因為現在成為日本人而願意為大日本帝國獻出生命的人。」

政雄說到這裡就靜默下來，不知不覺暮色已暗，我們看見遠處燈塔的亮光。

「我中學時代的兩個同學，作為日本帝國陸軍的特別志願兵參戰，……結果戰死了。」

政雄的聲音顫抖著，已無法繼續說話，好像忍住了哽咽。我不知道該說什麼，不由自主地用雙手握住了他的手，那是一雙很厚實、很溫暖，有著長長手指的手。

不知過了多久，「對不起！我……」我放開了他的手。

突然覺得不好意思，向後退了一步。

政雄向前靠近我，用雙手輕輕地捧著我的臉頰：「只要有妳在，無論多麼痛苦的事情我都能忍耐。依江，謝謝妳給了我活下去的希望。」

到了一九四四年，電影院開始陸續關閉。偶爾看的電影也都是戰爭電影，內容大多是戰鬥、轟炸、英勇犧牲，但這樣的戰爭電影也能發現其中的魅力，無論哪部作品都有著令人感動的東西。

看完後，我們一邊散步，一邊談著對劇情的感想。

「希望以後能多看一些不是戰爭的電影。」政雄一邊說著，一邊脈脈含情地看著我。

「那樣的時代到來的時候，我會帶妳到台灣，去見見我的父母。」

他緊握著我的手，我感覺身上像觸電一樣，他那沉穩智慧的臉龐，使我對他充滿了信任感。

師範學校是三年制，但由於戰爭時期的關係，畢業年限縮短了一年，我於一九四四年三月畢業。根據一九四三年的師範教育令修改規定，師範學校被指定為培養國民學校教師的機構。

一九四四年四月，我正式成為國民學校的教師，學校位於橫濱市的東邊，學區與川崎市相鄰，在一九四一年從尋常小學改編為國民學校。我任職時這所學校才新成立，校園內還設置有防空壕的地下室，操場的角落也有幾個防空壕。

離政雄畢業還有半年左右的時間，醫科大學本來是四年制，但由於戰爭的原因，縮短為三年半。

「要當醫生的訓練都還沒做好，畢業的同時就要作為軍醫入伍。」政雄不安地說。

這場戰爭持續很久又不斷在擴大，兵力一直不足。

作為新手教師的我，每一天都在忙碌中渡過。星期天和政雄一起相處的這幾個小時是我最幸福的時光。

七月七日，塞班島淪陷，日本軍守備隊被打得慘敗。

日本預測可能會發生本土激烈的空襲，在放暑假之前，學校突然接到國家下令學生疏散的通知，對象是三到六年級的學生，原則上建議學生自己去投靠鄉下的親屬，因為父母必須留下來保衛城市。對於沒有鄉下親戚可以投靠的學生，學校會安排集體疏散到鄉下，只允許有特殊情況而無法疏散的少數學生留在城市。橫濱市的三至六年級學生中，投靠親屬的占五成，集體疏散者占四成，有一成留在城市裡，集體疏散的目的地全部設定在神奈川縣內。

我因為養父的病情不見好轉，所以想負責指導留在城市的學生。養父不久前申請停職，我以教師的微薄薪水支撐著沼田家的生活。

時勢緊迫，物資愈來愈不足，我為了籌集家人的糧食，到各地的城鎮和農家去尋找。以前姑姑有時會從南京町帶食物給我們，但最近也不來了。

因為忙於工作和食物的籌集，幾乎沒有和政雄見面的機會，偶爾見一次面也只能短暫的相聚。我逐漸意識到沒有政雄的話我會活不下去，我時時刻刻都想念他，一日不見如隔三秋，我曾想過，如果能和他一起躲到誰都找不到我們的地方，那該有多好。但那是不可能的，我們只能等到這場戰爭結束，日本勝利的那一天。

到了七月下旬，投靠親屬的學生辦完轉學手續，他們在暑假期間去了鄉下。八月上旬，集體疏散的學生和領隊的教師們出發去疏散地，留在城市的學生一直放假到九月。那段時間政雄臨近畢業，好像正忙於課業，無法見面。

見不到政雄的日子，我每天精神恍惚，無精打采。

養母見我這個樣子便說道：「和台灣青年的婚事怎麼辦才好呢？要不要和秀子商量一下啊。」

過了數日，我一個人去南京町，南京町確實是蕭條了許多。

好一段時間沒見到姑姑了，她變得比以前憔悴，我問道：「姑姑……您還好嗎？」

「南京町受憲兵嚴格的監視，華僑們都被當作間諜來對待，根本不能自由活動，大家都很苦啊。」姑姑眉頭微皺。

接著又說：「聽說國民學校的孩子們都被疏散了，山手町和石川町這邊的學校好像也因為疏散而離開父母。依江妳每天都是怎麼過的，好像瘦了一點，有好好吃飯嗎？」

姑姑因為擔心我，不斷地關懷我，溫柔的話語，使我眼淚無法制止，眼裡充滿了淚水。姑姑輕輕地抱住我，我彷彿回到了兒時，一時委屈和撒嬌的心情，令我悲傷得痛哭起來。姑姑靜靜地等著我停止哭泣，說道：「我聽妳母親說了，妳想要和政雄結婚。」

「……」

「政雄是非常優秀的青年，我祝福你們。」

「我想和政雄結婚，生孩子，過平凡的生活。」

「是啊！希望能早點過安穩的日子啊。」

和姑姑說話後，我心裡感到安慰，心情也平靜了許多。

「謝謝姑姑的鼓勵。在那一天到來之前，我必須要照顧好學校的孩子們。我會努力的做一名好老師。」

但在內心深處：「這一天真的會來嗎？」我多麼期待，但是世局如此混亂，我好像沒有信心，想到如果無法實現，心裡就隱隱作痛。

離別

九月份，第二學期開始了，孩子們都已疏散到各地，校舍顯得空蕩蕩的。留在學校的大部分是一、二年級的學生，三年級以上的學生只剩下一成。由於老師們帶領大家集體疏散，留在學校的老師減少了，所以女性教師也要擔任值夜班的工作。

秋意漸濃，天高雲淡，空氣清澈。每到秋季皇靈祭（現在的秋分日）臨近時，大地便會盛開紅色的彼岸花。

政雄醫科大學即將畢業。

九月的一個星期天，我和他一起去葉山，葉山是我們沼田家曾經住過的地方，在我小學五年級的時候才全家搬到橫濱，一直和我們一起住在葉山的姑姑也在那時搬到南京町，租了房子一個人生活。

得知政雄畢業後馬上就作為軍醫入伍，內心有祝賀他畢業的喜悅，也有對局勢不穩定而感到不安。由於很久沒和政雄見面了，再加上是故地重遊，緊張興奮的心情讓我暫時忘記一切的煩惱。

我們去了葉山的海邊。

不知為什麼，政雄這一天穿著像高中的制服和戴著學生帽，學生帽上裝飾著兩條白線，校徽是三片葉子的形狀，上面印著「高」字。

政雄見我滿臉疑惑，笑著說：「這是我在台北上高中時的制服和校帽，是日本在國外設立的第一所高中，台灣人想要進這所高中很難喔。」

接著，便摘下校帽，拿在手裡感慨頗深地說：「能戴上這頂白線帽，對台灣人來講是一種榮譽。」

這頂帽子是我還不認識政雄時，他戴過的帽子。想到這裡，我頓時心生憐愛，我也喜歡這頂帽子。

「依江……我明天就要離開日本了，我知道這件事很突然，真的對不起。」政雄表情沉重地說著。

我一下子沒聽明白他說的話，把目光從帽子上移開，抬頭看著他。

「……怎麼回事？已經決定了嗎？」我疑惑地問他。

政雄默默地點了點頭。

他再次看著他手裡的白線帽。

「台灣人要考台北高中，需要權勢較高的日本人推薦。我父親為了我能參加考試，東奔西走想了很多辦法，多虧了他，希望有機會能回報他。」政雄慢慢地，自言自語地說著。

「考進台北高中後，我就離開台南的家，住進學生宿舍。高中畢業後又到日本的醫科大學就讀，算起來和父母分開已經很久了。」政雄一邊說著一邊望向海的遠方，海面很平靜，天空上還留著夏天的大白雲。我突然想到，這片海和這片天空，無論是美國還是台灣，接連著全世界吧。

「依江，我現在沒辦法解釋清楚，但我父親好像出事了，所以決定先回台灣一趟。」政雄說著，他把白線帽戴在我頭上，接著說：「這頂帽子是我活到現在最寶貴的東西，我希望妳能替我保管。」

這頂帽子對我來說太大了，帽簷蓋住了我的眼睛，我的眼淚也不禁流了下來。

「我能回報父母恩情的事，就是帶妳回台灣去見他們。依江，妳能等我嗎？」

說著說著，政雄便用強壯的手臂緊緊的抱著我。

知道他只是暫時回台灣後，稍微放心下來，但還是感到離別的傷痛，又擔心他回去的途中會不會被敵艦攻擊。聽說台灣也會遭受敵機的空襲，政雄能平安回來嗎？會不會還沒等到再見面，政雄就被派到前線了呢？很多的擔憂一下子湧上心頭，我一句話也說不出來，哽咽著依偎在政雄厚實的胸脯前，白線帽下的臉頰已流滿了淚水。

「一定還會相見的，肯定會的。不管發生什麼，我們都要活下去。」

我摘下了白線帽，被淚水打花了的臉應該很難看吧，但還是直視著政雄對他說道：

「嗯，我一定會等你。」

「你對我說過，你喜歡我的笑容，所以，我不哭了。」我抑住悲傷對他說。

我們坐在海邊，秋日的一天就要結束了，政雄從口袋裡拿出口琴吹了起來，這首歌讓人感受到濃厚的鄉土氣息，是一首既優美又悲傷的曲子。

「這是台灣民謠，以後我一定教妳。妳會彈鋼琴，所以口琴也一定能吹奏得很好。」

夕陽照射到海面，海面染成了金黃色，就像閃閃發光的金沙，這景色是我從小就很熟悉又很喜歡的景色。

政雄站了起來，把口琴放進盒子裡，遞給我。

「我想讓妳替我保管，直到我回來。」

我強忍住眼淚，面帶微笑，我想把最美的笑容留在政雄的腦海裡。

「你送我到車站的話，我會很傷心，所以我們就在這海邊告別吧。」我要求他先離開。

政雄看著我的眼睛點點頭，然後輕輕撫摸我的肩膀，說著：

「依江，保重……」

說完便轉身快步離開了，我對著他的背影喊道：「你一定要保重！要平安的回來喔！」

政雄走了，我對著夕陽照射的大海，盡情地放聲哭泣。

那天晚上回家後，我用姑姑以前送我的包袱巾小心地包好白線帽，我打開口琴的盒子，把口琴拿出來緊緊握住，想到幾小時前政雄就是拿著這把口琴吹奏的，又悲從中來，忍不住又痛哭起來。眼淚滴落在放在口琴盒子裡的擦布，我急著擦去掉到擦布的眼淚時，發現裡面有一個折成一半的信封。

信封的開口黏著漿糊，正面是這樣寫的：

「依江：如果我今後有什麼不測，請打開這封信。政雄。」

哪會有什麼萬一，怎麼可能會有呢。我在心裡吶喊著。

為了趕快封住這令人不愉快的預感，我把信封按原樣折好放入口琴盒子裡，用包袱巾把白線帽和口琴盒包好，一起放進了衣櫃的抽屜裡。

為了不讓養母發現，又把它放進抽屜的最裡面。

第二章
戰敗後的出發

花貓三毛

養父之死

政雄離開日本後，便失去聯繫，轉眼就到了十一月。

我們一家住在保土谷區，養父的身體一天天衰弱，最近一整天都躺在床上。因為養父停職，養母為了維持生活恢復助產士的工作。

有一天，養父說：「聽說妳想跟他結婚的青年是台南人。」

「啊，您是聽媽媽說的嗎？嗯，他是台南人。他叫政雄，現在因家裡有事臨時回台灣，等他回來日本，我會安排他和您見面。」

「當然啊，我一定要和他見面。說到台南，妳父親何正孝也是台南人，這應該是上天安排妳和那位青年相遇的吧。」

知道養父對政雄也抱有好感，我覺得很高興。

「是啊，您在政雄回來日本之前要好好保重身體啊。」

幾天後的晚上，從爸媽臥室傳來一陣哭泣聲。

我從紙門的隙縫窺視，看到昏黃的檯燈下，養母跪坐在養父的枕邊，養母在哭泣。養父的聲音沒有力氣，但是他還是努力用微弱低沉的聲音想要告訴養母他心裡的話。

「……我已經……不行了。吉則和吉彥還在上學……讓妳受苦了……對不起。」

「你肯定會好的……不要說洩氣話呀！」養母邊哭邊說著。

我聽到這些話忍不住推開紙門說：「我是依江，可以進來嗎？」

「……進來吧！」

我跪坐到養母旁邊。

「爸爸，我明天從學校回來時，會去向校醫拿藥，請您忍耐一下。」

「……依江，妳……妳很有正義感，忍耐力也很強，……是個好孩子。」

「爸爸，您先休息，想說的話明天再說也可以。」

我不想讓已經這麼痛苦的養父再說話了。

「有妳這樣的女兒……我們太幸運了……」

養父的聲音低沉，沒有力氣。

我傷心的淚水充滿眼眶，但不想讓養父母看見，我伸手去整整養父散亂的頭髮。為了讓養父安心休息，我回到自己的房間，用被子把自己蒙蓋到頭頂，淚水直流。養母已經睡了吧。弟弟們也已經在甜甜的夢鄉中吧。安靜的屋子裡偶爾可以聽見養父的呻吟聲。爸爸，請盡力忍著。請努力活下去。我不斷地祈禱著。

「哇！達藏！你怎麼了？」

聽到養母的叫聲，我驚醒了。

衝到父母的房間，看到養父翻著白眼，從嘴裡吐出黑褐色的液體。

我趕忙在睡衣外面加件外套，就衝到附近的醫院，途中木屐的帶子斷了，我用手拎著，赤腳跑到醫院。

「醫生，求求您！救救我父親！」

我敲著門喊著，老醫生緩緩地走了出來。

「求求您！我父親，我父親他病得很嚴重，求您救救他。」

拿著黑色手提包的老醫生和我好不容易回到家裡，卻聽到養母和弟弟們的哭聲。父親已經與世長辭了。

在物資匱乏的情況下，準備棺材是一件不容易的事，費盡心思終於找到了，但是靈柩車卻沒有。附近的鄰居借我們一輛兩輪拖車，我們一家四個人決定用它把父親送到火葬場。

我心想：「對了，得去南京町跟姑姑說一聲。」

在火葬的前一天，我急急忙忙趕去南京町，金山洋品店停業了，看起來好像很長一段時間沒有營業了。

我去問旁邊蔬菜店的老闆。

「秀子好像是住院了，聽說是山下町的K醫院。」蔬菜店的老闆告訴我。

老闆娘從店裡面走出來。

「秀子上週因為膽結石住院了。」

我覺得不能讓住院中的姑姑再遭受打擊，所以決定不告訴姑姑父親去世的消息。葬禮就由養母和我，還有兩個弟弟為父親送終，骨灰放置在葉山的沼田家的菩提寺裡。這次去葉山是和政雄分開後的第一次。養父教我很多做人處事的道理，我受他影響很大，雖然他不是我的親生父親，但我對養父的愛卻很深厚。

海風穿過樹梢，吹拂在我的身上，我絕對不會忘記養父真誠溫厚的恩情。

空襲

一九四四年（昭和十九年）秋天，國家組成了神風特別攻擊隊，展開了用戰鬥機去撞擊敵艦的軍事計劃，徵兵年齡從二十歲降低到了十九歲。

聽說能參加神風特攻隊的，都是年輕優秀的青年，這些將來是國家棟樑的年輕人，他們犧牲自己去衝擊敵人的軍艦。想到如果政雄和他們一樣，我的心都要碎了。說是為日本盡忠，但我覺得是日本的損失。

當然這種想法對誰也沒有說過。如果被人知道了，可能會被憲兵帶走抓到監獄裡，我只能把自己的想法封存在心底。

我認為戰爭不但浪費金錢又犧牲生命，但是周圍的人，哦不，全體日本人，當他們家人或者愛人出征時，都會感到榮譽而高興地喊著：「萬歲！萬歲！」但是他們心中真的會這麼想嗎？是在內心哭泣呢？還是從心底感到高興呢？有這種想法的我，是不是因為體內流著台灣人的血呢？

我雖然生在日本、長在日本，但是我無法沒有怨言地讓心愛的人去送死，我是當不了真正的日本人。

那個時代，外國人很容易被懷疑是間諜。我也聽說過，有華僑說他對某個中國政客有好感，就被日本軍警抓去拘留審問。

雖說台灣是日本的一部分，但是從待遇來看完全不同。我擔心如果被人知道我是台灣人，會被當作間諜，而被憲兵抓起來嗎？養父母會不會因為收養了台灣人而被追究責任？因而導致整個家庭都被牽連？養母會不會因此想擺脫我？

我愈想愈害怕。因為自己有這樣的立場，應該加倍為國家盡我所能才對。

我白天在鶴見的國民學校工作，留在學校的大都是一、二年級的學生。

從養父去世的十一月開始，美軍就開始在東京進行夜間空襲。

十二月二十五日，橫濱第一次受到 B29 轟炸機的攻擊。美國從塞班島開始，把馬里亞納群島作為據點，進行全面的空襲。

到了一九四五年（昭和二十年），警報聲每天不停地響，警戒的警報聲、空襲的警報聲、解除的警報聲，不斷重複地響，晚上也睡不好。白天在學校如果警報響了，就要把學生們帶到防空壕裡，那裡是不可能上課的地方。

人們忍飢挨餓，為國盡心盡力。我忍受喪父的痛苦和擔憂政雄的安否，也繼續為尋求一家人的糧食而奔波。

三月十日，東京市中心遭到大規模的空襲。

同樣在三月份，政府決定加強施行小學生的疏散，並催促所有剩餘的三至六年級學生及一、二年級學生緊急疏散到鄉下。

我就任的學校，原本剩下的六十多個學生也開始安排集體疏散。

四月十五日，就在開始集體疏散的前一天，我在學校值班，還有一位松本老師，她丈夫最近在戰場陣亡了，帶著一個三歲的男孩一起值夜班。

值班當晚，空襲警報突然又響起。當我走出校園時，我聽到 B29 轟炸機的爆炸聲。片刻之後，靠近海方向的川崎工廠地區被燒夷彈染成一片火紅。來不及思考，正上方一個照明彈直接落了下來，變得像白天一樣明亮，學校附近有一個大型貨車車庫，被視為空襲的目標吧。如果校舍著火的話，我們倆都必須去滅火，這是值班老師的職責。防空法規定，發生空襲時，滅火是人民的義務，不得逃避。

離校園不遠的地方，點燃的燒夷彈掉落得到處皆是。一片火海漸漸逼近，松本老師拿著天皇與皇后的合影照片和一本教育勅語謄本，大聲喊道：「我們先避一下吧。等敵機走了以後我們再去滅火吧！」校舍有一個地下室，兼作防空壕，她的小兒子已經先逃到那裡避難。我猶豫著，但是松本老師拉著我的手腕：「沼田老師，快點！」

我連忙拿起一個裝著學生們學籍的大袋子，揹著它衝進地下室。

好幾個小時裡，我們在地下室抱著恐懼的心情，祈禱能平安無事。

家裡的弟弟們情況不知如何？養母好像說她今天要去幫人家接生，在這樣的夜晚生孩子，該是多麼的可憐啊。能平安地生產嗎？對了，南京町的姑姑有沒有順利地避難？政雄現在做什麼呢？平安的回台灣了嗎？安全嗎？三毛這隻貓還在家嗎？

我不知道鶴見以外的地方有沒有遭到空襲，要顧慮及擔心的事太多，我整個思緒很混亂。

敵機在午夜一點後離開了。我走出地下室，去看看外面的景況，發現學校沒有受到燒夷彈的襲擊，但學校附近的住宅卻著火了，我嚇得說不出話來，回到地下室，等待天亮。

天亮了，我們終於能出去了。從鶴見到川崎，是一片燒焦的田野，到處都是煙霧，校舍奇跡般地沒有被燒毀。

受一場驚嚇後，我就地坐下來。松本老師抱起她的孩子，用臉撫揉著孩子的臉龐，流著淚說：「太好了，太好了，你平安無事……」

後來才知道，這次的空襲是發生在東京南部，以鶴見和川崎地區為目標，被稱為「鶴見．川崎空襲」。

在鶴見和川崎的這次空襲之後，我被指定擔任集體疏散的帶隊老師，疏散的地點是從小田原進到足柄裡的山村。我帶學生去疏散，心裡擔心著家裡的養母和兩個弟弟，但學校的指示就是國家的命令，不能違反。

「我想去疏散地之前，先到南京町和姑姑打個招呼。」

養母聽了就有點妒意又不耐煩地說：

「擔心秀子的還有其他人，妳可以不必去吧。」

不管養母是否同意，我還是決定去找姑姑。

騎腳踏車大約三十分鐘就到了南京町。半年前，我來這裡是為了告訴姑姑養父的死訊。現在的南京町似乎比那時更加冷清，而且充滿緊張的氣氛。

金山洋品店的門半開著。

我敲門問：「請問有人嗎？」老闆從裡面走出來。

「您好，我是沼田秀子的姪女依江。」

「啊！是依江，好久不見了。秀子到林醫院去幫忙了，不過應該快回來了，不介意的話，可以在這裡等一會兒。」

他粗大的手指上金戒指不見了，臉上的光澤也消失了，似乎還瘦了一些，但這家店還開著我就稍微安心下來。

「這些日子做不了生意，華僑受到很嚴格的管制。」

老闆看來很同情華僑遭受日本憲兵監視。

聊了一會後，老闆指著門口說：

「妳姑姑回來了。」

姑姑看到我，微笑著站在那裡。

我跑了過去。

「姑姑，您身體好些了嗎？很抱歉，您在醫院的時候沒去看您。」

老闆很體貼，為了讓我們相敘，他走到裡面的房間了。

「依江，我沒關係，已經好了。謝謝妳……對了，妳父親的病好一點了嗎？」

果然養母沒有告訴姑姑養父的死訊。

「……對不起！我沒有告訴您，爸爸去年十一月就去世了，剛好是姑姑住院的時候……」

此時很想被姑姑抱在懷裡，痛哭一場。不過，這樣姑姑會更難過，所以我必須冷靜。

姑姑一瞬間睜大了眼睛，然後緩緩地閉上，那時我發現姑姑眼角的淚光。

「妳應該知道，我們兄妹很早就失去父母，哥哥像父親一樣照顧我，在台灣的時候我們兩個人也相依為命、互相扶持。」

養父是銀行職員，之前被派到台灣工作，姑姑也一起去台灣唸護理學校。

姑姑雙手合掌，皺著眉頭，緊緊的閉上眼睛，眼角仍閃著淚光，好像是在腦海裡喚起過去的回憶。

過了一會兒，睜開眼睛說道：

「依江，妳對沼田家非常盡力，如果有什麼需要姑姑幫忙的，我會盡我所能的。」

「謝謝姑姑，您一直把我們放在心上。」

「你們一家人平安無事，我就放心了。」

雖然和姑姑好久沒見面了，但她關心我們家的心還是沒有改變，我突然想起我來這裡的目的。

「姑姑，我被指定擔任集體疏散的領隊老師。」

「這樣啊……那妳要離開妳母親和弟弟他們了。」

「所以這段時間我可能無法照顧到我的家人……」

「如果有什麼事，姑姑會幫忙的，妳不用擔心，妳去疏散地好好照顧學生們，要注意自己的安全。」

過了一會兒，當我準備離開時，老闆從後面走了出來，

「秀子，妳帶她一起去吃點東西吧，我請客。」說著把錢遞給了姑姑。

「讓您破費，不好意思。」

「老闆，謝謝您。」

我推著腳踏車和姑姑沿著南京町的大街走，姑姑打算帶我去市場街附近的一家餐廳。

「最近，配給的食材不足，所以不能請妳吃好吃的東西……」姑姑說。

「不，有得吃就已經很好了。」

姑姑帶我來到一家店，當我們走進去的時候，一位有點面熟的老闆娘說：

「秀子，歡迎光臨。但是現在除了菜粥，其他都做不了呢。」

店裡聞到一股中華料理的香味。

「老闆娘，妳能炒個什錦菜嗎？想給這個孩子吃。」

「現在蔬菜和油都很難買到，但我會盡量用我有的食材來做一份給你們吃……天哪！現在真的是一個無法開餐館的時代。」

老闆娘很快的把炒菜和菜粥做好端出來，對於長期飢餓的我來說，這是一頓盛宴。我

只吃了菜粥，決定把炒菜打包，帶回去給我的弟弟們和養母吃。

吃完後，我們走出餐館，我說：

「好像有很多餐館都關門了。」

姑姑告訴我：

「現在食材買不到呢。一些以往有賺到錢的餐館，他們在箱根和輕井沢有買別墅，店會暫時停業，全家人一起搬過去避難。」

「我們一起散散步好嗎？我想和依江一起多聊聊。」

「好的，姑姑。」

當我們走到關帝廟附近時，幾名憲兵正聚集在一家商店前，裡面一片漆黑，好像在調查什麼，姑姑悄悄地告訴我：

「這家店的老闆被抓了，他是華僑，他匯款給在中國的家人，但日本憲兵懷疑他匯款給中國軍。」

我很驚訝，並感受到南京町充滿了愁雲，氛圍也比我想像的還要緊張。因為姑姑住在南京町，所以我不敢再問姑姑更深入的問題了。

「那，姑姑，您要好好保重喔。」

說完我和姑姑依依不捨地分手了。

學生集體疏散

「老師，好癢，好癢啊！」

一個四年級的女孩來到我身邊，她的兩指間搔癢。我看到她手指間的瘡癬，又白又硬，搔癢的地方滲著血。

一九四五年五月，學校的集體疏散地是神奈川縣西北部山區的一個小村莊，孩子們和老師們分散在村里的兩座寺廟，和當地的一所國民學校住宿和授課。

從去年夏天第一次疏散到現在，已經過了九個月。疏散後不久，疥癬在孩子們中蔓延，很快地感染人數劇增，疥癬感染力很強，不久我的手指也被感染了，癢得受不了。沒有藥物可以治療，唯一的治療方法是從箱根大涌谷收集的硫磺，用溫水溶解把手放進去解癢。雖然有效，但也只是暫時止癢，並不能根治。

有一天，準備去井邊洗孩子們的衣服，在路上一個孩子跟我說：

「老師，井水是用來煮飯的，洗衣服要到河邊。」

「是嗎？老師剛來還很多事不知道呢，不懂的地方請告訴我哦。」

我心想，在河裡洗衣服好像桃太郎的故事呢。

順著孩子們指引的路走，我發現了一條大河，叫酒匂川。酒匂川是丹沢山地和富士山匯合的源頭，流經足柄平原，穿過小田原市中心，注入相模灣。

我赤腳走進寬闊砂地的河岸，將褲子的下擺捲到膝蓋處，清澈的河水滔滔地流著。

「水好冷啊！」

雖然已經五月，但水還很冷，讓我精神清醒過來。

將腳踩穩，以免身子被沖走，我開始洗滌孩子們的衣服，因為沒有肥皂或洗潔劑，所以只能用手搓洗，去除污垢。洗完後，使勁擰乾，在寺廟的後院晾乾。

洗完衣服想休息片刻時，發現我深藍色的毛衣上有兩隻白色的虱子，臀部直立著，我嚇壞了，趕緊脫掉衣服。我想應該是把孩子們的髒衣服帶到河邊時，虱子跳到身上的吧。

我們把衣服放進煮飯的大鍋裡用水煮沸，來根除虱子。

孩子們的頭上也有虱子，這是一種與衣服上的虱子不同的頭虱。頭虱跳躍力很強，當孩子們頭部互相靠近時，頭虱就跳過去，傳染得每個孩子的頭髮裡都有，大都在耳朵後面的頭髮上，也有孩子頭上有很多虱子卵，透明且密密麻麻的，我在虱子卵孵化前，用間隙很密的梳子替孩子們把卵除去，但是孩子很多我經常忙不過來。

宿舍的寺廟後面有個垃圾場，成群的跳蚤蠕動著，像一堆堆撒亂的芝麻粒到處都是。當人們走過來的時候，牠們會慢慢地一蹦一蹦地從人們的腳上爬上去。

晚上跳蚤也困擾著我。

因為有燈火管制，寺廟裡即使白天也很昏暗，晚上更暗了。在黑暗中，跳蚤移動得很快，我捕捉不到，但是孩子們習慣了一隻接一隻地抓住牠們，用手把牠們捏碎，有些孩子的指甲被跳蚤的血染成了紅色。

我們學校三年級至六年級集體疏散的學生約一百八十人。每天鍛鍊身體和幫助當地人做農活的時間比上課多。為了彌補糧食缺乏，我們老師們租了農地來種芋頭和蔬菜，有時會去其他村莊採購食物。

早上六點多，值班老師會敲響掛在走廊上的木板，以作為起床的信號。孩子們起床後，在室內光著上半身，用乾布擦身體。

「一、二、三、四……」

老師們喊著口號。

「胳膊、胸，用力。一、二……對！對！就這樣。」

換完衣服後，各自疊好被子，以班級為單位堆放在房間的角落裡。洗完臉，在廟的院子裡集合，面向皇居方向遙拜。接下來，向著橫濱方向說：「爸爸、媽媽早安。」然後做早操，老師也指導學生清掃宿舍內外。

餐廳是寺廟倉庫改造的，把長桌併在一起，早餐每人半碗米飯、味噌湯和一道配菜。孩子們按照順序入座，因為常常挨餓，他們會互相比較誰的量多一點。

米飯是用米和大豆混合烹煮的，不好吃，也吃不飽，對於正在成長的孩子來說量根本不夠。有些孩子會撿起掉在路上的橘子皮吃，說：「就像橘子脆餅一樣。」有些孩子甚至吃蠟筆和橡皮擦，因此傷了胃腸。

上午在寺廟的正廳上三個小時的課程。老師們把洗和服用的「長板」，放在蘋果紙箱上，當作學習桌，孩子們一面忍受飢餓和搔癢，一面集中精神認真地學習。

午飯是吃稀得像水一樣的雜糧，每個孩子都因不夠吃而挨餓，但也只能忍受。飯後孩子們會午睡一個小時。

那段時間，我們老師們處理一些教學和生活方面等事務。

學生睡過午覺後，會去幫忙做農事、收集柴火、在外面玩耍或在室內自由活動等。

每週可以洗一、兩次澡。剛到疏散地時，在學校後援會們的呼籲下，當地居民幫我們建造了兩個浴室和廚房。能洗澡的那天，從下午五點開始按班級輪流去洗澡。七點開始吃晚飯，晚飯後到八點半睡覺之前是他們的自由時間。晚上寫日記後，便是睡覺時間。

鋪好被褥後，孩子們面向橫濱方向跪著，雙手撐地，一面鞠躬一面說：「爸爸晚安。媽媽晚安。」

來到疏散地已經過了九個月了，孩子們非常想念父母。有些孩子想回橫濱，躲在被窩裡抽泣。等他們都睡著了，老師們開始商量各種事項，一般都在晚上十一點多才能去睡覺。

「嗚……嗚……」

半夜警報一響，我們就得趕緊把孩子們一個個叫醒，讓他們戴上防空頭巾去防空洞避難。老師和學生們都長期睡眠不足，渾身無力，非常難受。

遊玩的時間孩子們露出開朗的表情，在河灘玩耍。但是，有的孩子熱熱鬧鬧地玩了一會兒之後，會突然想起家人，傷心地朝著橫濱的方向喊著「媽媽！」「媽媽！」喊完後就哭了起來。

為了安慰他們不要再哭泣，我常常帶著他們唱歌。

「疏散是為了勝利，是為了國家……」

這是疏散生活的口號，我隨便編了曲調，我開始唱時，孩子們也跟著一起唱。

「一定要打起精神堅持到底。」

孩子們擦乾眼淚，提高聲音大聲歌唱。

「對！對！我們要堅持到底。」

清脆的歌聲響透河灘。一想到這些孩子們什麼時候才能回到父母身邊呢，我心裡就鬱悶和難受。

有一天，我帶他們在河灘玩耍，發現有一個孩子在水裡並往對岸走去，是六年級的一個女孩。河面很寬，有一百米左右。

「太田，快回來！危險！」

但她頭也不回地繼續大步往前走。

「太田，等一下！」

我趕緊走進了河裡，離岸邊愈遠，水流愈快、愈深。河川比我想像的深，有齊腰那麼高，彷彿要被洶湧的水流沖走。我想如果腳被絆住會很危險的，於是便一邊用腳摸索著淺灘、一邊設法追趕。

「太田！」

在河川中間有個水淺的地方，我終於抓住了她的身體。

「太田！妳怎麼了……」

在河川中流碎石堆成的沙洲，我抱緊她濕淋淋的身體，她在我懷裡顫抖著說：

「沼田老師，拜託您，請讓我回橫濱吧。」

「太田，妳當級長一向認真負責，今天妳為什麼逃跑呢？」

「我母親重病在床，父親戰死，哥哥也出征了，沒有人照顧我母親。老師，拜託您，讓我回家好嗎？」

她哭著懇求我，但我能做的只有緊緊地抱著她。

政雄去了台灣，養父去世，我也離開家人來到這疏散地。我心裡很痛苦，我壓抑著複雜的思緒，無形中被她的淚水所牽引，我內心的哀傷傾瀉而出，我抱著抽泣的她，也開始哭泣起來。

停戰

五月二十九日，吃完早飯的時候，空襲警報突然響起。我們趕緊帶著孩子們去防空洞避難。看到在相模灣上空，B29 的飛機一架接一架地向東飛去，每三架組成一個編隊，不計其數，整個天空都被 B29 機覆蓋著。

從下午的廣播中得知橫濱遭受了大空襲。

第二天一早，留校老師從橫濱來告知我們有關學校的情況和孩子家人的安危。南京町的姑姑、住在保土谷的養母和弟弟們現在怎麼樣了呢？我擔心得坐立不安，於是向負責的老師請求「請讓我回橫濱去看看家人的情況吧。」終於得到了許可。

上午的工作結束後，我急忙到小田原車站坐往橫濱的電車，我打算坐到電車能到達的地方，從中斷的地方下車，然後步行回家。

到保土谷站後，朝自己家的方向快步地走著，滿地散亂著一片瓦礫，煙霧繚繞，到處都是燒焦的屍體，散發著異臭。半燒毀的倉庫裡聚集著很多人，走近一看，原來是放有味噌的倉庫，倉庫旁邊有很多燒死的屍體，但人們還是爭先恐後地搶著燒焦的味噌……。

懷著傷痛的心情匆匆地往家裡趕路，走在一片零亂房子到處倒塌的街道上，自己的感覺已經變得麻木了。

令人懷念的街道，變成了散落著瓦礫和燒焦鐵皮的髒亂土地。我家隔壁的房子被燒毀了，不可思議的是我家竟然還留在原地，進去一看家裡全都浸水了。

「媽媽……！」

養母在濕漉漉的榻榻米上，就像失魂般地坐著，她帶著疲憊的表情看著我，但說不出話來，小弟吉彥也累得坐在地上。

躲在矮桌下的貓咪三毛滿身灰塵，眼神流露出恐懼和警戒。

「……姐姐……」

吉彥紅著眼睛看著我，那瞬間我有個不祥的預感。

「你們兩個人都沒事。但是，吉則呢？吉則在哪裡？」

「哥哥昨天早上去參加勤勞動員活動，之後就沒回來……」

「動員活動地點在哪裡？我想他一定會從工廠出來去避難了吧！」

養母突然大叫起來：

「都是我不好，嗚！哇！」

養母一面哭著一面大聲激動地說著：

「早上，我叫吉則回來的時候，順便去秀子那裡要點吃的。所以其他的孩子都在逃跑的時候，他一定去了南京町。」

「媽媽……吉則一定沒事，會回來的。」

「嗚嗚……都怪我……吉則……」

養母哭個不停，我撫摸著她的背，發現養母是這麼瘦小。

吉彥開始斷斷續續地說：

「飛來了很多 B29 轟炸機，燒夷彈的彈塊七零八落……」

「彈塊在空中炸成了幾十塊掉下來。」

「嘩啦嘩啦！落下的聲音也很大，像下雨一樣一直往下掉落……」

美國的燒夷彈把橫濱的木造房屋及大樓林立的街道全燒盡了，就像用特大的火柴點燃的一樣。我注意到吉彥一邊說話一邊顫抖，於是我把手輕輕搭在吉彥的肩膀上。

我擔心南京町的姑姑外，也很擔心我就任學校的留校學生們。但是沒時間了，我必須趕回足柄山裡的疏散地。

把憔悴不堪的養母和弟弟留在這裡，確實於心不忍。但是吉彥說：

「姐姐是學校的老師，要盡到自己的責任才對，媽媽就由我來照顧。」在弟弟勇敢且堅定的聲音中，我離開了保土谷的家。

六月，從報導得知，沖繩守備隊的奮戰失敗了，沖繩落入美國手中，終於到了本土決戰的時候了。

國家預測敵人會在相模灣登陸，當地居民和我們疏散來的師生們都做好了迎擊敵人的準備。我們頭部纏著白頭巾做竹槍訓練和滅火的水桶接力訓練。

敵人的格魯曼戰鬥機甚至出現在我們疏散地的村落上空。有一次，和孩子們在河灘上玩的時候，遠遠地看到有飛機的影子，我就慌忙把孩子們藏在草叢裡。因為敵機一旦發現有人，不管是孩子還是老人，只要有一個人，就會毫不留情地用機關槍掃射。

八月六日，一顆新型的特殊炸彈落在廣島市。九日，長崎市也被投下了新型的特殊炸彈。無法想像是什麼樣的炸彈。儘管如此，我們還是一心認為，戰爭一定會勝利，哪怕最後只剩一個人，我們也必須振作精神戰鬥到底，所謂的「本土決戰，一億玉碎」。

八月九日長崎被投下特殊炸彈的同時，蘇聯軍隊趁機越過國境進攻滿洲，開始猛攻日軍。因為日本和蘇聯有簽訂了互不侵犯中立條約，所以村民和學校同事們都憤怒地說：「蘇聯不遵守條約，太卑鄙了。」

八月十四日夜裡，收音機播放著「明天中午有重大消息公布。」

「究竟什麼事呢？」

「是要說終於到本土決戰的時候了，大家要以玉碎的心情準備去抗戰到底吧。」

「不，不會，應該是對蘇聯宣戰吧。」

翌日，也就是十五日，早上收音機的廣播中預告說，中午天皇陛下將親自發表重大消息。

當天輪到我負責採買，所以上午十點左右，從疏散地最近的栢山站乘坐小田急線到了松田。

買完東西後，為了趕上聽廣播，我急忙趕往車站。經過一家小醫院時，發現院子裡聚集了很多人，已將近中午了，我決定在這裡聽收音機廣播。

到了中午報時聲響了，播音員說：「現在有很重要的事情宣布，全國的聽眾們，請起立！」接著由另一位男性播音員說：「天皇陛下要宣讀大詔對全體國民說明……」本以為馬上要宣讀了，卻響起了國歌「君之代」的奏樂，奏樂剛結束，突然伴隨著沙沙的雜音開始聽到天皇說話的聲音。

因為是天皇陛下的玉音，所以大家都以直立不動的姿勢低著頭傾聽，這是有生以來第一次聽到天皇陛下的聲音，感受到身體裡有一股熱流。

「君之代」奏樂再次響起，播音員說：「謹奉讀詔書」，於是重新朗讀天皇陛下剛才相同內容的文章。這次沒有雜音，聽得很清楚，內容理解了。但是，怎麼會……，難以置信，也不想相信……。

有人小聲問：「內容說的是什麼？怎麼回事？」

「日本失敗了。」

有一個人說道。

「日本戰敗了。」

那個人又說了一遍。

果然如此，日本戰敗了，一直在戰爭中沒有失敗過的神國日本……。

醫院的院子裡很多人都嗚咽起來，一個穿著軍裝的男子也用拳頭擦著眼淚。看到這樣的情況，不得不接受日本戰敗的事實，許多人跪坐在地上痛哭，大家哀慟不已，有人抱著頭，有人搥胸，有人雙手掩面。突然時間在瞬間停止了，感覺腳下發出巨大的響聲，地面好像塌陷了，失望的心情已接近崩潰。

我腦中一片混亂，扛著買來的東西乘坐小田急線回到疏散地的村莊。

孩子們對日本的戰敗並沒有太大的心理影響。反而，戰爭結束了，能回到橫濱和父母見面，心裡十分喜悅。帶隊的老師們表情沉重，心情複雜。

周圍的山川還是一如既往沒有改變，正所謂「國破山河在」。

如果美軍來了，今後我們會怎麼樣呢？日本這個國家會消失嗎？我們都會被殺了嗎？

日本殖民地的台灣會變成什麼樣呢？

想到台灣的未來，突然撩起對政雄思念的心懷，他去了台灣之後，就沒有任何消息。他是平安呢？還是死了呢？住在哪裡呢？要問誰才知道呢？

但戰爭已經結束了，與政雄重逢的日子愈來愈近了。這麼一想，我的心情就變得明朗起來。

幾天後，燈火管制被解除，把蓋在電燈上的罩子拆了下來。

「哇，好明亮啊！」

「老師，我好高興。」

「這樣晚上也不會害怕了。」

沒錯，已經沒有警報和空襲了。

我睡得很香，一直睡到早上都沒被警報聲吵醒。

戰後的南京町

八月下旬，我提早從疏散地回到橫濱。幸運的是，我所在的國民學校沒有被燒毀，和幾個老師一起收拾學校，為恢復上課做準備。

靠近車站的房子都被燒毀了，聽說附近的大型調車場的貨物列車也被燒毀了。商店和民宅也都燒塌了，人們開始收集燒剩的鉛鐵皮，搭建成應急的住處。

到鄉下親屬家疏散的孩子們陸續回來了，十月下旬集體疏散的孩子們也回來了。與父母和家人相聚的孩子們看起來非常興奮。能回到自己的學校繼續學習也很高興，十一月還舉辦了運動會，孩子們、家人、社區人們、老師們都沉浸在和平的喜悅中。

我家在保土谷的房子沒有被燒毀，但周圍都搭建了很多臨時簡易房。

大弟吉則自橫濱大空襲以來一直下落不明。雖然養母在戰爭中重新開始接生的工作，但工作機會很少，小弟吉彥還是個中學生，所以沼田家的生活重擔落到我的肩上。

南京町的姑姑現在怎麼樣了呢？

八月十五日，終戰詔書宣布後，世界為之一變。日本接受了波茨坦宣言，無條件投降。美國、英國、中國、蘇聯等同盟國成為戰勝國，以美軍為中心的聯合國最高司令官總司令部（GHQ）占領並統治了日本，他們被稱為進駐軍。

我想，因為中國是戰勝國，所以去南京町應該能得到糧食，總之現在最需要的就是糧食。

由於擔心進駐軍的暴行，縣政府發出通知，要求女性不要單獨外出。但是我必須弄到糧食，讓吉彥一起陪著我去的念頭掠過腦際，但是吉彥如果萬一有什麼不測的話就完了。所以我抱著必死的決心，獨自前往姑姑居住的南京町，說不定還能得到政雄的消息。

我搭乘路面電車在花園橋站下車，看到以前和姑姑常常經過的一帶被燒成廢墟，心裡感到很難過，我直往山下公園方向走去，想從那裡右拐去到南京町找姑姑。

走近山下公園，發現公園周圍用鐵絲網圍繞著。糟了！我居然來到了進駐軍的正中間地帶。鐵絲網上掛著牌子，上面用英語和日語寫著「日本人禁止入內」。到處都是穿著綠色軍裝的美軍，各個都很高大，嚇得我兩腿發抖。

這一帶好像外國一樣。日本在戰爭中失敗了，被美國占領了，我在驚嚇的同時切身地感受到戰敗國的悲哀。

一個老人推著送餐小推車走了過來。

他用帶著中文口音的日語說：

「日本人不准在這裡。」

我被許多表情嚴肅的美軍圍繞著，氣氛非常緊張，嚇得我逃也似地奔向南京町。

南京町人很多，說著我聽不懂的語言。雖然也能聽到日語，但可能是關西腔吧，裡面夾雜著陌生的方言。常和政雄約會的山下公園就像在日本消失了一樣，南京町也變成了別的國家。我彷彿迷失在一個陌生的地方。

心情稍微平靜下來後，聞到有大蒜和麻油的味道，記得小時候來找姑姑也聞到類似的香味。走著、走著，發現路邊有不少用空襲時燒剩的鉛鐵皮搭建的簡易小攤。是黑市，也就是未經許可的市場，有蔬菜、肉、罐頭、麵粉、什錦粥、燉的煮的……，擺著各種各樣的食物。我每天找不到食物，南京町居然有這麼多吃的東西，這些食材到底是從哪裡來的呢？那場面簡直讓人不敢相信。

賣東西的是南京町的華僑，買主是找不到食物吃的日本人。

我想去金山洋品店找姑姑，但建築物被燒塌了，到處雜亂地排列著一些簡易房，方向無法辨別，所以不知道是在哪裡。分不清楚是在這邊，還是在那邊，我在街上轉來轉去。靈機一動想到姑姑很受台灣學生的愛戴，所以可以去有台灣人住的地方打聽一下，這時突然想到：「對了！去林醫院也許能知道。」

環顧四周，看到剛才在山下公園遇到的那位推車老人。

我開口問他：「先生，對不起，我想請教您。」

「妳為什麼還在這裡轉來轉去？」

「我在找我姑姑。」

「……妳姑姑住在這裡嗎？」

「她在金山洋品店工作，有時也去林醫院幫忙。」

老人的表情變得隨和，他慢慢轉動身體，指向左邊。

「林醫院的話，就在那附近。」

「謝謝您。」

我朝著老人告訴我的方向跑去。

那一帶也被燒得面目全非，不知道哪裡是林醫院，看到一個正在收拾瓦礫的男人，我試著問他。

「您知道林醫院在哪裡嗎？」

「原本在這裡，不過，已被燒毀了。」

青年停下手上的工作，抬起頭來，是個和藹可親、給人好感的青年。

「妳是患者嗎？」

「不，我在找人，她叫沼田秀子，經常在林醫院幫忙。」

「咦？」

「妳是沼田依江小姐吧。妳不記得我了嗎？我是林清一，以前見過面呢。」

青年突然露出了笑容。

被他一提，我也想起來了。

「我忘了是什麼時候了，你還拿中國點心到我們保土谷的家給我們呢……」

「是的。我就是那時去妳家的林清一。」

原來他是林醫師的兒子。

「你平安無事太好了。對了，我姑姑好嗎？……」

「嗯，妳姑姑沒事，現在還在醫院幫我父親呢。」

五月的橫濱大空襲中，醫院被燒毀後，林醫師把山手町的住家作為臨時醫院，在山手町為病患診療，姑姑也到那裡幫忙。因為山手町住著很多西洋人，所以沒有被美軍丟下燒夷彈，因此才能倖免災難。

「我現在要回山手町，要一起去嗎？」

「好的，麻煩你，非常感謝。」

知道姑姑平安無事的消息，也知道了她的下落，以後還能見到姑姑，讓我太高興了。

經過南京町，越過中村河，穿過元町來到山手町的山丘下面。瓦礫燒焦的鐵皮和建築物的殘骸，到處皆是，但是爬上斜坡後，綠樹成蔭，山手町的所有西洋建築都沒有被燒毀，這裡好像是一個童話世界。

清一帶我去了他家，那是一棟兩層樓古老的西洋建築。

「請進。」清一親切地說。

一進入就能看到客廳變成了候診室，裡面坐滿了病患，好像許多是中國人。還有，很多小孩子由於長期的糧食短缺，大多數都患了營養不良。衛生條件也很差，染上疥瘡等傳染病的也不少。

清一走進去後沒多久，穿著白袍外衣的姑姑就匆匆走了出來。

「依江，妳怎麼在這裡。」

我們互相拉起對方的手，姑姑溫暖的雙手讓我感到十分溫馨，禁不住想流淚。我們走出候診室，來到院子裡，想說的話不知要從何說起。

「妳從疏散地回來了呀！能平安無事，真的是太好了。妳母親和弟弟們還好嗎？」

「媽媽沒事。吉彥和花貓三毛也都很安全。……但，吉則在五月發生的空襲中失蹤了。」

聽了姑姑的話，我胸口一陣疼痛。

「……什麼？」姑姑驚訝的說。

她更加用力握住我的手。

「一定會沒事的……有一天他會回來的，讓我們一起來祈禱。」

那個時候，外面開始騷動起來。來了一個揹著老太太的男人，老太太大叫著：

「痛死了！痛死了！……哎喲！」

「奶奶，我們已經到醫院了，馬上就好了，再忍耐一下。」

姑姑立刻跑向那裡：「怎麼了？」

「在廢墟那裡摔倒了，我奶奶是纏足，走路不太穩，好像是骨折了。」

「好的，我知道了，請快帶她到裡面。」姑姑一面說一面和患者進到醫院裡。

聽到患者的聲音，一個穿著白袍外套，身材魁梧的男士走了出來，這個人好像是林醫師。林醫師聲音沉穩，用中文和老太太交談著。接著，和姑姑兩個人一起將她抬進了診察室，我感受到他們兩個人之間有一種無法言喻的親密感。

從診察室裡傳出來老太太痛苦的叫聲，也能聽到姑姑用中文安慰她。過了一會兒，林醫師和姑姑一起出來了，姑姑向林醫師介紹說：「她是依江，我的姪女。」

「很高興認識妳，我姓林。聽說妳在戰爭中帶著學校的孩子們一起去疏散地，辛苦妳了。很高興妳能安全地回到横濱。」

他的聲音友好敦厚又溫和，有著能讓初次見面的人就能信賴的氛圍。想要再和他們多說說話，但是還有很多病人在等著，只能和他簡短地互相寒暄，「謝謝。姑姑一直受到您的照顧，很抱歉今天突然來打擾。」和他打招呼以後，我就出去了。姑姑笑著點點頭，目送著我離開。

「我回家了。知道姑姑在這裡工作，我改天再來打擾。」

「那我送妳下去。」清一對我說。

「謝謝你。」

準備回去時又一次聽到老太太的哀叫聲，清一陪我走下了山坡。

「聽說妳是台灣何正孝先生的女兒，我的父母和妳親生父母也是朋友，當年他們一起來日本。」

「啊，是這樣啊。」

「您生母沈月華女士和我的媽媽及沼田秀子女士在台灣的護理學校是同學，三個人情同姐妹。媽媽在學生時代就與爸爸訂婚了，所以我的爸爸也是妳生母沈女士和秀子女士的老朋友了。」

我第一次了解到林醫師和姑姑之間的淵源。

「聽說妳親生父母來日本之前就是情人關係。我的父親和妳生父與沼田叔叔在台灣就是好朋友，我看過他們三個人年輕時的照片。」

三個女人和三個男人在年輕時就是關係很好的夥伴。

「我父母來日本後，受到了沼田叔叔如同家人般的照顧，我也備受他的疼愛。我聽到沼田叔叔在戰爭中去世非常傷心……」

我們沉默地走了一段下坡路。

清一說：「我們順路去一下南京町吧。」

從山手町下來過橋後就是南京町。

「她們三個人情如姐妹的事情還是第一次聽說，所以現在姑姑是在你媽媽那裡幫忙當護士吧。」

「……不。」

清一的聲音突然變深沉了。

「我媽媽在五月的橫濱空襲中喪生了。那天早上，她一個人先來醫院做準備工作的時候遇到空襲。」

「……我很抱歉，問起你的傷心事。」

臨近傍晚，南京町的黑市裡，許多下班的人蜂擁而至，熱鬧非凡。烤肉的煙氣，還有炸東西的香味，讓人胃口大開。

清一不知道去哪裡抱了好幾個紅薯過來，好像是剛剛烤好的。

「給沼田阿姨和吉彥一起吃吧。」

我覺得很不好意思，但非常感激。在那天的談話中，我得知清一年紀比我小。

和清一分開後本來打算去花園橋的電車站坐車，但心血來潮，決定再走一段路。來到了伊勢佐木町的入口，這裡是橫濱最繁華的地方，但全部都被進駐軍接管了。

在吉田橋，有一塊用黑色毛筆寫著「戰敗國劣等國乞丐國日本」的招牌。在野毛町的黑市裡，有一家賣進駐軍不吃而剩下的食材店，買東西的日本人大排長龍。

購物列車

糧食短缺問題一點都沒有得到改善。一九四五年（昭和二十年）十月中旬的一個星期天，我和養母、吉彥三個人決定一起去千葉，聽說那裡有很多賣紅薯的農家。我們凌晨三點就起床，坐第一班電車到東京站，坐上山手線從東京到秋葉原站，然後換上了總武線前往千葉站。在千葉站等著開往銚子站的列車，在車站的月台上有許多與我們一樣去買糧食的人，都揹著背包或袋子。因為車上坐著許多去農家購物的人，所以這輛從市中心開往農村的列車被稱為「購物列車」。

聽說這輛連結著房總半島東邊到西邊的列車，是由蒸汽機關車來運行的火車。上午八點列車終於進站了，但不是客車而是貨車，而且是沒有頂棚的貨車，裡面像是個沒有蓋子的箱子，我們盡可能地擠上車。男人和年輕人都站得穩穩的，我和吉彥當然也都站著。養母勉強地坐在貨車的角落裡，被擠得如沙丁魚般，動彈不得。

列車發動後，呼嗚，呼嗚。黑煙和煤都直接落了下來。

「這真的是太累人了。」很多人說著。

陸陸續續有人把他們帶來的大包袱巾包在頭上，我們也立即模仿他們。

被包圍在貨廂裡面，雖看不到周圍的景色，但是因為貨廂上沒有頂棚，可以看到天空，秋天碧藍的天空在頭上蔓延開來。

站在我旁邊的中年婦女向我搭話：「你們是從哪裡來的？」

「我們來自橫濱。」

「從這麼遠的地方來的呀。我來自東京的一個叫兩國的地方。啊！橫濱也沒有辦法買到食物嗎？」

「是的。」

「說到橫濱，我戰死的姐夫就是橫濱的人……今天你們打算去哪裡買？」

「我們打算去銚子地區買，聽說那裡有很多種紅薯的農家。」

不知道是不是我們來自橫濱，所以對我們有親切感，她告訴我們一些消息。

「在銚子站前兩站的猿田站下車會比較好，那裡有許多種紅薯的田地，大部分人應該都會在猿田站下車。」

正如她所說的那樣，到了猿田站大部分的人都下車了。告訴我們消息的這位女士也和我們一起下車了。一出車站，就有一座小山坡，在狹窄的坡道上大家爭先恐後地向上爬，我們也趕快跟上，盡可能地快步向上爬。養母走路腳程慢，所以她很心急，如果不快點，就可能買不到紅薯了。

爬上山坡後就能看到一片紅薯田。一邊擔心著氣喘吁吁的養母，也一邊擔心不知要往何處去買，和我們一起下車的乘客們都各自散開了。

無論如何我們都得找一處農家去買，我們三個人憂心忡忡的一面走著一面找尋農地，遇見一個年過半百正在田裡工作的男人。

「這附近有賣紅薯的地方嗎？」

「啊，有的！在我的田裡挖也沒有關係。」

「真的是太幸運了。這麼快就找到了願意賣給我們紅薯的人。」

那個男人帶我們去他的田地，一個接著一個挖出紅薯來。

「你們想要多少？」

我們拿出我們帶來的錢。

「就照這些錢賣給我們吧。」

那個男人的家就在附近，他說：「等一下！」然後去拿秤過來，把將近九十四公斤的紅薯賣給我們。我們將這些紅薯分成三袋，最輕的給養母，最重的給吉彥，我的比吉彥輕一點。我們把每一袋先用包袱巾將麻袋口包緊，再在上面綁上繩子，好將它們揹在身上。要把那些麻袋揹起來很困難，因麻袋是放在地上，所以需要先彎下腰把繩子掛在背上，然後站立起來，這個時候需要另一個人從袋子下面幫忙抬一下，否則根本站不起來。

袋子的重量被繩子嵌進了肩膀，一步一步向前走時，感覺路比來的時候遠了許多。終於到了猿田車站，在月台上等著從銚子站回來的貨車，背包裡裝著紅薯的人們也陸陸續續地回來了。

很快地，貨車就到了。但是，和我們來的時候不同，每個人都揹著大背包，無論怎麼擠也沒有辦法全部上車。

有人喊道：「坐在紅薯上！不然擠不上去啦！」

我坐在麻袋上面，紅薯非常硬，弄得屁股疼痛。但是如果站起來，身體會不穩，很可能會被晃出車外，只能忍痛坐著。

呼嗚！呼嗚！蒸汽火車吐著大量的煙和煤灰，回程時因為包袱巾用來捆綁麻袋口了，所以沒有東西可以用來包頭及遮臉了。

「姐姐，妳長出濃密的鬍子了呢。」這麼說著的吉彥的臉上也全是黑色的煤灰。

環顧四周，在貨車上的每一個人，衣服和臉都染上黑色的煤灰，雖然感覺精疲力盡，但取得糧食，心裡有了安心感。

到秋葉原的時候，太陽已快西下。我們先讓養母下車，接著我也下車，從在貨車上的吉彥手上接過裝著紅薯的麻袋包，再把麻袋包拿到看管行李的養母那裡。如此往返，三個包袱都安全卸下了，這是昨天晚上我們三個人一起想出的方法。

在月台上稍作休息時，一個中年婦女驚慌地叫了起來，聲音中帶著哭腔：「我的紅薯不見了！前面有個男人幫忙拿下來的。有誰知道嗎？」

可能是讓一個陌生人幫了忙，然後紅薯被偷走了。雖然很同情她，但是也無能幫她，因為這些紅薯對於我們來說是寶貴的食物。

第二天，將紅薯洗乾淨，排在走廊上。

「就只有這麼一些……」

花了一整天，我們非常艱辛地去買紅薯，取出來後，感覺比預料中的少。我們節省著吃，每天把少數的紅薯放在粥裡煮。

糧食缺少的情況愈來愈嚴重，已經出現餓死的人了。

我任教的鶴見國民學校，在校園和附近的河川旁開闢了田地，讓孩子們在那裡種植蔬菜，採收的蔬菜由教職員工分著帶回家。校長認為安定好教職員工的生活，是保障教學品質的必要條件。

十二月，我調到西谷町附近的一所國民學校，離家更近，上下班也更加方便了。由於西谷町附近是農村，有時下班回家的路上會順道去農家買食材。

但常遇到沒有東西可以賣給我們的狀況，有些農家除了錢以外還需拿和服去，才能換得一些食物。紅薯也變少了，只可以換到一些蘿蔔，只好把蘿蔔與分配的大米混在一起作為主食。

分配的米是脫去了兩成到五成之間稻殼的黑米，把它們放在一升裝的瓶子裡，然後用棒子搗成精米，精磨出來的米糠就炒著吃。我們還吃南瓜籽、葵花籽和紅薯藤。食物是配給的，我們無法預測會拿到什麼樣的食物，也遇到過連續分發同樣食物的情況。

悲傷的消息

為了養母和吉彥，我每天都拼命在郊外和南京町或是野毛町的黑市採買食材。我費盡心力，還是很難找到食材，生活過得很艱苦。

戰後的第一個冬天，我決定和姑姑談談尋找食材的方法。據養母說，本來在山手町設臨時診所的林醫院，已經回南京町重建了。我從附近的米店借了電話，打給姑姑。

「依江，前些日子妳很辛苦地過來山手町看我，但是沒有時間好好跟妳說話。我有些話想要告訴妳，這樣吧，妳今天可以來南京町和我一起吃飯嗎？」

姑姑很平靜地說，但是我感覺姑姑說話的口氣和平時不太一樣，好像有什麼顧慮似的。

和姑姑通完電話後，我去了南京町，南京町的黑市比我之前去的時候規模更大，也更加熱鬧，許多用木板或鐵皮搭起來的店鋪排列得很緊密。那裡賣水果、魚、各類食材、炸紅薯、撒了糖的熱甜甜圈和中式甜點，也有像天婦羅飯等丼飯，碗裡盛著閃閃發亮的白米飯，那是日本人多年來未曾見到過的東西。黑市裡也有賣衣服和肥皂等日常用品。

野毛町也有黑市，但是南京町這邊的規模和賣的東西種類是最多的。由於中國是戰勝國，所以南京町不被美軍接收，也不受日本警察管制，是一個在法治外的市街。到了南京町可以買到任何想要的食物，很多日本人都如潮水般湧向這裡來購買。

正當我到處看著商品時，聽到巨大聲響。一群人大聲喧嘩一窩蜂地走過來，他們穿著中國服或是中國軍服，戴著「青天白日」的徽章，藍底白日，是當時中國的國徽。他們一邊前行，一邊以勝利國的姿態高呼著：「中國勝利！萬歲！」「台灣光復萬歲！」

日本戰敗，台灣脫離了日本的殖民統治，在黑市做生意的中國人和台灣人熱烈地歡呼迎接這群人，到處響起爆竹聲，他們是勝利國的人民。生在日本，長在日本的我，為日本的戰敗感到難過，也為那些在空襲和戰場上喪生的日本人而感到悲傷。但是台灣才是我真正的故鄉，我喜歡的政雄也是台灣人，他現在在台灣。我很高興台灣又重新回歸祖國。兩種矛盾的想法在我心中掙扎著，那是一種複雜的心情。

我去到姑姑在電話裡告訴我的小食堂，說是食堂，其實是臨時用木板搭起來的小店。進去後，裡面是溫暖的，充滿了料理的香味。

一個熟悉的青年帶著笑容走出來。

「清一先生，你怎麼在這裡？」我驚訝地說著。

腰間圍著圍裙的青年廚師是林醫師的兒子清一。

「這裡是我的店，今天請妳吃我的拿手菜。」

他的聲音充滿著家人般的溫馨。

清一向廚房裡叫了一聲，出現一個看來開朗穿著乾淨連身圍裙的女人。

「這是我的妻子純純。純純，這位是依江小姐。」清一微笑著為我們介紹。

介紹後，清一一副憨厚的表情向妻子說：「依江小姐是我父親朋友的女兒，是妳堂兄政雄哥的女朋友。」

我很意外在這裡聽到政雄的名字，又介紹我是他的女朋友，我不由得害羞起來。政雄的名字在耳邊出現的同時，心中的思念油然而生，我發現純純和政雄一樣有一雙明亮的大眼睛。

「妳是政雄的堂妹嗎？很抱歉我不知道妳在日本，很高興認識妳。」

面帶微笑的清一替純純說道：「我的妻子是在政雄哥離開日本後，才來日本的。政雄哥的父親和我的父親在年輕時，是台灣一家醫院的同事。因為這個緣分，胡家和林家如同家人一般。」

這樣一說，我了解政雄是透過林醫師認識姑姑的。

清一笑著對我說道：「依江小姐，我選擇當廚師妳感到很驚訝吧？我父親想讓我當醫生的呢，哈哈哈！」

我感覺今天清一的笑容，好像少了以前見面時那種開朗的感覺。

這時，姑姑剛好走進店裡來，對我說：「依江，謝謝妳今天打電話給我。」

接著又說：「妳是不是對清一先生開食堂感到驚訝？」

然後，姑姑對清一說：「請給我兩份牛肉飯。」

很快地，東西就端上來了。

碗裡滿滿的白米飯，上面放著經過醬油燉煮的牛肉，一陣濃郁可口的香氣熱騰騰地撲鼻而來，刺激著嗅覺。「依江，怎麼了？不要客氣，快吃吧。」姑姑這麼說著，但是我已經愣住了，說不出話來，已經有多少年沒有吃過如此奢侈的東西了？這一定是一場夢，我捏了捏臉頰，很痛，這不是夢。

剛煮熟的米飯的香味，肉的香味，香料和醬油的香味，我的肚子突然開始叫了起來，我不斷地嚥下分泌出來的口水，我還是沒能拿起筷子，只是盯著眼前的牛肉飯捨不得吃。

「快吃吧！很久沒有吃白米飯了吧。」

「姑姑，我不敢相信這是事實。」

話剛出口，已經淚流滿面。

「傻孩子。戰爭結束後，很多米和肉也開始送進了南京町，我會經常請妳吃飯的，相信日本的糧食情況也會好轉的。」

「會的。但是，我也想讓家裡的母親和吉彥也能吃到。我吃一點，剩下的帶回家。」

姑姑要我盡量吃，她又點了兩份外帶要我拿回去。

我終於拿起筷子將飯送到嘴邊，在戰爭中戰爭後的多年裡，已經很久沒有吃飽過了，心裡滿滿的感動。只吃了半碗的牛肉飯，姑姑把剩下的打包起來。

「姑姑，真的很好吃。太謝謝您了，謝謝您的款待。」

姑姑用溫柔的眼神，看著很久沒有吃這麼飽的我，這樣的沉默持續了一會兒。除了我們，沒有其他客人，從裡面傳出來清一他們洗鍋和流水的聲音。

「……依江，妳冷靜一點聽我說。」姑姑臉上的笑容消失了，突然我有不好的預感。牛肉飯所帶來的興奮和幸福的感覺一下子冷了下來。

「政雄他……」

我的心臟不由自主地跳了一下。

「去了台灣之後就沒有消息了，聽人家說好像已經死了……」

我背後好像被刀刺中了一樣，心臟緊緊地收縮著，無法呼吸，我輕輕地搖著頭。

「……不，我不信……。怎麼可能有這種事情？」頓時我腦中一片空白。

不知何時，清一夫婦和姑姑一起來到我的身旁，三個人默默地看著我，嚴肅的表情告訴我政雄的死是真的。

突然我的心好混亂，不知道自己是在哪裡，我惶恐地說著：「這不是真的……大家是在跟我開玩笑的，對吧？」

我彷彿陷入了虛幻中。是的，這一定是個夢。

意識漸漸模糊中，我看到了那天葉山的海邊，夕陽下，穿著台北高中校服的政雄站在沙灘上，朦朧中聽到他的聲音：「我一定要帶妳回台灣去見我的父母。」

政雄吹奏的口琴聲在我耳邊響起。

在虛幻中我被包圍在溫暖的愛中。

等我恢復意識時，窗外一片漆黑，姑姑正用焦急的眼神看著我說：「妳醒了嗎？這裡是南京町的林醫院喔。」

想起了政雄的死，我不想把它當作是事實，什麼都不想聽，所以我不想提起他。

戰爭期間，許多市民在空襲中喪生，即使街角放置著焦黑的屍體，我也不曾有任何的想法。但是，無論如何都無法接受政雄的死，如果我不需要照顧養母和弟弟的生活，我想去政雄的地方，他一定也在等我。

在失去期待和政雄重逢的目標後，我不知道自己活著是為了什麼。

養母和姑姑

戰爭結束後，一九四六年（昭和二十一年）的年初，物價每天都在上漲，愈來愈難買到食材。自從聽到政雄的死訊後，我每天只為了能幫家人爭取糧食而努力地活著。

在到處尋找糧食消息的時候，我收到女子學校時期的朋友雨宮梨花的來信。畢業後有時也會和梨花見面，可是在戰爭結束的前兩年左右我們失去聯繫，她現在在美軍俱樂部工作。給許久未見的梨花回信時，我在信裡寫一些開心的事以外，也向她訴說買不到糧食的辛苦。於是，梨花回信說：「我的親戚是秋田縣橫手市的農家，相信在他那裡可以分到一些大米。」她馬上將這件事拜託她的親戚。

雖然秋田縣很遠，但是為了能買到珍貴的大米，我決定利用學校的春假去拜訪梨花的親戚。因弟弟吉彥有事忙著，無法脫身，而養母身體虛弱，去秋田對她來說，實在是有困難。和姑姑說後，姑姑對我說：「那我和妳一起去。」想到可以和姑姑兩個人一起單獨說說話，我很高興。政雄已經不在，我感到孤獨的心，如果和姑姑在一起可以得到安慰。

我們計劃從上野坐夜間列車去秋田，以前有快車，戰後只有普通車。

為了能坐上夜間列車，我們早上七點就去上野站。那時人們已排起了長龍，如不從早上開始排隊就沒有辦法坐上夜間列車。

我心想著：「已經排這麼多人了，可能坐不上今晚的列車了，先排著吧。」到了中午，排隊的人們開始吃起便當。我帶了兩個小小的大米和蘿蔔煮的飯糰，這兩個小飯糰就用了家族三個人一天分的米糧，一個是今天的午餐，另一個是明天的早餐。感謝養母和吉彥讓我用珍貴的大米做飯糰，我小心地吃著，連一粒米粒都不敢掉落。

忽然，在我的面前出現了一個穿著髒衣服、七歲左右的男孩，他呻吟著向著我伸出求援的手，手上滿是泥土，瘦得皮包骨像老人一般。三月天氣還很冷，但他還只穿著一件破舊的單薄衣服，手臂和身體都不斷顫抖著。聽說在上野站的地下道，住著很多在戰爭中失去父母的孩子們，他大概是個流浪兒，想要我的飯糰。

我的胃也是空的，需要靠這兩個小小的飯糰渡過兩天。

但是，這個男孩並沒有要離開的意思，就這麼看著我吃飯糰，我於心不忍將半個飯糰遞給他。他從我手上拿過飯糰後，一口就把它吃掉了，面部毫無表情，又去了別人那裡，被大吼著：「不要來這裡，走開！」像狗一樣被人趕走。

之後，又有一個十歲左右的男孩來到我的面前，我只剩下一個飯糰，我已不能給他了，只能同情地看著他，他只好又到另一個人的面前。姑姑沒帶飯糰，是吃著自己帶來的蒸紅薯。

她告訴我：「這些孩子真的是很可憐！但是，現在要顧好自己都已經很困難，我們能做的只有祈禱所有人都能有飯吃的那一天早日到來。」

據姑姑說，每天都有很多孤兒餓死在上野站的地下道裡。

我們排了大半天的隊，終於到了晚上，我實在是餓得受不了，把準備在明天早上吃的小小的飯糰拿出來吃了。

終於可以上車了，車上人滿為患，但我們設法擠了進去。

無論我們怎麼用力擠，也無法進到擁擠不堪的車廂裡。我和姑姑，還有一個不認識的中年男人，我們三個人被擠進了廁所。火車開動了，一股冷風從廁所下吹了進來，我拿報紙將廁所蓋住。火車上的廁所是開放式的，一些污物都直接飛散到外面去。

從出發後大約過了五個小時，聽到車廂裡有一個男人大聲呼喊的聲音：「開門，快把廁所的門打開。」

在擁擠的車廂內移動到廁所，本來就是一件困難的事，這個男人雖然來到了廁所前，因門外擠滿了人，即使打開門，我們也無法向廁所外移動。一起在廁所裡的中年男人小聲說：「不用打開，我們也沒法幫他。」雖然感覺非常歉疚，還是決定不開門。

「我再也受不了了，打開窗戶直接上了。」來到廁所外面的男子說著。

「不行，誰先把他壓住一下。」其他乘客說著。

「你至少忍耐等到火車開出隧道。」

「哇啊啊啊啊！」

他無法忍受打開窗戶來解決了問題。

我們三個人在搖晃的廁所裡，誰也沒有開口說話。只聽到嗖嗖、哼哼，列車行駛的聲音。之後，再也沒有人想來上廁所，所有的乘客也都在忍受著吧。

途中，在山頂轉換要到目的地的軌道，快黎明時到了橫手站。

「哇，空氣好冷啊。」

這是我第一次來日本的東北地方，家家戶戶的屋簷下都積著雪。姑姑在陌生地的雪路上也精神煥發地走著，像是在享受著這寒冷的雪景一般，我真的很佩服姑姑，無論在什麼時候都是又穩重又開朗。

步行約二十分鐘後，我們到了梨花的親戚家，她說：「從這麼遠的地方來，真的是辛苦了。我聽梨花說了你們的情形。早餐剛做好，一起來吃吧。」

這些話溫暖了我的心，進了家門，就能享用熱騰騰的米飯和味噌湯，每樣都十分美味。享受這份美味時讓我聯想起南京町吃的牛肉飯，也想起政雄的死，我哀傷的心情湧上心頭，但我不敢流淚。我故意發出響亮而明快的聲音，想擺脫心中的傷感：「真的是非常感謝你們的款待，也非常感謝你們願意分給我們大米。」

「橫濱的空襲更淒慘，對吧？橫手也遭受了空襲，但是損失沒有那麼嚴重。在戰爭結束的前一天晚上，土崎港的煉油廠和市區也遭到大空襲。」

即使同在日本，有因空襲被大火燒毀的地方，也有僥倖免於災難的地方。有可以吃得到白米飯的地方，也有住在地下道沒有東西吃而餓死的小孩。

「對了，梨花怎麼沒有和你們一起來？」

「她此次不能來也覺得非常遺憾，但她結交了一位美國朋友，很活躍，日子也過得很好。」

「那個孩子在美國生活了很長的時間呢，請代我向她問候。」

我沒有說起她的美國朋友是一位男性。

我和姑姑各買了三升大米，坐上了下午三點多的列車。列車不像來的時候那樣擁擠，我們很幸運地有位子坐，車窗外是連綿不斷的雪山。

「姑姑，謝謝您和我一起到這麼遠的地方買大米。」

「因為兩個人來的話，就可以多帶些大米回家，大嫂和吉彥也可以多吃一點。」

「姑姑的份請一定要帶回去。」

「我一個人，而且住在南京町，糧食很好解決的。」

為什麼姑姑如此善良，心胸如此大量……我從小到現在愛姑姑的心一直沒變。

這次在路上，兩個人都沒有談起政雄，但是姑姑總是用慈祥的眼神看著我。

往外一看，雪山上有一個黑點在移動，我仔細一看。

「啊，姑姑您看，是熊喔。」

「啊！真的。我第一次看到野生的熊。」

我們像女學生一樣笑得前俯後仰，列車穿過漸漸暗下來的黃昏，又進入寂靜的黑夜。早上五點左右，我們到達上野站。

在車站裡有巡邏的警察。除了配給的食物外，「黑貨」也就是那些非法的物資是會被沒收的，我心想辛苦得來的糧食怎能被沒收呢。我帶著若無其事的表情從列車下來，壓抑著想跑的心情，冷靜地坐上開往橫濱的電車。

早上七點，和姑姑回到保土谷的家裡，我立刻用秋田的米做了四人份的粥。

「哇，裡面有好多米啊，好好吃。」

吃了一口後，吉彥滿臉的喜悅，養母也是。

「真好吃。秋田不愧是生產大米的地方。」

我滿足地微笑，家人們幸福的臉龐和粥的美味，讓我忘了沿途的疲憊。

吃完飯後，養母面向姑姑：「秀子，謝謝妳陪依江到那麼遠的地方去買大米。」

我從來沒有見過養母如此有禮貌的對姑姑。

「大嫂，不要說這麼見外的話，我也想去秋田看看。」

然後，養母的臉色頓時變了，說著：「嗯，妳和依江感情很好呢。一定是帶著快樂的心情去享受旅行的氣氛吧。」

養母的話中帶著刺。之前我就有所察覺，不知為何養母對姑姑總抱著嫉妒的心情，但姑姑總是沒有反抗地接受養母的諷刺，我真的很佩服姑姑的這種雅量。

養母轉變話題：「對了，林醫院最近怎麼樣。忙嗎？」

「每天都很多病人。林醫師是一個很有人情味的醫生，所以不論是中國人還是日本人都很喜歡他。不管是在戰爭的時候還是現在，他都盡其所能幫助那些有困難的人。」

「聽妳哥哥達藏說，林醫師在年輕時就喜歡妳呢。他的妻子在空襲中喪生了，他說不定會想和妳再婚呢。」養母故意在我的面前對姑姑提這樣的事情。

「大嫂，這怎麼可能呢。林醫師是一位優秀的醫生，又有社會地位，我配不上他，根本就不配啊。」

姑姑的臉紅了。

「這誰知道呢，我看林醫師現在對妳還是抱有好感呢。」

聲音中夾雜著嫉妒的語氣。

「怎麼可能？林醫師的妻子是我在台灣唸書時的同學，我想應該是因為這一層關係，所以他信任我。」

姑姑很謙虛。

「對了！你們都喜歡台灣，有機會我也想去一次呢。」

養母突然提到台灣，可能因為對辛苦替我們去買大米的姑姑，說了諷刺的話，感到不好意思，故意轉變話題吧，也可能她心裡愛戀著林醫師，對台灣有憧憬。

姑姑笑著說：「等局勢穩定後，我一定帶大嫂去台灣玩，因為我在台灣有很多朋友。」

「真的嗎？我好高興。對了！那個時候依江也和我們一起去，因為那裡是妳真正的故鄉。」

很少見到養母沒有顧慮地開心著，看來她是真的很想去台灣。當然，我也非常想去。說到台灣讓我想起了政雄。雖然，姑姑和養母都沒有說起政雄的事情。兩個人是不是已經忘卻政雄了？我是不是也該忘記才行呢？但能忘得了嗎？

意外的重逢

戰後大約過了半年多，一九四六年（昭和二十一年）四月新學期開始了，我在西谷附近的國民學校擔任二年級的老師。開學第一天就有一些教員調動，在新來的老師中我見到一位意想不到的人。

我不自覺地叫到：「是青山老師，還記得我嗎？我是沼田依江。我們在南京町的金山洋品店見過好幾次……」

他是政雄的好朋友青山典夫，從師範學校畢業後，他志願加入了海軍，據說是通過姑姑認識了政雄。

「我當然記得。沼田小姐，妳一切平安太好了。不，應該叫妳沼田老師才對，能成為同事真的是太巧了。」

青山典夫穩重且自然的笑容，一點也沒有改變。

「大家在戰爭期間都很艱苦。但是戰爭已經結束了，此後日本將會改變教育方針，以民主主義為基礎，讓我們一起來培養日本新世代的下一代吧。」

戰後，應聯合國最高司令部（GHQ）的要求，日本教育實施根本性的改革，否定戰爭前的皇民教育，民主主義開始被重視，廢除了教育敕令，修身、地理和歷史的教科書都被收回了。以培育完善人格為目標的大方針，教育需尊重孩子們的個別差異，教育方法希望學校和老師能有自主性的創意。

我抱著培養孩子們成為自己和周圍的人都能得到幸福的教育理念，知道青山也是這麼想的，所以我也很開心。

聽說青山沒有被派往戰場，他留在國內的航空基地裡，直到戰爭結束。

青山是我和政雄在交往期間認識的，我們有時也在放學後聊天，但是我們都沒有提起有關政雄的事情，有時想要開口問他是否知道政雄是在哪裡，為什麼死的？但是每想起政雄總讓我很傷痛，所以在學校裡我儘量不想這些事。因看到青山會想起政雄，我開始有意避開他。

在戰爭中，為了能獲取一些糧食，校園的一部分變成了農地，戰爭結束後也就這樣被保留下來，由教職員分工合作種紅薯和蔬菜，然後帶回去給自己的家人。

有一天放學後，我一個人去校園的農地裡培育南瓜，青山來了。

「沼田老師，辛苦了。對了！妳知道怎麼才能讓南瓜結多一點果實嗎？」

在南瓜的雌花盛開的時候，雄花也適時盛開，此時青山來幫忙將雄花嫁接到雌花上，因為南瓜是雌雄異花，如果不將雄花上的雄蕊人工授粉到雌花上的話是不能結出果實的，這是我參加學校農作課時第一次知道的事。

青山說道：「我家裡有田地，所以小的時候就知道了。」

聽說他一個人住在橫濱中區麥田町的一棟古老的大房子裡。

「本來我是和母親住在一起的，但是母親在空襲中喪生了。」

他和我一樣，都失去了親生父母。

從那天起，我們在學校有時會互相交談。我上的師範學校，本來是一所縣立女子師範學校，但是升到二年級的時候，制度改變了，和當時的縣立男子師範學校合併，因此學校裡有男子部和女子部。青山是比我大三屆的學長，我們倆可以稱得上是校友。

我的很多同事也都是師範學校畢業的，每次和青山說起師範學校的事情，他總是非常的興奮，而且我們在當老師之前就認識了。還有，我們有政雄這個共同好友，但誰都沒有開口提起政雄。

我唸的女子師範學校舊校舍是在橫濱立野，在山手町和本牧町之間的小山上。而男子部的縣立師範學校的校舍是在鎌倉市，青山在鎌倉市的學生宿舍住了大約兩年半。

「下次去鎌倉的師範學校看看校舍好嗎？」

「好的！好的！我們去看看。」

因為我之前上學時的立野校區有一部分在空襲中被燒毀了，同樣是師範學校，我很想去鎌倉校區看看。我沒有去過男子部，也很想去看看，很懷念學生生活，好像要去見老朋友的心情。

星期天，我們坐橫須賀線到了鎌倉。在參觀完師範學校，也去參拜寺廟，鶴岡八幡宮、賴朝古墓和鎌倉大佛，之後我們去由比濱海岸散步。我們併肩坐在沙灘上，已經快中午，太陽升得高高的，初夏的海水蔚藍而透明。

「妳姑姑沼田秀子女士身體好嗎？」

「挺好的，謝謝你關心。但是金山洋品店被燒毀了，洋品店老闆好像在空襲中喪生了……我姑姑現在在南京町的一家醫院裡當護士。」

「因戰爭世事變化很大啊。對了，聽說秀子姑姑之前在台灣讀護理學校，回日本後，在南京町被稱為『台灣學生的母親』。我雖然是日本人，但是也受到她很多的照顧……因為我……和政雄是朋友。」

突然出現了政雄的名字。這是青山第一次和我說起政雄的話題。

「政雄最近怎麼樣？」

這句話像箭一樣刺進我尚未癒合的傷口裡，我的眼淚滲了出來，眼前的景色變得模糊。

「沼田老師，妳沒事吧？」

青山似乎不知道政雄的消息，我勉強打起精神，我想必須告訴他政雄已經過世的消息。

「胡政雄……好像在台灣過世了。」

「什麼……？」

在一陣沉默後，典夫說道：「他醫大畢業前我和他還有聯繫的……怎麼會呢，真的已經死了嗎……怎麼是這樣啊……」

我們兩人再次陷入沉默之中。然後，他轉向我。

「非常抱歉！沼田老師，我因毫不知情，讓妳想起悲傷的事。」

「沒關係，需要道歉的是我。我應該早點告訴你才對。」

被壓抑的傷感，像被拆掉堤防一樣溢洩出來。我找到一個可以傾訴的人，我盡情發散失去政雄的悲痛，淚流不止。青山在旁邊靜靜地看著海，他似乎也沉浸在悲傷中。

太陽愈升愈高，有帶著孩子在寬闊的海岸上嬉戲的家庭，那是一幅幸福又祥和的畫面，好像戰爭從來沒有發生過。

看著這樣的景象，我開口說了：「我不相信政雄已經死了，他日日夜夜一直都活在我的心中。」

青山也說道。

「讓我們相信他的訃告是誤報的，他天生敏捷，一定能九死一生的。」

能遇到和我有同樣想法的青山，我毫無顧忌地痛哭起來。

「沼田老師，我們兩個都為政雄的事情感到非常悲傷。對於沼田老師來說，他是一個非常重要的人，對於我來說，政雄也是一位非常重要的朋友。」

我不想讓他看到我哭泣的臉，所以我臉朝下就這樣靠在了他的肩膀上。青山輕輕地把手放在我的肩膀上。聽著他不快也不慢的心跳聲，我覺得好像是靠在政雄的胸膛一樣。

不知不覺已到了午後，陽光變得和煦。

我們站了起來，沿著波浪輕打的海灘散步。我沒有勇氣直視青山，雖然我們併肩走著，但剛才盡情哭泣讓我感到害羞。他偶爾會關心地看看我的臉，但是什麼都沒有說。我想起了曾經和政雄經歷的種種，如果旁邊是政雄，那該有多好。

從沙灘走到了街道，街道上人來人往，商鋪林立。

青山在一家店裡買了兩份鯛魚燒，說著：「妳一定餓了吧？」他拿一個給我。

今天到鎌倉，我都還沒有吃東西，突然感覺餓了，遞過來的鯛魚燒熱騰騰的。

「趕快趁熱吃吧。」

他張大嘴巴，從鯛魚燒的頭開始吃了起來，說著：「好燙！」

熱騰騰的紅豆餡，沾著他的嘴唇，他「呼……呼……」的叫著燙，逗得我笑了出來。

我也吃了一口，小麥麵皮的香氣，紅豆餡的香甜一股莫名地暖意慢慢在我全身蔓延開來。

平常話不多的青山，很高興今天能看到他輕鬆自然的一面，也發現他挺幽默的！

在鎌倉的一天雖縮短了我們之間的距離，但是在學校還是感到有些害羞，所以很長時間都不敢再和他說話。

到了夏天，學校開始放暑假了。戰爭後經過了一年，從八月十五日到二十一日舉辦了全國高中棒球錦標賽。因為戰爭而被暫停的賽程恢復了。然而，原本參加的台灣隊，因為已經不在日本的統治下了，所以沒有參加。

時間過得很快，第二個學期開學了。

一天，在回去的路上，我正從學校往車站方向走著，青山騎著腳踏車追來。

在一條細長通往車站的田間小路上，他推著腳踏車和我併排走著，這是我們兩個人第一次一起從學校回去。快到車站時，他突然停了下來，像是做了什麼決定似的對我說：「沼田老師，我們去鎌倉那天之後，妳的影像一直在我的腦海中揮之不去，妳願意和我以結婚為前提交往嗎？」

我很驚訝，什麼話也說不出來。

「我知道妳不能忘記政雄，但我願意和妳一起分享妳對政雄的感情。」

「青山老師……」

「妳能不能考慮我的要求。慢慢考慮沒有關係。」

說完，他送我到剪票口，目送我離開，用一種期盼的眼神看著我。

坐上電車後，我滿腦子一直想著青山剛才說的那些話。

政雄去世後，我本來已經打算孤獨終老。

但是，養父死後我必須支撐沼田家的開支，養母助產士的工作是不定期的，她最近幾乎沒有工作，弟弟吉彥還只是中學四年級的學生。在吉彥畢業前，我還需要照顧他們的生活。

我覺得很苦惱，找養母商量，養母說：「這是一件值得高興的事啊！有人追求的時候不結婚，會錯過妳的姻緣的，一直思念已經逝去的人也是無濟於事。」

就這樣過了一段時間。

養母問我：「如果妳嫁給青山老師的話，妳的薪水是不是就不能用來支付吉彥的學費和家裡的生活費了？」

養母的這種說法真的讓人難以忍受。不過，我需要對沼田家負責，這也是事實。

幾週後青山來我們家做客。他帶來了一些自己種的蔬菜，還帶了很多栗子和柿子。

「妳帶那位青山老師來家裡一趟吧！」

「聽依江說，青山老師您現在好像是一個人住。」

「是的。我的父親很早就去世了，母親在戰爭中出門時遇上了空襲，喪生了。我沒有兄弟姐妹。」

「一個人住不怎麼花錢吧，但是我們家三個人一起住，小兒子還只是學生，如果沒有依江的收入，就很難生活了。」

養母突然說起這個話題，我的臉因為害羞和尷尬而漲得通紅。但是青山卻用平靜的聲音說道：「我知道，我會盡力協助的，請放心。」

青山對養母不禮貌的種種問話沒有感到不悅，而且真誠地回答，讓我再次對他產生了敬意。

那天晚上，養母說：「青山老師是善良厚道的人。如果是他的話，我覺得很放心，妳可以答應和他結婚。」

我也在這幾週裡，感受到了他的老實和坦誠。雖然養母的性格我不喜歡，但是她看人的眼光很準。養母這麼判斷我也感到安心，而且他也答應幫助沼田家的經濟。其實最讓我高興的是，他是唯一可以和我一起分享思念政雄的人。

和養母見面之後，我和青山開始以結婚為前提的交往。

結婚

秋天一過，很快的進入冬天。學校開始放寒假，一九四七年（昭和二十二年）的元旦後，第三個學期開始了。立春過後，我第一次去了青山的家。

他以前也邀請過我，但是我一個人沒有勇氣去，這次是姑姑陪著我去的。

麥田町是從南京町往本牧町方向步行三十分鐘的地方，周圍有著一片寬闊的田野，在掛著「青山」這個名牌的大門兩側，有著好幾棵高大且茂盛的櫸樹四周是黃楊木的圍牆。

「嘿！」某處傳來呼喚的聲音。我們四處張望時，青山從一棵櫸樹上跳下來。姑姑說道：「這不是典夫嗎？啊，你爬那麼高到底在做什麼？嚇我一跳。」

「我在修剪樹枝。這是一棟老房子，所以有很多事情要做。」

雖然已經到了春天，但是還是很冷。青山穿著短袖，挺直了背取下帽子，對姑姑說：「好久不見！非常感謝您在戰爭期間非常照顧我們。」

他很禮貌地打過招呼後，並向姑姑深深地致敬意。然後說道：「請進！因為我一個人住，所以有些亂。」不好意思地笑了起來。

這是一棟將近百年歷史的老房子，從大門口進入院子後，梅花的清香撲面而來。玄關的入口是一扇厚重的木製拉門，大廳裡有一個木頭的台階，屋裡空氣很冷，有一股老房子特有的氣味。

「不能好好招待很抱歉。」青山端來茶水笑著說道。

姑姑跪坐在榻榻米上由衷地說：「典夫，真的是好久不見了，你平安無事太好了。今天我們三個人能聚在這裡，讓我很感動。」

「戰爭期間，我們經常去找您。您為我們補充營養，做了很多好吃的東西，尤其是麵線湯，這是政雄最喜歡吃的東西……」

突然青山不說話了，因不經思索地說出了政雄的名字，自己感到困惑。

姑姑說：「戰爭中的悲慘，戰爭後的拮据……無論發生什麼事，我們都要勇敢地面對，否則將活不下去……」

姑姑就好像在對自己說一樣，慢慢地輕聲問青山：「典夫，你是政雄的好朋友。你和依江結婚我非常高興，但是你是不是因為對政雄的友情，想要代替他來照顧依江？婚姻不是由道義和人情來勉強湊合的，你真的想過嗎？如果你不介意的話，可不可以在我和依江面前告訴我們你的真實感受？」

雖然姑姑謹慎地克制情緒地說，但這仍是一句很嚴厲的話，我從來沒有聽過姑姑說這樣的話。

青山低下頭，靜靜地深吸了一口氣。然後抬起頭，認真地說：「在金山洋品店二樓第一次見到沼田老師的時候，她還是學生，穿著師範學校的校服。和政雄談起電影時的她活潑可愛，我也很驚訝她對政治有自己堅定的想法，那一天我就對依江小姐一見鍾情了。」

一口氣說完後，他臉紅地低下了頭。

我發現他第一次叫我「依江小姐」。

姑姑小聲說：「原來是這樣……」

「當時政雄說，他和依江小姐在交往。說實話，我的心情很複雜。但是，如果他們能幸福的話，我衷心地祝福他們。」

青山的言語中感覺不到一絲虛假。

「沒想到，偶然和依江小姐在學校見面，又聽說政雄他……他已經不在的消息……」

三個人都沉默了。

「典夫……我非常理解你的心情。依江，妳也聽到典夫的真心話了吧。」說著姑姑問我。

「……是的，我知道了。」我回答著，調整了坐姿向青山低頭致意。

「謝謝你，青山老師。我還是個不會面面俱到的人，請多多指教。」

「我也請妳多多關照。此後請不要再叫我青山老師了，我也會叫妳依江。」

說著他不好意思地笑了起來，我發現他的笑容很迷人。

「那麼，我就叫你典夫。」

跟在我們旁邊的姑姑拉起了他的手，把他的手放在我的手上。我們兩個人臉都紅了。

在回家時，典夫向姑姑提道：「我們結婚後，您也一起住進這個家裡吧。」

「你在說什麼，這種不合時宜的事情怎麼可以。」

對著笑出聲的姑姑，他重複了一遍：「我沒有開玩笑，我是認真的。聽依江說小時候您就非常疼她，她也非常喜歡您，當然我也是一樣的。如您所見，我們家雖然舊，但是很寬敞，所以房間也很多，這裡離南京町的林醫院也不遠，我們三個人如能住在一起的話，真的是太幸福了。」

姑姑一臉苦惱地看著我，我用力地點了點頭，雖然我是第一次聽到這個提議，但是我覺得這是一個絕好的提議。

「能不能給我時間想一想。」

「姑姑，和我們一起住吧。」

「依江……」

「沼田女士，為了我們，請一定要答應。」

突然，姑姑的表情緩和了。

「……好的！既然你們都這麼說了，那就這麼辦吧，和你們年輕人爭議我是輸定了。哈哈！」

我想姑姑也因為擔心我無法適應這麼寬闊的家才同意的。典夫家原本好像是農家，現在也還有一些農地，姑姑擔心我不能一邊當老師一邊做農事，可能是為了想幫助我，所以才願意同我們一起住。

幾個月後，即一九四七年四月時學校制度實施改革。國民學校被廢除，原來的國民學校的初級改成新制度的小學（六年制），高等科改成新制度的中學（三年制）。

感受著新時代的同時，當年的四月我們辦理結婚登記。那一年，我二十二歲。

在物質貧乏的時代裡，我們家一貧如洗，沒有任何的嫁妝，只有一張書桌、書架和一些我隨身的東西。

「不需要任何東西。只要妳人過來，這樣就很好了。」

「謝謝你包涵……我可以把家裡一直養的花貓帶過來嗎？」

「哈哈哈，帶來吧！只是不知道吉彥會不會感到寂寞。」

對如此心地善良的典夫，我說：「有一件事想要向你確認。」

「什麼事？說說看。」

「那是戰爭中，政雄讓我保管的白線帽和口琴，我把那些帶過來也可以嗎？」

「當然可以！如果是政雄所珍惜的東西，我也會很珍惜的。」

「謝謝。」

我鬆了一口氣，但是我沒有提到口琴盒裡那封信的事情。

四月中旬的一個星期天，在麥田町的典夫家，我們舉行了結婚典禮和婚宴。典夫說給客人分發的禮物魷魚干是一定不可少的。但是，在橫濱買不到足夠的數量，所以在結婚典禮的前幾天去靜岡縣的伊東購買。

婚禮當天，我凌晨三點起床，四點去自己家附近的美髮店，花了四個小時，把為了結婚而留的長髮梳綁了文金高島田髮式，這是結婚時需要的髮型。穿著平時的衣服頂著這個髮式，一個人坐著電車去山元町車站和典夫會合。

我成為車上被人矚目的焦點，遠處的大叔大聲地喊道：「要辦婚禮了嗎？好漂亮呀！」我害羞得希望能快點下車。

典夫和一名攝影師已在山元町的月台等著。之後，我們三個人步行了二十分鐘，去證婚人的家。證婚人是我們任教小學的校長。典夫的伯父伯母也已經在校長家裡等著我們了。

在校長夫人和典夫伯母的協助下，我換了新娘的服飾，和典夫及大家一起合影留念。拍攝結婚相片後，典夫騎腳踏車先回家了。

我和校長夫婦、典夫的伯父伯母，五個人一起步行到典夫家。

到典夫家大約有一公里，這是一條很少人通行的碎石小路。我一邊注意著頭上沉重的髮式，右手拉著禮服的下擺，左手被校長夫人攙扶著慢慢地走著。

當我走到典夫家門口時，驚訝地看到門前聚集著一大群人。從那人群裡，吉彥跳了出來對我說：「姐姐恭喜妳。妳真漂亮！」養母也出來誇我：「妳好美喔。」

「恭喜妳，新娘子。」我聽到人群中的祝賀聲。

秀子姑姑是和南京町的熟人們一起來的，清一和純純、蔬菜店的夫婦也都在，他們一個個走到我的身旁，向我道賀。但我很擔心被看到我那被汗水洗去大半白粉的臉。

在進入家的玄關前需要跨過一捆點燃著的稻草，這不僅有著要用火來淨化新娘的意思，還為了確定新娘不是狐狸所偽裝的，這是一定要做的儀式。

穿過玄關後，我們被帶到有榻榻米的宴會室。

會場設置在兩間八疊大的榻榻米房間。

當我和典夫背對著壁龕坐下時，穿著和服的男孩和女孩向我們走來，他們被稱為雄蝶雌蝶，是來為我們完成三三九度相互敬酒的儀式。

婚禮結束後，便是宴會。

酒席中有青山家和沼田家的親戚、我們任教學校的老師們、鄰居和典夫的朋友，熱鬧非凡。走廊上還坐著一些自願來參觀婚禮的人。

姑姑從南京町請來的客人們在一間六疊的房間設宴，是在兩間八疊的房間旁邊，大家玩得很盡興。

當我走進六疊房間敬酒時，純純滿臉笑容地站起身來說：「依江姐姐，恭喜您！為了慶祝你們結婚，我帶來很多中式糕點，讓妳和姐夫一起享用。」蔬菜店老闆喝了酒滿臉通紅，非常高興地說道：「以後不論什麼時候來我們店裡，都會分給你們新鮮的蔬菜。」

在疏散前姑姑曾帶我去吃飯的餐廳老闆娘說：「下次和妳老公一起來，現在能買到各種食材，我為你們準備好吃的中國菜。」

稍遠的地方傳來清一高興的聲音：「為了慶祝你們結婚，有時間來我們店裡，我請你們吃飯。」大家都非常熱情地說。

之後，我們回到那兩間八疊的房間裡。

我心想林醫師和梨花不知道來了沒有？

我對那間六疊房裡的熱鬧情景很在意，不時地看向那裡，突然我注意到有一個人也時常看向那個房間，那個人是我養母。我的直覺告訴我，她是在尋找林醫師的蹤影。

宴會終於在傍晚時結束了，關係近的親友們留了下來，我趕緊換好衣服，為大家奉茶。在那個時候，我聽到一個很熟悉的聲音：「依江，恭喜妳！」

是梨花。她穿著白襯衣黑色的夾克和裙子，頭戴一頂貝雷帽，時尚的樣子吸引了在場人的目光。

「好久不見。好高興妳嫁給一個這麼優秀的人。」

她說著就抱住了我。

「謝謝！感謝妳去年介紹秋田的親戚給我們，他們很熱情地接待我們，還分給了我們很多好吃的大米。」

「能幫上忙我很高興。對了，小學老師的工作怎麼樣？」

「是一份很有意義的工作，我現在培養的是將來要擔任民主主義新日本的孩子們。」

「妳是位認真積極的好老師。」

然後她盯著我，小聲說道：「等妳有空閒的時候，我有很多話想要告訴妳。」

我點了點頭說：「我也是。」

然後，我又為大家奉茶，到了養母面前時，養母對我說：「依江，祝妳幸福喔！」養母溫柔的話語雖然有些意外，但很開心。

「媽媽，謝謝您……」

剩下的人們也都三三兩兩地回去了。結果，林醫師沒有來。

晚上，為了幫忙整理會場，典夫的一些親戚留宿下來。當我終於能和典夫兩個人單獨在一起時，已經過了午夜，我們兩人累得精疲力竭，很快就睡著了。

第二天早上四點多我就起床和姑姑一起準備早餐。廚房被稱作為「燒火場」，在離開正廳有些距離的地方，那裡沒有自來水，早上要做的第一件事就是需要用吊桶從井裡打水，然後放到廚房的大水缸裡。用柴木生火的爐灶來煮飯，用吊起來的大鐵鍋來煮菜。

這些鄉間的生活習慣都是我不熟悉的，令我束手無策。姑姑一邊迅速點火，一邊開玩笑說：「如果不趕快學會使用這個廚房，在這裡就無法生活下去喔！」我對姑姑很依賴，只要和姑姑在一起，不管做什麼事都可以安心又有趣。

親戚們上午就回去了，典夫早上必須去學校上班。「歸寧」是新娘在婚禮後不久就回娘家的習俗，這天我請了假，和姑姑一起去保土谷的娘家。

到了晚上，姑姑說要回南京町，我問姑姑：「您不是答應要和我們一起住麥田町嗎？您什麼時候會從南京町搬過來呢？」

姑姑說再過一陣子，說完之後笑著走了出去。

姑姑走後，養母話中帶刺的說：「秀子和妳一起到夫家那邊住，妳不怕被說閒話嗎？」

「這是典夫希望的，別人怎麼說都無所謂。」

當我毫不猶豫地說出我的想法時，養母勃然大怒。

「剛結婚就這樣，這是對母親該有的態度嗎？」

我沒有回話，沒有強辯也沒有道歉。我想我和典夫結婚了，已是青山家的人了。

「啊！我知道了我和吉彥對妳來說已經是陌生人了，不論發生什麼事情都沒有關係了。」說著，養母很不高興地把頭轉到旁邊。

如果養母和我成為陌生人，會感到困惑的是她才對。因為我還一直在幫忙沼田家的生活費，她只是故意生氣而大聲怒罵，從我多年來的經驗，遇到這種情況時說一些溫和的話哄她是很有效果的。養母性子雖然急，但是很單純。

「媽媽，請不要生氣了。您和吉彥永遠是我最親的家人，怎麼會覺得你們是陌生人呢？」

我知道至少在吉彥畢業之前，我對沼田家是必須照顧的。

被我一哄養母心情變好了，就轉身向我這邊靠過來說著：

「對了！聽說秀子一直這麼在乎南京町，是因為在南京町有戀人。」

這些傳言可能是養母喜歡林醫師，定期去林醫院看診，在診療室裡聽說的，或者是在昨天婚禮時，從南京町的某個人那裡聽到的。

「這樣很好啊！姑姑本來就是單身。」我就這樣若無其事地說著。

「妳不覺得不成體統嗎？秀子已經是一把年紀了，還談戀愛，難道不知道別人都在嘲笑他們嗎？」

指責姑姑的口吻中夾雜著敵意、嫉妒和失望。或許養母也喜歡林醫師？

第二天早上我直接從保土谷的娘家去學校上班。從今年四月起，典夫將被調到另一所學校，因為家族或者親戚同在一個學校任教時，教育委員會會將他們分配在不同的學校。

從這天晚上起，姑姑和我們一起在麥田町的青山家生活。

進入五月後，院子和房子的周圍都能聽到青蛙的鳴叫聲，和姑姑一起泡在檜木的大浴盆裡，慢慢地聽著青蛙的鳴叫聲，渡過幸福的時光。有時，兩個人像孩子般輪流唱著「青蛙的童謠」。夏天有時從清晨起就下起傾盆大雨。到了夏末，常常會飛來很多紅蜻蜓，還有不知從哪裡的稻田裡飄來陣陣的稻香。

帶學生們到鄉下疏散的時候，雖然也生活在大自然中，但是現在的感受和當時完全不同。現在能盡情地享受大自然四季不同的風采，四周圍的景物都讓我覺得美好而歡愉。

學校休假的三天裡，我們三個人在附近的田野上散步，我逐漸愛上大自然中的生活。

第三章

在戰後社會的繁榮中

麥田町老宅

平穩的日子

我和典夫在不同的小學上班，姑姑仍然在南京町的林醫院裡擔任護士，一到假期我們一起享受麥田町的大自然生活。

青山家原本是農家，曾經擁有廣闊的農地和山林，由於典夫的父親當了老師無暇管理，在昭和初期就賣了大部分農地。但是，房子周圍仍保留了不少的田地。戰爭結束已經兩年了，在嚴重的糧食短缺的情況下，很幸運還能從自己的田地種植小麥、紅薯、豆類以及各種蔬菜。

休假時，我們三個人一起種植農作物，也有赤著腳工作的時候，起初我對赤腳踏在土地上不能適應，但是很快就習慣了。

家裡的庭院很大，栽種著很多的樹木和花卉，在南邊有一棵樹幹直徑二十公分漂亮的茶花樹和一棵百年樹齡的梅樹。

典夫將姑姑視為家族的一員，姑姑也把我們當作自己的孩子。我們三個人同心協力，收入共享，並一起支出養母和弟弟吉彥的生活費和學費。典夫和姑姑對這件事不僅毫無怨言，還很樂意幫助他們。我們也經常把田地裡的收成帶到養母那裡，不僅是我，姑姑和典夫也都很高興看到吉彥滿足的笑容。

我打從心底裡感謝典夫和姑姑的寬宏大量，和典夫結婚後，我感受到他是一個有奉獻精神且溫厚的人。

那是我們結婚第二年初夏的一個星期天，典夫去學校值班，我和姑姑一起做完農活，拿著午餐，在涼快的榻榻米旁邊的木頭長椅上喝茶時，姑姑很滿足地說：「這是個很有魅力且令人心怡的院子。」

我點了點頭，姑姑接著說：「冬天紅白的茶花盛開，過了年梅花盛開，黃鶯也來報到，整個院子充滿春意。天氣變暖和時，色彩鮮豔的杜鵑花又爭相開放，到處都盛開著花花草草。」

「我最喜歡庭院中間的柿子樹，典夫說它已經有百年樹齡，但是枝幹茂盛，綠葉變大時呈現有光澤的鮮綠色，到了秋天，能結出許多甜美的果實，我很喜歡。冬天時穿過葉子掉落後的樹枝，看著落日的天空，彷彿就像是一幅美麗的夕陽畫作。」

說到這裡，我們靜靜地眺望著庭院，不知道什麼時候貓咪三毛也來榻榻米旁邊的長椅上，坐在我和姑姑的旁邊。

姑姑突然說：「婚禮時梨花小姐來過之後，你們還有見面過嗎？」

「沒有。最近很忙，沒有聯繫。」

「梨花小姐最近好像在南京町工作呢。」

「啊！真的嗎？」

「我偶然聽說的，雖然不知道具體位置在哪裡，聽說是開了一家店。」

「好厲害！不愧是梨花。」

幾週後，姑姑下班回來，直接衝進廚房對我說：「依江，妳一定很驚訝。我今天在南京町遇見梨花小姐。」

正在切菜的我、手停下來，喊了出來：「前不久才剛提到她。說曹操，曹操到。」

「因為在婚禮上見過，她記得我。她過來和我說話，問我是不是依江的姑姑，還問我，妳最近怎麼樣。」

「然後呢？然後呢？」

「她在南京町和美國朋友一起經營一家酒吧，店裡好像還擺放了一架鋼琴。」

「鋼琴……」

這是我從小就渴望的。

我想學鋼琴，但是家裡沒有多餘的錢而作罷。在師範學校時，學校裡有很多風琴，但是只有一架鋼琴，所以能練習鋼琴的機會很少。我用紙做了鍵盤，時常在家練習。

「梨花小姐告訴我她店的地址了，並說希望妳能去找她。」

我很想盡快去找梨花，可是學校和家裡都很忙，沒能抽出時間來。有一天我和姑姑及典夫在家的田地工作，在院子裡架起了桿子，把割下的麥穗放上面曬乾，然後，用老式的打殼機來脫殼。

「姑姑，這個工作太重了，我來做，您好好休息。」

「沒關係，挺好玩的！我沒事，依江，妳學校工作忙更需要好好休息。」

我堅持要幫忙，但我沒能掌握訣竅，抱著麥束在院子裡搖搖晃晃地，典夫和姑姑都笑了，正當這時候，有人從黃楊木圍牆旁的木門走進來。

那個身影……

我大聲叫道：「啊！是吉彥，快進來！」

「啊，吉彥！」典夫也驚訝地叫他，並向他揮手，姑姑瞪大著眼睛，微笑著揮手。

吉彥一個人來這裡還是第一次。

「突然來，是怎麼了？但是，我很開心你來了，就一起吃完晚飯再走吧！對了，媽媽怎麼樣？」

「挺好的，還是一如往常地成天抱怨。」

吉彥笑著說，但是我感覺有些不對，突然來這裡，可能是和養母發生了什麼事。

典夫問道：「在公司上班怎麼樣？」

「託您的福。總算是有了一份工作，現在晚上還去大學上夜校。」
「邊工作邊上學肯定很辛苦，但是大學畢業會比較好。」
「是的，我會努力的！對了，姑姑，您身體怎麼樣？」
「這裡空氣很好，我非常好。」
我們完成小麥處理作業後，回到家裡，大家一起喝茶。在短暫但愉快的交談之後，典夫去院子裡抽菸，我和姑姑準備去做晚飯，此時吉彥叫住我：
「姐姐，我有事情想要和您商量。」
「好的，我知道了……」
花貓三毛從外面回來了。
「呀，這不是三毛嗎！還記得我嗎？過來，三毛。」
吉彥走近牠並把牠抱了起來，三毛很乖地讓吉彥抱著。
「嗯，還記得我，我好開心！比在家時更胖更有精神了。嘿！嘿！三毛。」
那天，我們四個人圍在一起提早吃了晚餐。
姑姑邊把大盤子放在桌子上邊說：「這是豬腳和帶肉的排骨，南京町那裡的熟人給我的，如果吉彥喜歡吃的話就太好了。」
典夫說：「我最喜歡這個了，依江經常說我不是日本人。」

「啊，我有這麼說過嗎？」

「呵呵呵！日本人不太喜歡這些東西，所以在南京町的料理店常常會剩下，我在附近的林醫院工作，很多人會送給林醫師，所以我常常可以拿到這些東西。」

吉彥說：「我是第一次看到，但是看上去很好吃，在這個時代只要能吃到肉就很幸福了。」

「中國是戰勝國，所以華僑們的生活都得到援助。從紅十字會那裡拿到的糧食和衣服都非常好，他們有時自己不需要，就拿去農家和黑市裡以物易物。」

姑姑對南京町的事情很了解。

我說道：「多虧有姑姑，我們才能從南京町弄到吃的，真的是非常感激。」

典夫也說道：「姑姑是我們家的太陽。」

吉彥問到：「姑姑在南京町住很久了，南京町的風俗習慣和日本有什麼不同呢？」

「有的，例如祭拜神靈的方式和日本不一樣。」

典夫也說：「對！他們很多人是祭拜關帝的。」

吉彥問：「關帝是誰？」

「關帝是《三國志》中的關羽，是戰神，也是財神。」

「啊，是那個關羽嗎？我以為他是歷史上的武將，原來也是中國的神。」

吉彥對關羽很感興趣，我想起小時候姑姑帶我去關帝廟的事情，香爐裡插著長長的線香，還有，跪著膜拜的信徒。那個時候姑姑和一位華僑女士好像是用台灣話在交談。

「雖然關帝廟在空襲中被燒毀了，但是去年夏天重建了。因為沒有物資，關羽的神像是從台灣運來的，建築物是從農村古寺廟裡取來不用的木材，在日本的華僑也熱心捐錢把關帝廟建造起來。」

「那我也想去膜拜一次，如果是財神的話，說不定能讓我加薪，因為媽媽常嫌我薪水太少，哈哈哈！」

最後典夫和姑姑都回到了自己的房間，留下我和吉彥兩個人。

「怎麼了？是不是有什麼煩心的事？」

「嗯……其實，我有位交往的對象。」

「啊！這不是很好的事情嗎？」

「但是，媽媽很反對。她覺得我的薪水很少，現在和女生交往還太早。」

「這樣啊！……你的交往對象是誰？」

「是同一個公司的人，她很善良，很可愛，是一個很好的女孩。」

「那不是挺好的嗎？」

「媽媽認為這條件不好。因為是同一家公司，薪水也不高，而且她的家世也不是很富裕……」

養母就是這樣的人，我們兩個人都沉默了。院子裡的樹木在初夏的晚風中低語。

「媽媽眼中就只有錢，姐姐，你們還一直給媽媽生活費，對吧？真是對不起姐夫和姑姑。」

「不要在意生活費的事情，典夫和姑姑都很理解。……．媽媽為錢一直都很辛苦，爸爸在你很小的時候就去世了……」

「但她也不應該到我們公司來，對著我女朋友說不要和我們家兒子交往……」

「什麼？媽媽竟然做了這種事情……」

養母的脾氣變得越來越激烈，還不到二十歲的吉彥因為養母的性格，日子一定過得很辛苦，我心中一陣痛楚。

「你的情況我知道了，給我一些時間，我會想辦法說服媽媽的。」

我勸吉彥今天晚上住在這裡，但他還是回去了。目送著他離去的身影，我決定要盡快去保土谷的娘家和養母談談。

青山家和鄰居的交界處種著茶樹，每年從立春過後八十八天，大約是五月一日前後，我們就會去採茶的嫩芽，姑姑用大拇指和食指採茶的動作很勤快。

我感歎道：「姑姑手法真好，看來很熟練。」

姑姑回答說：「因為我年輕的時候，經常在台灣中部南投縣的茶園裡幫忙，我沒有和妳說過嗎？那是妳生母月華家的茶園。」

「什麼？在我母親家？我母親家有茶園？」

「妳母親家不只有茶園，還擁有大片農田，妳的外公雇了很多人種植各種各樣的農作物，我和月華及正孝，三個人經常去那裡玩呢。」

「我親生父母他們兩個人在那個時候已經結婚了嗎？」

「沒有，還只是戀人。我有時和哥哥及正孝的幼年好友林醫師一起去，那時候我和月華還都是護理學校的學生，月華他們和我們兄妹及林醫師，大家彼此意氣相投，關係非常好。」

以前從清一那邊也聽說過一些，我親生父母、養父、林醫師和姑姑大家是知心好友，他們在台灣渡過一段美好的青春年華。

我能想像他們年輕時候的景象，他們親密如同兄弟姐妹一般，我突然領悟到，這就是林醫師將姑姑視同親人一般的原因。養父把我當作親生女兒般疼愛，姑姑也像愛自己女兒一樣疼我。我的人生建構在奇蹟般且不可思議的緣分上……。

同時，我也切身體會到台灣和日本之間深厚的關係。從此，一到採茶的季節，我會聯想到未曾見過在台灣經營茶園的外祖父母。

有時也會想起政雄，那時我會把從保土谷家帶來的那頂白線帽和口琴拿出來。此時，我的表情顯得很悲傷，典夫會用溫柔的眼神看著我，彷彿在說：「我知道妳的心情，我和妳一樣感到傷心。」

典夫有時會說：「這道菜是政雄喜歡的，如果政雄還在的話，那該多好。」之類的話。他分擔著我的悲傷，政雄悄悄地在我們的心中活著，他甚至說：「如果政雄回來了，我一定會把妳還給他的。」我知道這是因為典夫很喜歡政雄。記得典夫曾在鎌倉的海岸說過：「我們一起來相信他的訃告一定是誤報的。」我們一直保持著這份信念。

日子就這樣幸福地過著，平日我們互相勉勵彼此的工作，假日裡和姑姑一起種植農作物，我們不僅有安定的食物來源，而且每個季節都被大自然所包圍，生活寧靜而豐富。

事件

一九五〇年（昭和二十五年），朝鮮戰爭爆發，日本因為這場戰爭的特殊需求，使日本的經濟在這幾年內迅速復興。

一九五一年美英聯合各國簽訂了舊金山和平條約，在一九五二年生效。因此，聯合國盟軍結束對日本的占領，日本恢復了主權，但是這個和平條約中並沒有包括中國和蘇聯，中華人民共和國和中華民國（台灣）並存。一九五二年的四月，日本和中華民國簽訂了和平條約，恢復了外交關係。

此外，日美在簽訂舊金山和平條約的同時，也簽訂日美安保條約，有美軍駐留在日本以維護日本的安全。

這是一九五三年（昭和二十八年）除夕發生在青山家的事情……。

「一年過得真快呀！已經是今年的最後一天了。」姑姑笑著說。

「今年買到了很多糯米，已經好幾年沒有做這麼多年糕了，所以今天要像戰前那樣多吃一點。」典夫看來很開心。

「也買到了很多年夜飯的材料，想到沒東西吃的那些年，真不敢相信那是事實。」年末的這半個月有很多事要處理，因為平時都過著平靜的日子，所以快過年時顯得忙碌。

那天早餐吃得比較晚，姑姑說：「我等一下先去給隔壁村的熟人送禮物，然後去一趟南京町，中餐我就自己吃點東西再回來。」

典夫問：「今天是除夕林醫院也不休息嗎？」

「南京町的新年是重視農曆的，農曆新年是在二月份。所以，今天上午還是有看診的，我請了一天假去探望南京町的熟人，然後也順道去一下林醫院。」

我說：「早點回來喔！典夫今天值夜班，傍晚就要去學校。如果姑姑不在，除夕夜就只有我自己一個人，很寂寞啊！希望您回來一起聽收音機的紅白歌唱大賽。」

「紅白歌唱大賽」在一九五一年第一次舉辦後，每年新年都會舉辦，一九五三年的新年舉辦的是第三屆，今年第四屆改成除夕夜舉行，並且有實況轉播，我和姑姑都很期待。第四屆以後這個節目成為日本每年除夕夜的固定節目。

姑姑出門前說：「我當然知道啦。我會在典夫四點去學校前回來的。」

她想拜訪的熟人是住在隔壁村子裡，去那裡得走一條很少人經過的山路，即使是白天，那裡也很昏暗，我白天經過那裡也會不自覺地想快步走過去。

「姑姑去隔壁村後，要去南京町挺遠的，我代您去送禮吧！」

「沒事的，我順便去看看朋友。」

冬天的空氣寒冷，冷風漸漸變強。

我走到門口目送著姑姑，大櫸樹發出了暴風雨前強風吹動的聲響，我抬頭望著天空說：「看來是要起風了……姑姑要小心一點！」

這時，我注意到姑姑穿著新的木屐。

「呀！新鞋子應該在明天元旦穿啊！」

「今天穿也可以的。呵呵呵！」

這天，姑姑還穿著最近新買的紫藤色外套，華麗的感覺很適合姑姑的氣質，她自己也很喜歡這種顏色。

「那，我出去了，會早點回來。」

姑姑向我揮了手，就匆忙地走了。

午飯前吉彥突然來了。

「呀，吉彥，歡迎你來，快進來！」

「今天是除夕，你怎麼有時間來呢？大掃除和新年的準備都做好了嗎？」

「沒有。我和媽媽吵架了！」

吉彥和我商量關於他戀人的事情，已是四、五年前的事情了，我和養母談過之後，情況並沒有好轉，聽說最後是分手了。吉彥已經二十三歲，可以考慮結婚了，但因為養母的反對他好像已經放棄結婚的念頭，不過還是和養母住在一起。我只有這一個弟弟，希望他能追求自己的幸福。

典夫、吉彥和我，我們三個人簡單地吃過午餐。

「對了，姑姑呢？」吉彥問。

「出門了。去給隔壁村的熟人送禮物去了，送完後要去南京町。」

「其實我想問姑姑能不能幫我介紹一份兼職，如果我能在公司外再有一份工作的話，多少能增加一些收入。」

吉彥為了錢而發愁的樣子讓我憐愛又難過。

「那你去林醫院看看，姑姑說下午會去那裡的。現在正好是上午診療結束的時間。」典夫說。

「這是個好主意。但是見到姑姑後要回保土谷的家噢。除夕夜讓媽媽一個人，怪可憐的！」我告訴吉彥。

吉彥苦笑道：「唉！說不過姐姐。」

「對了！對了！這個，把這個帶回去。」

我把切好的年糕遞給他。

「前不久才送東西給我們，怎麼好意思又接受？」

「沒事！做了很多，我們也已經吃很多了。」

「新年休息的時候一定要再來玩喔。」

「謝謝姐夫、姐姐，祝你們過個好年。」

吉彥回去後，典夫開始打掃書房，我把年夜菜裝進盒子裡，並把過年要裝年夜飯的漆製飯盒從櫃子裡拿出來。冬天的日落很早，很快就到了傍晚。這時，吉彥上氣不接下氣地跑進來。

「怎麼了？你沒有回保土谷家？」

「不是！是姑姑好像沒有去林醫院。」

我和典夫面面相覷。

典夫說道：「是不是在熟人家裡說話忘了時間……」

但是姑姑是在上午離開家的，不管有多少話要說，也去太久了。

大約四點左右，典夫說著：「我先去上夜班了。」就出門了。不一會太陽下山了，周圍一片漆黑。

吉彥說：「我會一直等到姑姑回來的。」

「謝謝！那就在這裡吃晚飯吧。」

我讓吉彥先吃，我打算一有什麼消息就衝出去，而且也沒有什麼胃口。

「姑姑到底怎麼了……」

「嗯……」

我更加擔心了。

出去外面看了很多次，沒有姑姑回來的跡象。難道是發生了什麼事了？不祥的預感籠罩在我的心頭。

我等不及了，去找離家二十米左右的鄰居商量，那家的主人馬上騎摩托車載著吉彥，去姑姑上午拜訪的隔壁村熟人的家。

過了一會兒，兩個人回來了，吉彥說：「姑姑只在那裡待了十五分鐘左右，本來想留她吃午餐的，可是聽說她好像有其他約會，中午之前就走了。」

隔壁家的主人說：「我們也去南京町的醫院看過了，但是今天下午休診，所以醫院關門了。」

「問了醫院周圍的店鋪，但是都沒有人看見姑姑來。」吉彥說道。

「在回來的途中，我們下了摩托車，兩個人在路上拿手電筒一邊照一邊看，沒有看到特別的跡象。」

「最好還是給姐夫打個電話。」吉彥建議我。

我去村長家裡借電話，因為是老式的箱子電話，所以好不容易才接通。在聽筒另一邊的典夫想立刻回來，但是沒有代班的老師就不能離開，感到苦惱！他說著：「我去找找能代替我的老師。」就把電話掛了。

村長知道此事後，召集了村裡的人。

然後，以當地消防隊的人為核心，在周圍的山中開始搜查。雖然是除夕夜，但是許多村民都很關心，來對我和吉彥說：「不必擔心！」「一定能找到的！」

我為聚集在一起的人們打開收音機，讓他們收聽紅白歌唱大賽。

「接下來要登場的白隊是……」

「紅白歌唱大賽」的實況轉播進行著，看了看錶，已經晚上九點多了。

典夫找到替代值夜班的同事，回到家已經十點了，還有一位同事一起過來幫忙找尋。

村民在大廳等著想知道姑姑的下落，我準備了三個放著炭火的火盆，我向大家道歉說：「今天是除夕夜，實在很對不起……」我一面為大家端上熱茶，一面擔心姑姑的事。不知怎麼樣了？有可能受傷倒在山路上了，如果沒有被人發現的話，不就會被凍死嗎？

圍坐在一起的人有各種各樣的說法。

「如果變成狐狸了，可能就會一直在山上打轉。」

「現在哪還會有這種事情？」

「我小時候聽祖母說過，有個人失蹤了一個晚上後，隔天早上毫髮無傷地回來了。」

不管大家怎麼說，我一直不斷地祈禱著姑姑能平安無事。

嘎啦嘎啦，開門的聲音響了起來。

「啊，好冷啊！」

搜查隊裡的一員回來告訴我們搜查進展。

「我們排成一列提著燈籠，分成幾個方向，邊照邊細細搜尋，但還是沒能找到……」

「紅白歌唱大賽」結束了，不知道哪裡的寺廟敲起了除夕夜的鐘聲。

咚！咚！……

寒風中的鐘聲聽起來更加莊嚴。

有人打開門進來，是消防隊的人。

「今天晚上的搜尋就先到這裡，外面又冷又暗，很抱歉！明天早上再繼續吧。」

等在這裡的村民也都回去了。

當我在大廳裡收拾著火盆和茶碗時，聽到玄關處吉彥說：「姐姐，我們找到姑姑了……」

「真的嗎？啊，真是太好了！」

「……」

吉彥沉默了，典夫的同事也是一臉疲倦地低著頭，看到他們的表情我有一種不祥的預感。

「……但是，已經死了……」吉彥說。

「……怎麼回事？典夫呢？」

典夫的同事說：「青山老師去村長家裡通知他們這個消息，他還會在那裡打電話通知警察。」

「死了……為什麼會……？」我不相信地說。

「不知道！搜查隊撤退後，我們三個人四處找尋，有一個地方很奇怪地堆放了很多落葉，我們把落葉移開後……」

「是被誰殺死後用落葉蓋起來的。」典夫的同事說。

「是真的嗎？吉彥，真的是姑姑嗎？」

頓時我感覺到天旋地轉，無法站立著。

這個時候，典夫回來。

「典夫！」

我傷心至極，哭倒在典夫的懷裡。

到了早上，新的一年開始了，進入一九五四年。但是，我們家裡瀰漫著暗淡而沉重的空氣。

前一天在這裡留宿的吉彥和典夫的同事，一大早就回去了。

警車過來接我們，需要我們去現場驗證，典夫扶著步伐不穩的我。

要不是親眼所見，我真的不敢相信，警察保管著的遺體真的是姑姑，姑姑喜歡的紫色外套被整齊地疊放在旁邊。

姑姑是沼田家的人，本來應該由養母和吉彥來舉辦葬禮的。但因為結婚後姑姑和我們住在一起，我說過我們會照顧姑姑的晚年，所以姑姑的葬禮由青山家來辦。

青山家的祠堂在離我們家一千公尺左右的地方，四個村裡的男子抬著載著棺材的轎子，我、典夫、養母、吉彥走在後面，途中下起了小雪，清一和純純夫婦也悲痛萬分地和我們一起走去祠堂。

來到祠堂前，清一小聲地說著：「有一輛車停在那裡。」仔細一看，在駕駛座上的是林醫師，養母似乎也注意到了，但是她什麼也沒有說。林醫師像是在等我們，似乎也看著我們，但是當我們的送葬隊伍靠近時，車子默默地開走了。

為什麼林醫師不從車子上下來參加葬禮呢？我疑惑了一會兒，但是沒有餘力繼續思考下去。

有許多在南京町和姑姑有交情的人，都趕來參加葬禮，來參加過我婚禮的朋友們也都來了。

梨花也來了，不知是誰通知她的，眼淚在她的眼眶中打轉，她過來擁抱著我，有很多話想要說，但是現在沒有時間可以好好地談。

開始誦經時，回想和姑姑一起渡過的時光。小學時，我一個人去南京町找姑姑，姑姑經常帶我去伊勢佐木町的電影院看電影，在戰中戰後食物短缺的時候一直拿食物來救濟我們，和政雄剛開始交往的時候、以及失去政雄的時候，姑姑總是在我的身邊支持著我。從小到現在，姑姑在我心中一直占著重要的地位。

在青山家，三個人過著平靜的生活。採茶、割麥、做年糕、然後……我的思緒不由自主地想到除夕那天早上，天氣很寒冷又有強風襲擊的前兆，那時候我為什麼沒有阻止姑姑出門？為什麼讓她獨自一個人出去？我清晰地記得她穿著紫藤色外套的背影，想到這些心裡十分痛苦，不敢再繼續想下去。

旁邊的典夫不停哀傷地嘆氣，嘆氣聲讓我回過神來。誦經完，典夫的身體顫抖著，他努力地忍住眼淚。

地方的新聞小小地報導了姑姑的事情，所以也有看到報紙來弔慰的人，要處理的事很多，我沒有時間沉浸在悲痛中。

因為還不知道犯人的動機，我很害怕他會傷害我們。

第三個學期開始了，我都比典夫先回到家，獨自在寬敞的家裡，將門窗緊閉，調大收音機的音量壯膽。我在佛壇裡，放了姑姑的照片。

警方的搜查仍持續著，當被問到：「還記得當天沼田秀子女士隨身攜帶的東西嗎？」我詳細地提供我所知道的，其中有一樣是包禮物的包袱巾，那是典夫任教學校的老師作為祝賀嬰兒出生時，給大家的回禮，典夫的一位同事向警方提供了相同的包袱巾。幾天後，警察來了，說：「有個人拿著相同的包袱巾包東西去當鋪借錢，警方已在全國的發布追緝令追捕嫌犯了。」

過了不久，犯人被捕了，是一個和姑姑及我們完全沒有關係的男人，這是一次偶然的犯罪，據說那天他是以搶劫和強姦為目的，碰巧遇見姑姑。我憤怒、悲傷、後悔……這種複雜的情緒無法用言語來形容。

據警方說，那天姑姑身上的內衣都是新的，木屐也是新的，我那天上午就注意到了，內衣也是新的意味著什麼？我想起養母以前嫉妒地說：「秀子在南京町有戀人。」

我和典夫、養母、吉彥還有清一夫婦，以及林醫師一起參加了四十九日的法事。我意識到養母對林醫師有不自然的神色，又害羞、又緊張，這種反應讓我確信養母對林醫師有愛慕情懷。

我終於了解，養母討厭姑姑的原因了，因為姑姑和林醫師有著親密的信賴關係，養母將姑姑視為情敵。

知道養母暗戀林醫師後，我想找機會和清一談談是否能湊合他們。為了了解情況，我常去南京町，發現南京町裡多了不少為美軍所開設的酒吧和舞廳，到了傍晚，形形色色的霓虹燈亮起，像是美國的娛樂區。

一個星期六的下午，下班後我又去了南京町。

去林清樓之前，我突然想先去梨花的店裡看一看，很早以前就問了姑姑梨花的聯繫方式，照著地址找到了酒吧「Cool Blue」，但是時間還早，所以還沒有開門。

離開 Cool Blue 後，我去了林清樓。打開門，純純充滿朝氣地迎接我。

「依江姐，歡迎您來。吃過午飯了嗎？」

「吃過了，謝謝。」

純純說著去裡面泡茶，也去告訴清一我來的消息。

很快地，清一穿著一身白色的廚師服出來了。

「呀，依江姐是您，請坐。」

「在你們忙的時候，真是不好意思。」

「沒關係，已經兩點了，白天客人不多，純純可以幫忙放上『準備中』的掛牌嗎？今天提前休息，我們和依江姐三個人一起好好放鬆一下。」

我喝了一口清香的台灣高山茶。第一次來的時候，清一的店還是木造房，這幾年改建成兩層樓，在南京町和別的店相比也毫不遜色，二樓是宴會廳。

清一很貼心地提早午休，讓我很開心，我很自然地說：「我今天來是想說關於在保土谷媽媽的事情，她在戰爭期間成了寡婦，那時她還很年輕，在空襲中失去了一個兒子，另一個兒子……我的二弟吉彥從夜大畢業了，也很努力地在工作了。」

「是的，千代阿姨現在可以輕鬆一點了。」

「我感覺，我媽媽好像喜歡林醫師，我們要不要試著把他們兩個拉在一起？」

我半開玩笑說，但是清一的表情，變得嚴肅而慎重。

「依江姐，不知道我應不應該說出這樣的話，自從我的母親在空襲中喪生後，我父親的心裡應該只有秀子姑姑。」

這句話出乎我的意料之外，我什麼話都說不出來了。

「所以姑姑遇上這樣的事情，我父親受到很大的打擊，雖然每天仍然在醫院替患者診療，但是變得很少說話也很少笑。」

「……」

純純繼續說道：「聽說林醫師在年輕的時候就喜歡著秀子姑姑，還聽說他來日本也是為了秀子姑姑。」

我和林醫師沒有深談過，看來理智沉穩的林醫師沒想到還如此多情，讓我想起除夕時，姑姑可能是答應和林醫師單獨見面。就在回想這些細節時，清一說：「我父親如果留在日本就會想起秀子姑姑，心裡會覺得痛苦，所以他好像考慮回台灣。」

「什麼……？」

除了失去姑姑的悲傷之外，又知道和姑姑親近的林醫師也要離開日本的事，心裡很難過……政雄、養父、吉則、姑姑，然後是林醫師，為什麼我喜愛且珍惜的人都相繼離我而去呢？為什麼痛苦的事情接二連三地發生？巨大的失落感向我襲來。

另外還有一個擔憂，林醫師回台灣後，養母會有什麼反應呢？況且她是一個無法控制自己、衝動型的人，情緒可能會變得更加不穩定，也可能會做出一些讓人意想不到的事情吧……

不希望再有不幸的事情發生。神啊！求求您，請不要再發生任何令人痛苦的事情……

我常常夢見姑姑，咔啦呱咯、咔啦呱咯……能聽到從大門口到玄關鋪著石頭的走道有木屐走來的聲響，很快就能辨認出那是姑姑的腳步聲，聽到開門聲後，就聽到姑姑溫柔地說：「我回來了。」

「姑姑，您還活著，真的是太好了，快進來！」

「來吧！快點！怎麼了？」

說完，我看到姑姑沒有腳。啊！好奇怪，剛才聽到木屐的聲音呀……正這麼想著，姑姑的身影消失了，我從夢中醒來，環顧四周，沒有看到姑姑，旁邊典夫正熟睡著。

還有一次是這樣的夢，我和養母兩個人去為姑姑掃墓，聽到姑姑在墓碑下面說：「依江，幫幫我，幫我從這裡拉出去。」按照當地的風俗習慣，姑姑是土葬。啊，難道姑姑還活著？但我們卻把她埋了。我用手拼命挖土，因為沒有道具很費勁，養母不想幫忙，裝作不知道的樣子，姑姑正在忍受痛苦，我努力想挖快一點，終於挖了進去，抓住了姑姑的手。

「姑姑，我現在就把您救出來。」就在說完這句話後，我就醒了。手上用力的感覺仍然存在著，還差一點點就能把姑姑從土裡救出來了，然而卻是一場夢……

養母生前對姑姑無理取鬧讓我很不滿，我夢裡的養母對姑姑也很冷淡，這可能是我內心覺得養母敵視姑姑的緣故吧。

有一天，養母一反常態地來我們家，想給姑姑上香。

「我和秀子雖然相處得不好，但是很感激她一直補貼我們家的生活費。」

「姑姑在年輕的時候就很努力工作。」我用感謝的語氣說。

「但是秀子賺的錢，都是來自不勞而獲的錢。」養母語氣輕蔑地說道，說完後知道自己說得太過分了，閉上了嘴。

「不勞而獲的錢？」

養母沉默了。

「為什麼要這麼說姑姑呢？」

我內心不能原諒養母說的話。

「妳要是想要知道的話，我就告訴妳，金山洋品店的老闆在暗地裡經營著黑市貨幣兌換，秀子也幫忙了。」

「洋品店怎麼做黑市貨幣兌換呢？」

「應該是在幕後偷偷做的吧。」

「媽媽為什麼會知道？是真的看到過嗎？」

「沒有……，雖然沒看過……但是在南京町聽過傳聞。」

「即使黑市換錢的事情是真的，我也不相信姑姑會幫忙。」

「信不信由妳，妳似乎很尊敬秀子，那妳就當作沒有聽過這些話，不就好了。」

我不想和養母爭論這些事，姑姑已經不在這個世間了，不管養母怎麼毀謗姑姑，在我心裡我仍然愛著姑姑。

典夫也和我一樣，對姑姑的死感到非常的悲痛，姑姑很熟悉農事，所以和典夫意氣相投，對於父母早逝的典夫來說，姑姑是真正可以依賴的家人。

長長的迴廊盡頭是姑姑的房間，這個家裡將不會再聽到姑姑的聲音了，我和典夫從心底深深地感到悲痛。

對我們夫婦來說，這是一件太突然、也太悲慘的事情，我們兩個人都精疲力盡，且承受這無法言喻的打擊。

姑姑的葬禮結束後，貓咪三毛行蹤不明，我在附近到處尋找，也張貼尋找公告，但還是沒能找到。

「三毛！三毛！」

「三毛啊！」

典夫多次去後山尋找，也不斷喊著牠的名字，但三毛依舊沒有出現。

在安靜的村落裡發生姑姑不幸的案件，隨著時間的流逝從人們的話題中消失了，但是在我和典夫的心中卻永遠都無法忘懷。

爵士樂

姑姑過世後只剩我和典夫兩個人住在寬敞的大房子裡。寒冷的冬天山茶花盛開了，接著梅花也開了。春天到來時，牡丹花相互爭豔，一到雨季青蛙鳴叫聲四起。雖然姑姑不在了，但四季還是一樣周而復始。

我們照常去學校上班，教孩子們學習，看著他們成長。那個時期，戰後出生的嬰兒們成了小學生，學校裡的兒童人數迅速增加，這就是後來所說的嬰兒浪潮的那一代。

從我開始任教，現在的學校是第四所了。班級數、人數都在逐年遞增，低年級被分成上午和下午班來授課，但是教員的人數無法突然增加，所以有經驗又還年輕的教員都被分配負責兩個班級，除了教書以外，還要負責行政工作。

雖然孩子越來越多，我依舊努力地去了解他們的感受，讓孩子們能快樂滿足，經常表揚他們的優點，讓他們有成就感，責備他們時我會讓內向的孩子知道為什麼被責備，讓外向的孩子能表達自己的意見，我無條件地疼愛每個孩子。

在姑姑一週年的忌日，與參加四十九天祭典時一樣的人聚集在一起。那之後不久，林醫院就關門了，聽清一說，林醫師回台灣了，那是一九五五年（昭和三十年）的事情。

林醫師回台灣之後，養母變得沉默寡言，漸漸地我對她產生同情之心，吉彥如果結了婚，離開家以後只剩下她一個人，將會怎麼樣呢？

失去姑姑後我心裡十分空虛。從一結婚時我就希望能有孩子，但多年的等待，卻久久不能如願，典夫經常安慰我說：「只要有妳，我就滿足了，養孩子的事一切隨緣，我不會在意的。」

學校的工作很繁忙，除了上課以外，收取學生的午餐費也是老師的工作。午休時間學生們纏著叫：「老師！」要我和他們一起唱歌，一起畫畫，和他們聊天。日子雖然忙碌，但那是一段快樂的時光。利用時間空檔為學生們製作教材，在蠟紙上用鐵筆寫原稿，然後一張一張地印刷，這就是所謂的油印。

需要做的工作太多了，不能因為感冒而不去上班，因為考慮到會影響到其他老師，所以覺得請假是一件非常羞愧的事情。

這樣的日子持續到了一九五六年的深秋，我感到全身倦怠，腳也水腫了，為了學生我忍受這份疲倦感繼續工作。有一天，下課後想從教室走回辦公室時，突然腳沒有辦法移動，踏出了一步，但是無法踏出第二步。

「老師，怎麼了？」

「沒事吧？」

孩子們擔心地聚集過來。

「嗯，謝謝！……能不能幫忙把保健室的老師叫過來……」我全身毫無力氣，慢慢擠出了聲音。

去醫院急診檢查時，醫生說：「已經是肝硬化了，需要馬上住院。」

「住院，怎麼可以？學期末很忙的，不能休息，等到寒假才來住院可以嗎？」

「妳的病情是不能再拖延了。」醫生嚴厲地對我說，典夫也勸我馬上住院。在醫生專心的治療下，病情順利好轉。「每天工作忙碌，已經很久沒有好好休息了。」在病床上，我思考著關於自己身體的問題。

我二十二歲結婚，已過了九年，今年已經三十一歲了，我想利用這次機會，找出多年來沒有懷孕的原因，典夫也同意了，我們兩個人接受檢查。

檢查結果證明是我先天的原因，導致無法生育。

我傷心地靠在典夫的胸口大聲地哭泣，並說著：「我對不起你，因為我的關係，你不能有孩子……」

但是，典夫溫柔地對我說：「不是妳的錯，我們都是老師，我們教的孩子，他們都是我們的孩子呀！」

他對著在病房裡哭泣的我繼續說道：「對了，妳很喜歡音樂，又擅長彈風琴，可以利用工作空檔去學習鋼琴。妳過去不是就喜歡鋼琴嗎？」

「……鋼琴？」

「可以問問我們學校的音樂老師，聽說她家裡有台鋼琴。對了！對了！她的丈夫是美國人。」

鋼琴，美國人，典夫一說，我馬上想到梨花。

「我上女子學校時的好朋友梨花……你也知道她的，對吧？我們婚禮的時候，還有姑姑葬禮的時候她都來了……她在南京町和她的美國男朋友一起經營一家鋼琴酒吧。」

「那麼，出院後去拜訪一下梨花怎麼樣？」

「她在學生時代很喜歡爵士樂，聽姑姑說她有時會在店裡舉辦演奏會。」

說起梨花，我湧起了一股新的力量，以及似乎找到可以去追求的目標。

「梨花是妳最好的朋友，妳和音樂接觸後會變得快樂，一定要去試試看！」典夫對我說道。

「我們也安排時間，一起去旅遊吧，一起過充實的人生。」典夫再度溫和地對我說。

我很感激典夫的溫柔和包容，我不再將工作放在首位，我想做自己想做的事，這次住院讓我有重新思考人生的機會。

出院後的一個星期天，我去南京町梨花的酒吧，好久沒有來南京町了，林醫院關門後，我也沒有再去拜訪林清樓。

大通道的入口處有一座華麗的中國式牌樓，牌樓上刻著「中華街」，最近很多人稱這裡為中華街，而不叫南京町了。

憑著曾經去過一次的記憶，從大馬路轉進了巷子，「Cool Blue」還是在以前一樣的地方。雖然還是中午，但是門開著，往裡頭看時，一位青年人正在打掃。

「啊，不好意思，這裡是雨宮梨花小姐的店嗎？」

「是的……您是？」

我說出名字後，他馬上去打電話給梨花。

「老闆說大概三十分鐘後會到，請您等一下。」

店裡有吧台和桌子的席位，吧台裡擺放著各式各樣的洋酒，牆上貼著現場表演和音樂會的海報，是用英語寫的，店的角落有一架發出黑色光澤的鋼琴。

「哇！好漂亮的鋼琴。」

「我們有時會舉辦音樂會，邀請有名的爵士鋼琴家來演奏，沒有音樂會的時候，老闆也會自己彈奏。」

我們談著話時，門開了。

「依江！」

梨花齊肩的頭髮染成了淺棕色，並微微帶捲，穿著黑色緊身連衣裙襯托出她修長的身材。

梨花一邊說著：「好久不見！」一邊將我抱住。我想起以前在女子學校的時候、我結婚的時候，還有姑姑葬禮的時候，梨花總是這樣抱著我。

「兩年前謝謝妳來參加姑姑的葬禮，很抱歉這麼長時間都沒有和妳聯繫。」

「姑姑的事情一定讓妳很難過……沒事的，我們兩個都很忙。而且，妳今天不就過來看我了。」

我們去店的後頭，互相訴說沒見面這段時間發生的事情。在女子學校的時候就聽說梨花的繼母是美國人，今天她告訴我，父親和繼母因為日美戰爭而離婚，她的繼母回去美國，父親在空襲中喪生了。

「我也沒有兄弟姐妹，所以就剩我孤單一人了。戰後為了生存吃了不少苦，現在和一位在橫須賀美軍基地工作的美國人住在一起，他幫我一起經營這家店。」

「在美軍基地工作？是美國兵嗎？」

「不，不是的，是在基地內工作的人。」

「哦……，和美國人相戀同居，真不愧是有個性的梨花。」

「嘿！妳這話是什麼意思啊？」

梨花露出假裝生氣的表情，我們相視哈哈大笑起來，見面才幾分鐘就感覺好像又回到在女子學校的時光。

也許是受美國戀人的影響，梨花簡直就像美國人。或許，這才是她原本的樣子。很多人在戰爭中失去了生命。戰敗國的日本，每個人抱著重建祖國的心懷，看著充滿活力的梨花，讓我感到戰敗國的日本和戰勝國的美國，兩個國家在梨花的身上共存著。

「依江，妳還記得嗎？我很喜歡爵士樂。」

「當然記得啦！在女子學校時妳在伊勢佐木町的有隣堂書店看到爵士樂的舊雜誌，高興得不得了呢。」

「其實我想在這家店開爵士樂酒吧。依江，妳也對爵士樂很感興趣吧！對了，離開店還有一段時間，我們現在去聽爵士樂吧！」

梨花依然那麼強勢。

「妳不在店裡沒問題吧。」

「沒問題，請剛才那個男孩先顧著。」

「阿健，我們出去一下，開店之前應該能回來，就請你先照顧一下。」

乘電車到了櫻木町站，從那裡步行去野毛町。戰後一段時間，野毛町因為黑市店很多，十分熱鬧，沿著一條叫櫻川的河流，排列著很多賣酒和小吃的小攤，被稱為鯨魚小巷。但後來櫻川河被填起來，建了一座兩層木造建築的「櫻木町百貨商店」，原本從都橋到花咲町的小攤，都改裝成漂亮的店鋪了。

梨花帶我去的是一家不起眼的小咖啡館，走到門口剛要進去時，聽到從裡面傳來震耳的音響。

「很有震撼力吧。」梨花調皮地看著我。

空間很小店裡幾乎客滿，女服務員用手示意我們坐靠牆的空位，我們各點了一杯咖啡，環顧四周，客人都是男性。吧台裡，一位看起來像是店主的男人正在挑選唱片。

「這音質，像不像在聽現場演奏？」梨花說。

音響聲太大，所以我把臉湊過去對她說道：

「在狹小的空間裡使用大型擴音器，才會發出這麼好的音質，如身歷其境。」

這是從未聽過的節奏及厚實且優雅的音色。有舒緩情緒令人得到療癒的曲子，也有疾馳引人衝上高峰的旋律，使人心情振奮，讓哀傷消極的心懷得到鼓舞。這是我第一次好好地欣賞爵士樂，也是第一次走進爵士樂咖啡館，僅僅五分鐘我就被它徹底迷住了。

從那天起，我對音樂的熱情再次被喚醒了，梨花的店有演奏會的時候，下班後我就會去她的店裡。

爵士樂愛好者以男性居多，所以社會上有種風氣，就是爵士樂咖啡館不是女性該去的地方。但被爵士樂的魅力所吸引是不分男女的，我還想再去爵士樂咖啡館，也想去更多的店裡嘗試不同的氛圍及聽不同的曲子，我對爵士樂的追求一天天增強。

一天晚餐時，我對典夫說：「我想和梨花一起去逛爵士樂咖啡館，可以嗎？」

「當然可以。為什麼要這麼問呢？」

「因為喜歡爵士樂的一般都是男性，社會上一般認為爵士樂咖啡館不是女性去的地方……」

「哈哈哈，妳說什麼呢？這種想法一點都不像妳呢。在戰爭時期都很在意別人的眼光，怕會被說『非國民或是間諜』，但現在已經不是那樣的時代了，去妳想去的地方，做妳想做的事吧！」

典夫是個有自由、民主思想的人，再次讓我感到典夫的溫柔及體貼。

「嗯，是啊！不過我有一點擔心。」

「擔心什麼？」典夫問道。

「會不會被認為是不良老師？」

典夫又大笑起來。

「要是女學生這麼想倒情有可原，妳都是大人了，還說這種話，妳想得太多了！」

的確我已經是個三十多歲的「大人」了，但還有著舊觀念，也非常在意世人的眼光。老實說，我擔心如果出入爵士樂咖啡館的事，被學生的父母和學校知道了，深受大家信賴的「青山依江老師」形象會一落千丈。

「真不像是以進步派自居的依江啊。」典夫有些吃驚地說，但他還是給我一些建議。

「那妳可以變裝打扮，比如說換個髮型，戴上墨鏡什麼的。」

他可能是在開玩笑，但我馬上說：「嗯。是個好方法！」

一週之後的星期天，我和梨花約在橫濱車站碰面，我把頭髮弄捲，綁上一條亮色的頭巾。

「哇，依江，妳今天給人的感覺不一樣啊，非常適合妳！」

「謝謝。今天我們去哪裡的爵士樂咖啡館呢？」

「有點遠，去東京的高田馬場，那裡有家爵士樂咖啡館。」

「啊！去東京？」

「因為妳是學校的老師……要是去東京的話，應該不會遇到學校裡的熟人。」

梨花如此安排也是為了照顧我的立場。

「是啊。只要我變裝打扮，下次在橫濱也沒關係。」

梨花笑了起來。

「說的也是，我把我的墨鏡借給妳吧。」

這一來和平時的自己迥然不同，連我自己都覺得有趣。梨花穿著牛仔褲，戴著長長的假睫毛，原本大大的眼睛顯得更大了，她即使不化妝也很華麗，很瀟灑，有一種歐美人的氣質。

搭乘東海道線的電車到品川站，然後換乘山手線電車到高田馬場站。梨花說她也是第一次去這家店，照地址好不容易找到了，店在一棟古老的木造建築的二樓。

昏暗的黃色燈光下，深褐色的櫥架上密密麻麻地擺放著許多唱片，店裡沒有客人。

店主默默地把咖啡端來放在我們面前，曲子播放著鋼琴獨奏，平靜的旋律，我和梨花都沉浸在這爵士樂中。

梨花閉著雙眼，陶醉在其中，優美的旋律使心靈感到安祥，也能緩和挫折感，激昂的旋律給人勇氣和自信，爵士樂慰藉了我失去姑姑的悲傷及沒有孩子的痛苦。

就這樣，我和梨花開始逛遍東京的爵士樂咖啡店，有時一天去兩處。梨花經常陪著我，所以我問過她：「妳經營的店那兒沒問題吧？」

「妳不用擔心，最近客人沒那麼多。」

「不多？……能維持住嗎？」

「依江，妳真愛瞎操心。之前我不是說過想把它改成爵士樂酒吧嗎？去爵士樂咖啡館也是兼做市場調查、了解一下，妳別太在意。」

我雖然不太懂做生意，但對於梨花這番話我多少能理解，所以就沒有再多問。

有一天，典夫約我去旅行。

「依江，我們在一九四七年結婚，那時戰爭結束才兩年，沒有時間去新婚旅行，那之後又忙著學校的工作，我們一次都沒去旅行過呢。」

想起來確實如此。

「選個妳喜歡的地方。」

「那我有個地方想去。」

「好啊！就去那裡吧。」

還沒等我說出地點，典夫就同意了，我笑了起來。

「年輕時閱讀的《大菩薩峠》的小說裡面有個白骨溫泉，我想去那裡看看。」

這是中里介山的長篇小說《大菩薩峠》中，主人公机竜之助去住過的溫泉，位於長野縣松本市內。

我們花了四天三夜的時間，遊覽了白骨、上高地、乘鞍和飛彈高山。白骨溫泉被群山環繞，十分幽靜。我在旅館的房間裡眺望著上升到山頂的月亮，和典夫聊起了《大菩薩峠》裡的情節，小說中，被公机竜之助抱著的女孩也看到了這崇山峻嶺和月亮了吧？我在典夫強壯的臂膀中，感受著宛如置身在星空月下的喜悅。

在這次旅行中，我發現自己喜歡旅行。夏天，也和典夫一起登上長年憧憬的富士山頂。這一年，我們夫婦倆就利用學校的假期外出旅行很多次。

一天早上，我正在門外打掃，鄰居太太走過來。

「早安！」

打完招呼後，平時笑容滿面的鄰居太太一臉為難地壓低聲音說：

「本來有點說不出口，但是我想還是告訴妳比較好，最近你們夫妻經常去旅行，總有一些人在背後說三道四。」

我吃驚地想問明原因，這時鄰居太太繼續說：

「這一帶還保留著老規矩，附近誰家要是有葬禮，大家都得去幫忙。」

這事讓我想起姑姑葬禮的時候，町內的人們也像親人一般來幫忙。聽典夫說過，按照慣例「每家要有一個人去幫忙三天。」

「所以，妳明白了吧？」鄰居太太好意的說。

啊！原來如此，因為有可能突然發生不幸的事，所以某個家庭如果家裡成員都不在家的話，這一家在這個村裡就會不受歡迎。

我把這事告訴典夫。

典夫說：「確實是這樣啊。我們應該珍惜鄰里間的交往，和鄰里保持好的關係。雖然有些遺憾，但是沒辦法，暫時不能兩個人一起去外面過夜的旅行。取而代之的是我們各自開始做一些自己喜歡的事、想做的事，我全心全力投入學校的工作。」

了解村裡的習俗之後，我們夫妻不再一起出去旅行了。

我還是繼續和梨花去爵士樂咖啡館，每家店都有數千張唱片，唱片因店而異，顧客的年齡層很廣，從年輕人到中年人都有，但幾乎都是男性，而且吸菸的人很多，緊閉的店內彌漫著香菸的煙霧。

我討厭香菸的菸味，所以典夫儘量不在我面前抽菸。但是，一到爵士樂咖啡館，頭髮和衣服上都會沾上菸味，這是我最大的煩惱。因為這個原因，我不再去欣賞爵士樂了，決定開始學習彈鋼琴。

有一天，典夫說：「這個星期天開車去兜風，順便去摘橘子。」

那是一九五九年秋天的事。

前一年，典夫在學校當了主任，為了隨時需要去學校，他買了一輛日產的小型中古自用車。

我們出發前往小田原市的一個叫根府川村的地方，從橫濱到小田原方向，當時只有普通道路沒有高速公路。九月，伊勢灣颱風剛剛給三重縣和愛知縣帶來了巨大災害，原本還擔心神奈川縣的道路會不會也受到損害，但很幸運道路沒什麼問題，能一直開到根府川村。小田原車站前有一家嶄新的大型百貨公司，名叫「箱根登山百貨店」。

我們夫婦已好久沒一起出遊了，我高興得在副駕駛上一路高歌。

「妳歌唱得真好，我聽秀子姑姑說，妳小時候歌唱比賽還被評審稱讚過呢。」

「你聽說了？太不好意思了。是啊！我從小就很喜歡唱歌，但是已經很久沒有放聲歌唱了，所以現在沒信心了。」

「不，唱得很好。妳可以去好好學習唱歌。」

「唱歌就算了，我比較想學鋼琴，想學習鋼琴的意願一直未減呢！」

「對了，秀子姑姑說過，妳在師範學校的時候，在紙上畫鋼琴的鍵盤，然後放在裁縫車台上，跪坐著練習。」

「哎呀，姑姑連這種事都說了啊。」

腦海中浮現出姑姑談笑風生的樣子，車子在沿海的道路上以舒適的速度行駛著。

「下次我想買架鋼琴放在家裡。」典夫突然說道。

「啊！為什麼？」

「妳不是想要學習鋼琴嗎？要練習啊！」典夫笑著說。

知道典夫要買鋼琴送我，心中又喜悅又感動：「讓我好意外，謝謝你……錢沒問題嗎？」

「這一、兩年我在學校整天都很忙，職位提升薪水也提高，所以錢方面比較充裕了。」

「不過買新的太貴了，買架中古鋼琴吧。」

「中古的可以嗎？好，知道了，我找找看。」

經過一個多小時的車程，來到典夫朋友經營的橘子園。山坡的梯田上，密密麻麻地種植著綠葉繁茂的橘子樹，圓滾滾的大橘子壓彎了枝頭，在太陽的照耀下，閃著金黃色的光芒。

我不知道哪個橘子是成熟的，猶豫了半天，只摘了一點，但典夫對農作物很熟悉，他能分辨出哪些橘子好吃，用剪刀熟練地採摘著。

我也吃了幾個自己摘的橘子，比起在蔬菜店買的橘子，果汁要豐富得多，味道也更濃郁。秋天和煦的海風吹拂著臉頰，內心充滿著幸福感。

一個小時後，籃子裡已經裝滿了橘子，我們將自己要吃的、給娘家的、要分給鄰居的……分別裝進了帶來的袋子裡。

「大家一定會喜歡的。差不多該吃午餐了吧！我們在哪裡吃便當啊？」

聽我這麼說，典夫告訴我：

「有點重要事要聯絡，在吃便當之前我先給學校打個電話。」

接著，就去農園旁邊的雜貨店借電話。

橘子園的一角，有一片景觀不錯又寬闊的草地，我在那裡鋪上防水塑膠布，坐了下來，柑橘的香氣瀰漫四周。取出便當打開蓋子，這是為了和典夫出遊，我一大早就費心做的便當。

典夫接完電話，沿著橘樹斜坡走上來，他眉頭緊蹙，可能是出什麼問題吧。

「對不起！我得去趟學校。」

「啊，現在……？」

「嗯……不過妳好不容易都準備好了，就在這裡吃完再走吧。」

我們也沒時間好好品嚐，就匆匆地將便當裡的東西趕緊吃完，然後急忙地回到車上。

在前一年，即一九五八年政府修改了學習指導綱要，從重視經驗和單元的學習，改為重視各學科系統性的學習方針，並計畫於一九六一年四月在學校實施，典夫被指派為根據新方針重編教材的負責人。同樣作為教師，我理解這份工作的重要性，對他在這份工作上傾注全力也非常佩服，但是在回程的車上，我完全沒有唱歌的心情，只默默地望著車窗外的風景。

突然心血來潮，我說道：「時間還早，我想去梨花店裡看看。」

「好喔！我送妳去中華街。」

「我可以給梨花一些橘子嗎？」

「當然可以啊。對了，給清一他們也拿一些吧。」

我想從給鄰居的橘子當中勻出一些給梨花和清一，正說著就到了中華街。

典夫把我送到梨花的店附近，對我說：「傍晚我來接妳。」然後車子馬上開走了。

「等一下，橘子還在車的行李箱裡……」

話還沒說完，車子已經不見了，大概是急著要早點去學校吧，只好等他來接我的時候，再把橘子拿給梨花。

還未到營業時間，我敲了敲 Cool Blue 的門。

「梨花在嗎？」

門開了。我突然來訪，她好像很吃驚，說明情況之後，梨花說：

「典夫太忙了，很辛苦啊，不過典夫真是個溫柔的人。」

「是啊，他說要給我買架鋼琴呢。」

「哇！真好啊！妳得感謝典夫啊。」

「典夫聽姑姑說過我從小就嚮往學鋼琴，甚至還知道我在師範學校的時候用紙鋼琴來練習的事。」

「紙鋼琴？好厲害啊！」

梨花露出驚訝的表情，然後說道：

「妳那麼喜歡彈鋼琴的話，在買鋼琴之前，就先用我們店裡的鋼琴練習吧，雖然不是演奏式的鋼琴……」

「不是演奏式鋼琴，也是鋼琴啊。我真的可以來練習嗎？」

「嗯。不過，開店的時間就不能練了喔。」

「那是當然啦。」

開心地聊著天，不知不覺就快到開店的時間了，剛好典夫來接我。

「橘子在後車箱裡，沒等拿出來，你就開走了，還沒給梨花呢。」

「啊！不好意思，不好意思。」

從典夫手中接過裝有十幾個橘子的袋子，交給梨花。正好有客人進來，梨花用眼神示意說謝謝。

離開梨花的店後，我們沿著中華街的通道到林清樓，店裡客滿，純純正忙著上菜。

「依江姐，好久不見，可以坐著等一下嗎？」純純馬上看到我。

「不了！我今天來就是給妳送點這個，典夫還在車裡等著呢。」

說著把橘子遞給她，純純笑容滿面地道謝。

中華街似乎比之前繁華多了，中華餐館裡到處都燈火通明，能聽到客人熱鬧的喧嘩聲。但是，曾經一時風行的美軍酒吧，卻越來越少。

典夫看起來很累，一邊開車，一邊連續打了好幾個呵欠，本來打算順便去趟娘家，但我提議今天就不去了，於是就直接回家了。

由美軍組成的盟軍，在戰後很長一段時間占據著橫濱，他們接管了橫濱市中心和一些壯麗建築，作為美軍的設施。在山下公園、根岸、本牧等高級地帶，為軍官、軍屬等家屬建造獨棟住宅，還成立了幾個美軍俱樂部，有小型的樂隊演奏爵士樂，還有由日本人組成的樂隊和音樂家的演出。

在櫻木町和野毛町一帶，能經常看到提著大大小小的樂器箱，來來往往的樂隊演奏者。因為我只在唱片中聽過爵士樂，我想聽一次現場演奏。

有一次，梨花說：

「妳想不想去美軍俱樂部？妳之前不是說想去嗎？」

「想去。可是我們日本人能進去嗎？」

「總會有辦法的，交給我吧！」

她自信滿滿地眨了眨眼。

一九五〇年代後半期，橫濱的美軍設施轉移到厚木、座間等地方，美軍俱樂部也減少了，山下公園附近只剩下一家，梨花說的就是去那裡。

接下來的週日，我們來到了山下公園附近那家美軍俱樂部前面，我內心忐忑不安，但梨花對我說：「裝作若無其事的樣子就沒事了。」剛想進去，卻被一位年輕的美國士兵擋住去路。

「嘿，小姐！你們不能進去，只有美國士兵才能進去。」

我不禁有些畏縮，但梨花卻蠻有膽量的，用流利的英語滔滔不絕地說著：「哎呀！為什麼不讓我們進去？我們會付錢的。」

「因為是為美軍開設的俱樂部，所以日本人不能進去。」

「我們正在學爵士樂，所以想聽聽現場演奏，可以吧？」

也許是被梨花的大眼睛盯著感到為難吧，那個美國士兵就轉移話題道：

「妳的英語真好，在哪裡學的？」

「我在洛杉磯長大，你的故鄉在哪裡？」

「我是德克薩斯人。」

「那你是養牛故鄉的男孩！求求你，牛仔先生，讓我們進去吧！」

「服了妳了。好吧，今天特例！進去說話時要讓人家以為妳們是美國人才行喔。」

裡面擠滿了美國士兵，日本人組成的小樂隊正在演奏爵士樂，也有拿著啤酒瓶隨著音樂跳舞的士兵，節奏感很好，我看得入迷，原來身體還能那樣扭動。

樂隊裡有位鋼琴家開始他的即興演奏。

「那個人，彈得不錯啊！」梨花喃喃說道。

確實音色很好，節奏感也不錯，手指也很靈活。

幾個美國士兵走上舞台，圍著鋼琴看著他演奏的手指，漫長的即興演奏結束後，他們有的拍手有的吹口哨，讚頌他。這位身材矮小的日本鋼琴家一邊伸手調整眼鏡，一邊開心微笑。

典夫的工作越來越忙，每天早出晚歸，週日或假日去學校工作的日子也很頻繁。

典夫常不在家，所以我上班以外的時間，經常和梨花一起渡過，我們有著許多共同點：沒有父母，也沒有孩子，且都喜歡音樂。

她店裡忙的時候，有時會請我去幫忙，我幫她做開店前的準備工作，有一次甚至在營業時間請求我幫忙。

「打工的女孩突然來不了，今晚從東京請來了爵士樂鋼琴家，會有不少客人來聽演奏，而且有重要的客人也會來。依江！能幫我一下嗎？」

「爵士樂演奏……很想聽……但是要我幫忙，是要做些什麼呢？」

「我想讓妳幫我招待一下客人。」

「有很多外國船員吧？我的英語不太行，怎麼辦？」

「只要幫我端飲料、收杯子就行了。」

徵求典夫的同意後，我決定答應梨花的請求。學校下班後，我換上黑色連衣裙，傍晚騎著腳踏車前往 Cool Blue，梨花把我帶到後面，迅速地幫我化了妝，戴上了耳環和項鏈，我照了下鏡子，完全不像自己了。

「我不太習慣這樣的裝扮……」

「對不起！能不能忍耐一下，我想今晚肯定很忙，人手會不夠。」

梨花一反常態地緊張起來。因為這天，有幾位外國船運公司的負責人和日本貿易商會來店裡，如果商談順利的話，他們今後的公司業務聚會等都會來這裡。

我們用心地整理店內，等待開店時間。

過了不久，客人漸漸都進來了，有說英語的，也有說日語的，梨花穿著禮服上前迎賓，我在後面等候著，正猶豫著該不該出去。

「啊！」

看到進來的其中一位客人，我小聲叫了一聲，是我們學校的家長會長，而且我還是他孩子的班導師。

「怎麼辦？」

我心情慌亂，想著：「打扮得這麼花俏，而且還在酒吧工作，如果被他看到的話……。」

理智告訴我，今晚不要到店裡露面比較好，我趕緊給梨花寫了張紙條：

「梨花，對不起！客人中有學校相關人員，今天不能幫妳了，請原諒我。」

我把那張紙條託店裡的服務生阿健拿給梨花，然後匆匆忙忙地從後門出去。我很快地騎著腳踏車離開中華街，心想著對不起梨花，下次見面該怎麼道歉呢？

幾個月過去了，為了向梨花道歉，我去了幾次 Cool Blue，但每次門都關著。也去了林清樓，店裡總是高朋滿座，所以沒有進去。

那天我又去中華街，梨花的店還是關著，林清樓也很忙。心想好不容易來中華街了，打算在中華街逛一圈再回去，於是就到以前金山洋品店所在的那條街，蔬菜店的老闆娘看到我，把我叫住，她曾參加過我的婚禮和姑姑的葬禮，我們站著聊了一會兒，老闆娘說：

「妳還記得賣雞肉料理的珍味飯店嗎？很好吃吧，秀子也很喜歡吃呢。他家兒子長大後，搬到東京，在那裡開了一家又大又氣派的飯店。」

「小時候，姑姑帶我去過，現在社會景氣變好，中華街的客人也增加了。」

「以外國人為客層的酒吧和夜總會漸漸少了，但中華餐館不斷地增加。對了！梨花小姐的店最近好像也沒什麼客人來，經常臨時停業。」

怪不得去了幾次梨花的店都是關著門。

「山下公園的管制全面解除了，美軍住宅也拆除了，普通民眾和觀光客都經常來玩，因此來中華街吃飯的人也就增加了。」

原來是這樣啊。我向蔬菜店的老闆娘道謝後，急忙返回梨花的店。

門還是關著的，但裡面好像亮著微弱的燈光，敲了敲門，沒人出來，繞到後面透過小窗往裡看，梨花一個人孤零零地坐著，我敲了敲小窗，叫道：

「梨花！」

她一臉驚訝地環顧四周，發現我後，搖搖晃晃地走近窗邊。

「梨花！是我，依江啦。能幫我開門嗎？」

她什麼也沒回答，有氣無力地走向門口，我再次繞到門口，等待梨花來開門。

梨花站在那裡，沒有化妝，頭髮也毫無光澤，顯得非常憔悴。

「梨花，上次沒幫上忙擅自回去了，真的很抱歉。」

她抱住我，癱倒在我的懷裡，抽噎地哭了起來。

我默默地撫摸著梨花消瘦的後背，只有牆上的間接照明燈照著店內。

梨花冷靜下來後，我鎖上門，和她並排坐在吧台的椅子上。

「發生什麼事了？」

「……我破產了。」

梨花的眼裡再次充滿了淚水。

「美軍設施遷移，美軍減少，外籍的船員也很少來了。我就想了新辦法，和一個貿易商常客，一年前在銀座共同經營了一家酒吧，但經營不順利，債台高築，中華街這個店也陷入困境，好幾個月沒交房租了。」

我完全沒想到情況會那麼嚴重。

「是不是如果上次的船運公司和貿易商談成生意的話，店就能經營下去？」

我記得那天，梨花很緊張，那場演奏會和商談如果順利，可能是改變現狀的最後機會。因為，我逃跑了，梨花最終沒能抓住這個機會。

「都是我的錯，我現在做什麼可以彌補啊。」

梨花輕輕地搖頭：

「別放在心上，即使商談順利，結果也不會產生太大變化的。我欠的債太多了，最多只能把破產的時間延後幾個月，不管怎麼努力，結果都是一樣的。」

「但……有部分責任也在我身上，最重要的時候我沒有幫妳。」

「這不是依江的錯。反而我該向妳道歉，不應該強迫妳幫我的。」

她的溫柔和體諒，讓我更加難過。

「我決定賣掉我現在住的房子，跟銀座店的合夥人把帳結清，把拖延的租金付了，就去美國。」

「美國……」

「在橫須賀工作的男朋友要換工作去美國了，所以我和他一起過去。」

「妳是認真的嗎？」

「這是唯一的辦法了。」

我們沉默地坐了一會兒，我忍不住說出我的心裡話。

「我無法想像沒有妳的日子將怎麼過，梨花求求妳！留在日本吧！」

梨花兩眼含著淚，搖搖頭說道：

「我後悔自己太有野心了，我不應該在銀座開店的，但我現在已經無計可施了。」

然後她從椅子上站起來，從架子上拿出了一張唱片。

「是班尼．古德曼呢。」我說。

「是啊。妳還記得嗎？在女子學校的時候，我在伊勢佐木町的有隣堂書店買了一本美國音樂雜誌。」

「我記得。那時妳非常高興也很興奮。」

「那本雜誌是一本即興爵士樂特刊，其中刊登了一篇關於一九三八年一月卡內基音樂廳爵士音樂會的文章，班尼．古德曼和他的大樂隊在那裡舉辦了盛大的音樂會，這是爵士樂界歷史性的音樂會。」

梨花談到這些變得很有精神，剛才悲傷的情緒緩和了。

「音樂會的實況專輯唱片是戰後發行的，就是這張。」

梨花把唱片放到電唱機上，然後回到我身旁。

「班尼．古德曼是我的偶像，從以前我就特別喜歡那首《Sing, Sing, Sing》。」

她閉上眼睛聽著，淚水靜靜地從她的眼睛裡流了出來。

「……旋律有親切感，節奏又很華麗，給人舒服的感覺，這大概就是即興爵士樂的魅力吧，美國人會一邊聽一邊跳舞呢！」

「……之前，玩爵士樂的大多是黑人，但自從白人班尼．古德曼出現後，美國的白人和黃種人開始不分人種地享受爵士樂了。」

「……班尼的樂團是一個大樂團，所以演奏時很有氣勢，也很擅長獨奏。」

梨花自言自語小聲地跟我說了很多關於班尼．古德曼和即興爵士樂的事。

這張唱片是現場演唱會的錄音，在觀眾熱情的反應下，好像我們就在演奏會現場一樣。

梨花似乎全神貫注於音樂，但我腦子裡卻一直想著梨花要去美國的事。

唱片播完，我問她什麼時候去美國。

「等我準備好了就告訴妳。對了！如果妳還沒有買鋼琴，我希望把店裡這架鋼琴送給妳。」

「這麼貴的東西，不行！」

「這架鋼琴是昭和初期橫濱的華僑製造的，當時販賣了不少，但大部分都在空襲時被燒毀了，現在所剩無幾。依江會很珍惜地使用才對，所以我真心希望送給妳。」

「其實，我第一次接觸鋼琴，是我小學時姑姑帶我去南京町的一家華僑開的樂器店，這大概是緣分吧，我很高興。」

梨花很開心地點頭。我接著說：「但是免費的話我覺得不好，所以妳能賣給我嗎？」

「妳太客氣了啦。我真要感謝上帝能讓我和妳成為朋友。」

「該感激的是我，因為梨花教我很多人生的樂趣。」

「去美國後，我會去聽真正的爵士樂並更深入的學習。將來，依江來美國的時候，我們一起去聽音樂會。」

「要是能那樣就太好了。」

我們破涕為笑。

我重新意識到梨花是一個意志堅強的女人。回想起來，在女子學校的時候，只要和她在一起，感覺周圍單調的世界就變成了彩色世界，我相信我們一定還能再見面的。

過了幾天，梨花送給我的鋼琴運送到了我家，當我的手指在鍵盤上彈奏時，我感受到好像手指被吸住的輕柔聲。我從小就嚮往彈奏鋼琴，那時我常一邊唱歌，一邊在書桌或餐桌上移動手指，就好像在彈鋼琴一樣。期待已久的鋼琴現在終於在我們家裡了，可以隨時彈奏，每當我彈著鋼琴時，心中感謝梨花，並祈禱她在美國能過得幸福。

突然的訣別

日本因新幹線和高速公路的修建舉國沸騰，因為東京被選為一九六四年（昭和三十九年）夏季奧運會的舉辦地。

一九五九年（昭和三十四年）決定舉辦奧運會時，很多人不贊成，為需要花費巨額資金而擔心。因為戰爭的痛苦剛結束，從全球角度來看，日本戰後的經濟增長還微不足道。能有多餘的錢來舉辦奧運會活動嗎？這不是又要開始新的苦難嗎？很多人為此擔心。

另外，也有人認為舉辦奧運會是日本在戰後讓世界各國改變印象的好機會。戰敗十年後，日本有戲劇性的復甦，通過奧運會可以向世界展示日本的現狀，以提高國際地位。

東海道新幹線的建設進展迅速，在東京，建設首都高速公路、地鐵、單軌電車等，拓寬道路，也陸續增建許多現代化的酒店。隨著城市機能的顯著改善，日本從戰後的苦難，漸漸地展現新面貌。

隨著奧運年的臨近，「全民辦好奧運」的呼聲越來越響亮，電視台不斷地播放與奧運會有關的歌曲和節目。

學校也給孩子們買了電視機，讓他們能看奧運會。我的一位同事告訴孩子們：「這是日本第一次，也可能是最後一次的奧運會，可能是你們一生中唯一的一次哦！」

政府和媒體同心協力宣傳奧運會，一九六四年夏天，在奧運會開幕前夕，整個日本都處於奧運會的熱潮中。

一天傍晚，當我從學校回來在做家事時，

「您好！我們是電器行的。」

出去一看，三個電器行的人拿著天線、工具，還搬了個大箱子。

「我們是來裝電視的。」

「咦？我們沒買啊……」

就在此時，典夫正好開車回到家。

「太好了，我剛好來得及。今天是安裝電視的日子，所以我提前完成工作回來了。各位，請進來吧！安裝的房間在這裡。」

和搬著電視的電器行人員一起走在走廊上時，我問典夫：

「這是怎麼一回事？」

「我們家也終於買了一台電視機，而且是彩色的喲。」

我完全不知情，說著：「彩色電視機？彩色電視機那麼貴，會不會影響我們的生活費？」

「今年度我當副校長了，薪水多一點，妳不用擔心，我想和妳一起看彩色的奧運開幕式轉播。」

「那麼，我們還能看到每個國家的入場儀式吧？」

「當然可以。」

「妳可以在家看到彩色的台灣選手隊和『青天白日滿地紅國旗』。」

我開心起來，也很感謝典夫對我的體貼。

第二天開始，一到晚上我和典夫就一起看與奧運相關的電視節目。可能我們住的附近有彩色電視機的只有我們家吧。

開幕式在十月十日，是星期六。學校課程在當天中午就結束了，我和典夫匆忙趕回家。

「昨天下雨了，我還擔心開幕式會受影響呢，今天是晴天，真是太好了。」

我們在電視機前坐下，剛坐下不久就開始實況轉播了。

「第一屆在亞洲舉辦的奧運會即將開始！」典夫好期待的表情說著。

「全球有九十四個國家和地區的人來到日本，真是太令人興奮了。」我開心地說。

入場式在下午兩點鐘開始，以希臘為首，選手團陸續進入國立競技場。過了一會兒，我看到了一面寫著「TAIWAN 中華民國」字樣的標語牌和底色是紅的旗幟，白色的太陽繪製在左上角的藍色部分裡，這是台灣，也就是中華民國的「青天白日滿地紅國旗」。

「中華民國，萬歲！」

我情不自禁地喊了出來。

因為台灣作為「中國」參加東京奧運會，所以中華人民共和國拒絕參加此次奧運會。不僅如此，後來我才知道，在開幕式的當天，中國因不滿還進行了核子實驗。

台灣選手身著白色西裝褲或裙子，上身穿著天藍色的西裝外套。

最後進場的是日本隊，會場響起了特別熱烈的掌聲，選手們穿著白色的西裝褲或裙子，紅色的西裝外套，就像日本國旗的顏色一樣。

大約一個小時後，所有隊伍才全進入競技場。在開幕宣言、聖火入場和選手宣誓之後，成千的鴿子被放至天空。就在眾人抬頭仰望天空時，五架飛機飛了過來，在藍天中劃出了五色煙霧的奧運標誌，那是航空自衛隊的特技表演叫「藍天衝擊」特技隊。

「好厲害！在適當的時機出場，把奧運五環畫得這麼漂亮，真是令人敬佩。」

典夫歡呼著，目不轉睛地盯著電視銀幕，然後說：

「五環沒畫歪，也沒被風吹走。還好天氣晴朗沒有雲，如果天上有雲的話，為了讓人們能看得到就需畫低一點吧，這得練多少次啊！」典夫很感動地說。

第二天，競技比賽開始了。

我關注的一位來自台灣的運動選手楊傳廣，他在上屆羅馬奧運會的田徑十項全能比賽中獲得銀牌，並在東京奧運會前一年的四月創造了世界紀錄，被稱為「東方鐵人」！我對他能獲得獎牌寄予厚望，可惜最終排名第五。

典夫是支持日本女子排球隊，不僅典夫，整個日本都為女子排球隊加油。甚至有人說日本有三分之二的人在觀看與蘇聯最後一場排球比賽的電視轉播，激戰的結果最後日本隊獲得了金牌，典夫歡呼雀躍，喜出望外。

一九六九年（昭和四十四年）四月，我被調到別的小學，這是我工作過的第五個學校。

同年，典夫在四十歲後半年，因工作態度認真和解決問題的能力強，而受到提拔擔任校長。赴任的小學裡，校舍破舊又漏雨，典夫與學校家長會，及當地住民一起與教育委員會交涉，想讓孩子們有好的學習環境，到職後的第一年，他不曾休息，盡心盡力地投入校舍的修繕工作中。

次年，一九七〇年三月，日本萬國博覽會在大阪舉行，這是第一次在亞洲舉辦的國際博覽會，每天都有電視轉播。

一天晚上，正在看電視的典夫說：

「我想去看看美國館展出的，去年阿波羅十二號從月球帶回來的那塊石頭。」

「是啊。我也想親眼看看呢。」

「我們去大阪吧！校舍修繕也快完成了，安排下週日休息一天，坐新幹線去，當天就可以來回。」

決定後，星期天一大早，我們從新橫濱站坐上新幹線。

過了中午時分我們到達博覽會現場，我們直接衝去美國館，但是周圍擠滿了人，看不清入口在哪裡。等我們終於排到隊伍的最後，前面的人對我們說：「排兩個小時的隊都不知道能不能進去啊。」

典夫說：「既然如此，那我們先去中華民國館吧。中華民國館裡還有餐廳，我們在那裡吃午餐，你也應該餓了吧！」

典夫對任何事都很細心認真，雖然很忙，但對博覽會的有關事項都詳細看過。他也很體貼，我想做的事，在我要求之前，他就已經為我安排好了。

典夫說：「中華民國的嚴家淦副總統夫妻也作為來賓來參加哦。」

我已經不像年輕時對政治那麼關心，但我仍然對台灣充滿興趣。中華民國館沒有排那麼長的隊伍，館前有身著民族服裝的女性在婆娑起舞，館內餐廳散發出中華料理的香味，我們點了很多好吃的東西，感到非常滿足。

用過午餐後，我們就悠閒地參觀館內，有一張孫中山的照片和一張蔣介石的畫像。我在一幅山水畫前，很好奇地觀賞著。

「這幅山水畫好像是蔣介石夫人宋美齡的作品。」典夫這樣告訴我。

在大廳的圓形劇場中，台灣的歷史、觀光、產業等各方面都被投影在銀幕上，所有的鏡頭我都很感興趣，我把注意力集中在連續的畫面上，從農民、勞動者、老人、兒童的角度介紹台灣的現狀。我從未去過台灣，但我卻覺得很有親切感。

典夫陪我看著，看完了才開口道：

「我們再去一次美國館吧。」

他真的很想看看月球的石頭，我很欣賞他那份像少年般的好奇心。

當我們回到美國館時，隊伍稍微短了一點。但是，我們還是排了兩個小時的隊，終於在已近黃昏時進入館內，又過了一個小時，才到達月石的展覽廳。

「什麼？這就是那塊月石嗎？」

我聽說它很小，但比我想像的還要小，看起來就像一塊隨處可見的石頭，典夫看著我疑惑的表情笑著對我說：

「這塊石頭就是證明，人類已經發展到可以登上月球了，所以是值得的。」

聽典夫這麼說，我也就釋懷了。

我們乘坐最後一班新幹線返回橫濱，到家的時候已經是半夜了。第二天是星期一，我們都有工作。

第二年，典夫因校舍修繕有出色的表現，被調到另一所小學。這所學校是他當校長的第二所學校，大家期待他能將破舊的木造校舍改建成一座新的鋼筋水泥校舍。

從不抱怨的典夫面有難色地說：

「這所學校的工事現在正在進行中。而且，這次是重建，校舍重建時學生要在什麼地方上課？如何讓學生們安心上課？我也很擔心他們的安全，一面重建一面安排學生們上課，是很困難的……」

但是，認真勤奮的典夫每天還是帶著笑容去學校。

次年，一九七二年九月，田中角榮內閣總理訪問北京，並與中華人民共和國首相周恩來簽署了日中共同聲明。日本之前是與中華民國（台灣）有外交關係，因日中共同聲明與中華人民共和國建立外交關係，而和台灣斷交了。

從一八九五年開始到日本戰敗的五十年中，台灣一直是日本的一部分，台灣人一直忠於日本，起碼我是這麼想的。對於日本與殖民五十年的中華民國（台灣）斷絕外交關係這件事令我非常難過。

在被日本統治的期間裡，在台灣出生的人是「台灣系日本人」，他們在台灣作為日本人生活著，在戰爭期間也為日本去上戰場。

一九五二年日中和平條約生效後，台灣系日本人失去了日本國籍，成為「中華民國國籍」。日本和中華民國的外交關係斷絕了，台灣人和日本人的關係今後會怎樣呢？雖然我是被日本人收養的，但我是日本殖民時期台灣父母所生的台灣系日本人，我內心焦慮摻雜著悲傷的心情。

十二月，日本與台灣斷交三個月後，記得那天是星期二，我上完第六節課之後，我把孩子們送出了教室，接著就要為教科研究會做準備，因為我是研究會的負責人。

學校廣播響了：「青山老師，有從外線找您的電話，請盡快回教職員室。」

這個時候有誰會打電話給我呢？一邊想著、一邊趕到教職員室，副校長說：

「出事了，妳丈夫暈倒了！」

急忙拿起聽筒的時候，就聽到一位女人焦急的聲音：

「是青山校長的夫人嗎？校長剛剛暈倒了，妳快點過來！」

「發生了什麼事？」我內心又緊張、又疑惑。

回想今天早上典夫離開家時，他和往常一樣啊。「你們有常去的醫院嗎？」對方在電話中問我。

「沒有。叫救護車了嗎？」

「還沒有。要叫救護車嗎？」

「拜託馬上叫救護車！我現在馬上趕過去。」

一位同事開車載我過去，大約三十分鐘後，我到達典夫任教的小學，當我趕到教職員室時，裡面只有一位值班的老師，他告訴我：

「剛才醫院來電話了，校長被救護車送到醫院了。」

值班老師告訴我醫院名稱和地址，我心急如焚，去醫院途中，我想著到底是發生什麼事？

結婚二十五年，典夫從未生過病，今天早上也是好好地吃了早餐，騎著摩托車，精力充沛地去上班。從今年春天開始，因為開車會堵車，所以他就一直騎摩托車上下班，典夫說：「騎摩托車可以在被堵車的間隙裡穿梭，能節省很多時間。」

所以，即使在早晚非常寒冷的十二月，他也是騎摩托車上下班。難道是因為天氣冷，感冒了嗎？每天騎摩托車上下班是否消耗了他的體力？

自從他當了校長以來，他的工作時間表排得密密麻麻的，在過去的六個月裡，星期天也一直在工作，即使在暑假期間，也每天都去學校。我已經有一段時間在家裡沒有看到過他放鬆的樣子了。前幾天，從來不輕易說累的典夫嘆了口氣：「啊！好累啊……」第二天他仍然精力充沛地去上班。我也沒有想到很會忍耐的典夫說累時應該注意他的健康才對，如果那時候我能堅持要他休息幾天，那該多好……我胡思亂想著。

車子到了醫院，我和開車送我的同事一起進去，然後被帶到入口旁邊的一個房間，那是一個小房間，房間裡有一張診察台，穿著西裝的典夫躺在那兒，沒有醫生、也沒有護士在。

「請節哀……」

引導我的護士深深地向我鞠了躬就出去了，載我來的同事好像要確認什麼，追著護士出去了，只剩下我自己一個人。

典夫的手臂垂在診察台上。

「典夫，親愛的。你醒醒吧！你醒醒吧！」我含著泣聲呼喚他。

我摸了摸他的額頭，還是溫溫的，臉色也和往常一樣。

「你還活著對不對？睜開眼睛說點什麼吧！親愛的。」我的聲音突然沙啞了。

他沒有動，我把他垂著的手臂放在他的胸前，結實的手臂立即再次垂下，我握著他的手，很熟悉的感覺。然而，他無法握緊我的手。

「你真的要離我而去了嗎？是不是騙我的？」我哭出聲音。

我不能接受這個事實，彷彿後腦被重重襲擊一般，整個腦袋都麻木了。我雙手用力按住自己的太陽穴，告訴自己說：「要堅強一點才行。」

此時，我的嘴唇是乾的，嘴裡乾透了，沒有唾液，我的喉嚨又乾又痛。

我跌坐在地板上，典夫的身體明明就在我的面前，但我不相信那是事實，我迷茫無助。

一個醫生進來了，從後面趕來的醫護人員說：「我在救護車上做了心肺復甦術……」

醫生說：「您先生一到這裡，我們立即採取了急救措施，可惜為時已晚……」

我被引導到一個單獨的房間，他告訴我，他是院長並向我解釋著：

「我想這可能是急性心力衰竭，不過不解剖的話我無法確定。」

「……不！不用解剖。」我急忙說著。

在他五十年的人生中，典夫很少上醫院，職場的定期體檢或全身綜合體檢都未發現異常。他不喜歡醫院，即使偶爾感冒，也能自癒，讓這樣的典夫身上插上手術刀去解剖太殘忍了。就是知道死因，他也無法活過來，我只想早點帶他回家。

護士敲了門進來。

「青山小姐，您能過來一下嗎？」

典夫被轉移到另一個房間，護士遞給我浸過水的棉絮。

「請幫您先生嘴唇沾一點水吧……」

我輕輕地將棉絮塗在他的嘴唇上，我強忍著不想讓淚水掉下來。

「您能脫掉他上半身的衣服嗎？」

護士像抱著典夫一樣稍微把他抬了起來，然後我脫掉了他的衣服，厚實的胸膛和緊繃的肌膚露了出來。

「身體這樣壯的人，怎麼會死呢？」

我情不自禁，緊緊抱住了典夫的胸膛，肌膚還有餘溫。

「典夫，請你醒醒看著我，親愛的。」

我的眼淚撲簌簌地掉了下來。

過了一會兒，護士小聲說道：

「非常抱歉。您能不能在外面等一會兒？我需要對您先生做一些醫療處理。」

我從醫院給娘家的養母打了電話，但無人接聽，我坐在走廊的長椅上，孤寂和傷痛千頭萬緒。

有人通知我殯儀社的人已經要來處理了，不知道是典夫學校的老師安排的，還是醫院安排的，典夫穿著嶄新的浴衣，被用擔架抬到殯儀社的車上。

我照指示坐在殯儀社車子的副駕駛座上，往家的方向開，我腦中混亂，他們怎麼說，我就怎麼做。

當我們回到家時，很多人聚集在大門前等著我們回來，因為我去上班把門鎖上了，所以町內的人沒法進到房子裡。

我急忙打開房門，他們聲音低沉地說著：「太令人傷心……」「怎麼突然……」「節哀……」大家一擁而入。這些人有的去廚房為大家泡茶，有的收拾家具騰出大空間，有的幫忙搬運遺體，他們迅速地處理，我傷心至極不知所措。

八帖榻榻米上鋪著被褥，典夫被放置在上面，床頭架著香燭台，典夫臉上蓋著白布。

不知道是誰幫忙聯繫的，典夫的親朋好友紛紛趕來了。後來我得知當時養母去九州旅遊了，吉彥去關西出差了，我沒有可以依靠的親人，孤單的我變得麻木，連眼淚都流不出來了。

晚上十點，大多數人都回去了，只有一些親戚留下來。

我看著線香快熄滅時，又重新點燃了一根，我陪在典夫身邊，想藉著線香傳達我對他的思念。

今天早上健健康康出門的典夫，晚上卻變成一具沉默的屍體回來了，我多希望這是一場夢，但這並不是夢。明天，我還要準備守夜和葬禮的事。

午夜，我把朋友和親戚安頓在另外的房間裡休息。

然後，我把自己的被褥放在典夫旁邊。十二月，寬敞的老房子裡好冷，我累極了迷迷糊糊睡著的時候，我聽到有人在我耳邊的榻榻米上走動，我睜開眼環顧四周，一個人也沒有，親戚們睡覺的房間也很安靜，但我確實聽到了聲音，難道是典夫的靈魂來到了我的身邊嗎？有什麼想對我說的嗎？我本來是不會迷信的，但此時我卻相信了。

「還是睡一會兒吧！」我這麼想著，要是我這個喪主也倒下了就麻煩了。

然而，我睡不著，我掀開白布，看著典夫的臉，他端正的臉上蒼白沒有血色，摸起來冰冷，冷也沒關係，不動也沒關係，我只希望他一直在家裡。

我心情久久無法平復，突然想起典夫學校的老師說的話，典夫是在為了建造校舍的事宜打電話的時候突然倒下的，可能是長年累積的疲勞終於達到極點了。當我意識到這一點時，悲慟的心緒就像洪水一樣湧上心頭，我大聲地哭了起來，這是我在典夫去世後，第一次放聲痛哭，我不停地哭直到自己毫無氣力，我在抽噎中睡著了。

那幾年，除典夫外，還有其他幾位小學校長突然死亡。許多在戰時受教育的老師，認真負責，責任心強，我也在戰爭期間當了老師，那個時代的價值觀就一直印在我們的心裡，就像有一首軍歌中唱的一樣，人們日夜不停地努力工作，也灌輸人們「為保護國家的未來而獻出你的生命」、「教師是神聖的職業」種種的理念。本著自我犧牲的精神，不遺餘力，忠於職守，即使身體不舒服，也不會請假，因為自己休息的話會麻煩到其他同事。

我曾多次想起當時典夫被送到醫院時，院長說：「工作量太大、操心的事過多，疲勞就會累積，會給大腦和心臟帶來壓力，如果持續下去，就可能會導致自律神經異常、腦出血、心肌梗塞等症狀。」

許多學生和學校的教職員，對獻身工作而過勞死的典夫感到惋惜和心痛。典夫生前常常跟我說退休後要一起做這做那的，但他卻留下了四十七歲的我獨自離開這個世間。

典夫死後留下大片的土地和房子，也拿到了典夫的死亡退職金，但錢無法帶給我快樂，我只希望他健健康康地活著。

溫和的養父在戰爭中死去，但我還有一個最喜歡的姑姑，姑姑被殺害時我痛苦得無法言喻，但那時還有典夫陪著我一起悲傷。現在，典夫不在了，我真的非常孤寂，而且上帝也沒有賜給我們孩子，我無語問蒼天……

第四章

台灣、日本、之後發生的種種

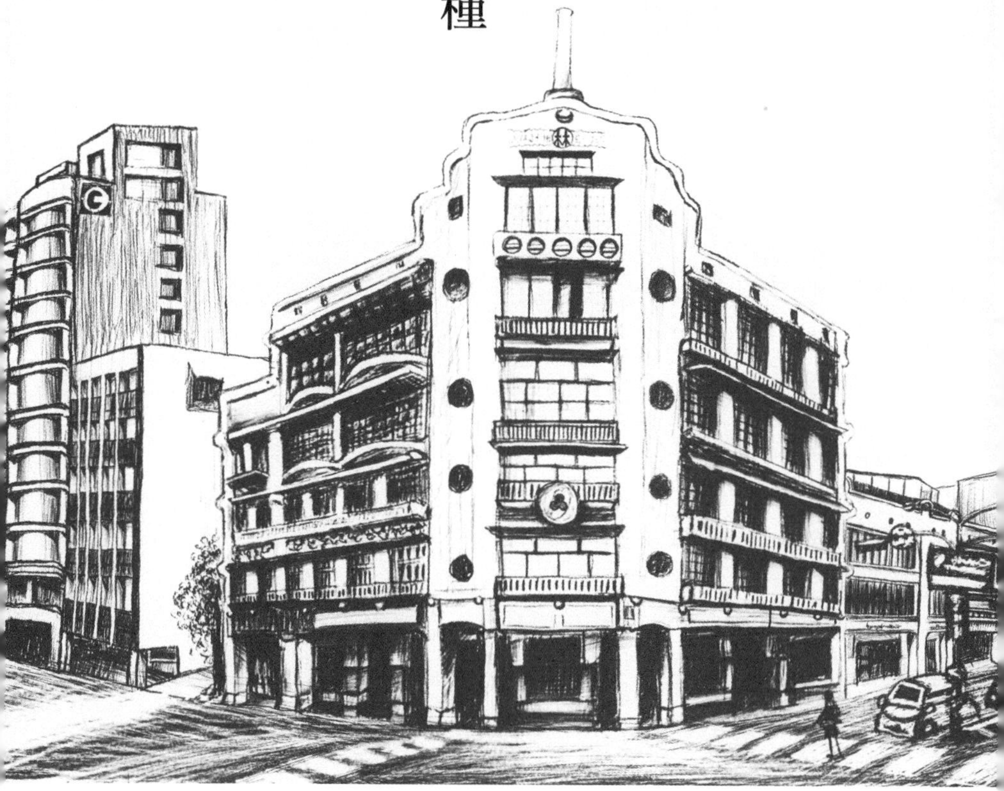

林百貨

未投寄的信

吉彥和妻子與養母一起在保土谷的老家生活。吉彥自從二十歲前和戀人分手以來，一直沒有交往對象，過著單身的生活，過了四十歲後，緣分到了，他找到一位適合的對象結婚了，那是典夫去世前不久的事情。

脾氣暴躁的養母總是跟吉彥的妻子吵架，經常在氣頭上衝出家門，突然跑到麥田町的青山家來。

當我聽到吉彥夫婦說他們終於懷上期盼已久的孩子時，我做了決定。

「我要把媽媽接到我這裡。」

「不！姐姐，妳用不著那麼做……姐姐已經是青山家的人了，而且和媽媽也沒有血緣關係，我會再努力忍耐的……」

「這樣下去的話，你們夫婦會很苦的，孩子要出生了，不是嗎？你們一家三口過著沒有其他人打擾的平穩日子，這樣也能讓孩子接受更好的教育啊。」

養母是沼田家族裡最不了解我的人，不管我做什麼事情她都看不慣，只要看到我，她就不耐煩。然而，命運卻是如此安排，養母對我來說，好似前世帶來的難解之緣。

一九七三年（昭和四十八年），也就是典夫死後的第二年，我把養母接到青山家的老宅，從此和養母一起生活。

老宅後面有一片竹林，夜裡可以聽見竹葉在風中搖曳的聲音。新月的夜晚外面伸手不見五指，養母不喜歡黑暗，黃昏時關上防雨窗後就不出門了，但我喜歡這種冷清的氣氛，竹林沙沙的響聲，在我聽來彷彿是姑姑幸福的笑聲，馬上就想去竹林尋找姑姑。

花園裡有一口井，典夫喜歡在井裡取水，把井水澆在花園的樹木和花草上，他說：「這是花園裡所有植物的生命之水哦。」雨季青蛙呱呱叫的時候，好像能聽到典夫在井裡打水的聲音，我會走去井邊看好幾次。

養母的性格還是一如既往，隨著年齡的增長，變本加厲，很難相處。

「我和村裡的人話不投機。」「房子太大了，住起來不方便。」她常常抱怨著村子裡的人和住的房子。

對我也常挑剔：「這料理是什麼味道？妳真不會做飯啊。」「這衣服對妳來說太花俏了吧。」

一開口就是不滿和抱怨，經常一個接著一個批評，到最後我甚至都佩服她抱怨的才能了。

不過，把養母接過來是我自己提出來的，我們是沒有血緣的母女，性格也完全不像，既然住在一起了，也只能盡量配合她。

有時會把養母的抱怨當耳邊風，有時也會乖乖地接受，比如我會重新打掃、重新做飯，我也注意與鄰居互動，讓養母能適應陌生的地方。

我們住在一起一年以後，我和養母總算可以表面上和好相處了，可能是我們都失去丈夫，所以也有互相憐惜的一面。

養母已經漸漸習慣鄉下的生活，早晚澆灌園中的草木，在庭院的角落建起自己的菜園。林醫師關閉診所回台灣後，養母就不再去中華街了，不過清一夫婦會偶爾來看望她。

老宅和花園裡有著我和姑姑、典夫的回憶，在我的感覺中，姑姑和典夫似乎還住在這棟房子裡。

典夫死後，教育工作成為我精神上的支柱。

我就任的小學有一個為身心障礙兒童開設的班級，當時被稱為「特殊班級」，我抱著愛心，想為這些孩子做些什麼，反覆思考後，我想通過音樂來讓這些孩子們與正常班級的孩子們產生互動，這個提案在教職員會議上獲得批准後，我每週指導正常班和特殊班的孩子實行兩次合班上課。

每次上課我會對孩子們說：「讓我們更有感情來唱這首歌，大家一面回想你們快樂的回憶，一面來唱……不錯喔。」

在音樂教室彈奏鋼琴伴奏時，我和孩子們一起享受音樂帶來的快樂。看到殘疾兒童用他們的整個身體來表達音樂，我有時感動得想流淚，普通班的孩子和特殊班級的孩子很快就成了朋友，在音樂課之外也一起玩耍。這是身為一名教師的成就感，也讓我感受到音樂給孩子們帶來的力量。

梅花開始散落。早春的某一天，我從學校回到家時，看到清一夫婦來了，圍坐在榻榻米上的茶桌邊和養母談話，我走近他們說：「你們好，歡迎你們來。」三個人突然不說話了。

「對不起，打擾你們了。」我向他們表示歉意地說。

當我要離開的時候，養母對我說：「依江，妳也過來吧。」

養母叫住我，我們圍坐在茶桌旁。

我看著清一，想知道發生什麼事，但他輕輕地移開了視線。

一陣短暫的沉默，養母帶著難以啟齒的口氣說：「我有話要對妳說，妳先冷靜聽……」

「到底怎麼了……？」

「我想妳聽我說，不如自己讀比較好。」

養母打開了茶桌上的包袱巾，遞給我一封尚未打開的信，它已經泛黃，看起來好像是很久以前的信，上面用鋼筆寫著「依江樣」，字跡很眼熟，我馬上認出是政雄的字。

「這是什麼意思？這封信是什麼？」

「對不起，依江姐。」

清一跪坐著退後低頭致歉，額頭抵在榻榻米上，我看到清一頭上混雜著些許白髮。

「政雄哥死的消息傳錯了，政雄哥還活著。」

這些話太突然了，我呆住了，在我考慮是否相信之前，我不知道發生了什麼。

「我不明白什麼意思，我可不喜歡被騙哦。」我大聲地說。

養母把手放在我的肩膀安撫我。

「我不是叫妳冷靜聽嗎？胡政雄還活著，沒有人騙妳。」

「那您為什麼一直不告訴我？」

養母深吸一口氣，說道：「當我們知道政雄還活著的時候，妳已經和典夫結婚了。」

「『我們』是什麼意思……？姑姑也知道嗎？」

養母點了點頭。

「秀子太喜歡妳了，她認為她不應該破壞你們的幸福，我們決定不告訴妳和典夫。」

「你們聯合起來一起騙我。到底從什麼時候開始……」

我無法忍受這件事實，拿著信封站起來，回到我自己的房間關起來。但我沒有勇氣讀這封信，所以我把它先放在放有白線帽和口琴的櫃子裡。

這件事太意外，這許多年來，我從沒去想過政雄還活著的事。

剛才當我要離開茶桌回房間時，養母告訴我：「政雄的婚姻並不是很幸福。」

政雄也已結婚……。我們分手後已經快三十年了，政雄現在長什麼樣子，他在做什麼，他老婆又是個什麼樣的人呢？

養母想讓我與政雄取得聯繫，她從以前就一直想按照自己的想法來操縱我的人生。我已經四十多歲了，有自己的想法，也知道如何對付養母了。

失去典夫的悲傷，現在仍然像剛發生一樣傷痛。與政雄分手是在三十年前，政雄還活著的事令人震驚，但是我知道他還活著，就感到很欣慰了。我們已經過著不同的生活，現在並不想見他。

幾個星期後，養母參加旅行團去京都三天兩夜。

一個星期六的晚上，我正在房間準備下週上課的教材，那天晚上也是新月，月亮看不清楚。從漆黑的花園裡，可以聽到竹葉在風中搖曳的聲音，當我打開窗戶，梅花的芬芳伴隨著夜風吹進來。

心血來潮，從放有白線帽和口琴的櫃子裡，取出前些日子養母拿給我的那封信。

信上正面寫著「依江樣」，背面寫著台灣的地址和電話，我打開信封，有幾張信紙折疊放在裡面，下了決心我把信拿出來開始讀。

親愛的依江

我從來沒有想過我會再次給妳寫信，我現在在台灣，相信妳也平安無事。因為我們互相承諾過，無論如何我們都要勇敢地活下去，我現在忍不住想馬上就去找妳。

雖然我不知道妳是否能收到這封信，但我還是想把昭和十九年秋天，與妳分開後回到台灣發生的事情告訴妳。

剛回去的時候，台灣頻頻遭到美軍空襲，因大陸糧食奇缺，台灣被迫捐出大部分的大米。我父親在台南開了一家醫院，也是擁有大片稻田的地主，父母因為藏了自己要吃的米糧，而被台灣總督府冠上重罪犯的污名，父親被監禁，稻田被沒收，家裡的房子和診所都被歸為總督府管轄。

從醫科大學畢業後本來應該去當日本的軍醫，但當我得知父親被關進監獄時，除了擔心父親以外也擔心獨自被留下的母親，所以和妳分手，回到了台灣。

然而，一回到台灣，就被保甲員發現，被迫作為軍醫前往南方激烈的戰場，保甲員是兼具警察和行政職能的基層幹部。

如果被送去戰場的話，必死無疑，我決定不惜一切代價，也要再次見到妳，於是我隱瞞自己的學歷，應徵海南島一家日資礦業公司的礦工。

海南島位於台灣西南部，靠近中南半島，雖然屬於中國，但當時被日本占領。

起初，我的工作是管理工人，但在昭和二十年，礦業公司的日本員工因前線人手不足被派往前線，於是勞務管理、翻譯、臨時醫生的工作也都由我來做。雖然我被聘用時隱瞞我的學歷，但我是醫科學生，並在日本學習的事實，最終被公司的上司知道了，礦工長對我很好。

八月十五日下午，大家齊聚一堂，礦工長說戰爭結束了。

日本戰敗，中國軍隊抵達海南島，由於船隻缺少，日本人優先撤離，台灣人被安排在昭和二十一年八月之後撤退。食物匱乏，中國軍隊霸道無比，日子之苦是筆墨難以形容，終於到了十二月，我總算登上最後一艘船返回台灣。

回到台南的家時，得知父親已經死於獄中，母親太過傷心，得了憂鬱症。自戰爭以來，一位名叫秋霞的遠房親戚一直在照顧我的母親。

現在我終於能給妳寫信了。離開海南島以後，各種思緒非常混亂，該處理的事太多了。想馬上和妳取得聯繫，但內心又十分猶豫不安，因為我害怕得知妳不好的消息。

信到這就結束了。從內容上看，大概是昭和二十一年寫的，也就是一九四六年底或者一九四七年年初。

還有幾張折疊的信紙，好像不是同一天寫的。

依江

台灣現在處境艱難，台灣人民對大陸來的國民黨政府抗議，發生了暴動，這是一場內戰，觸發內戰的原因是一名警察強行揭發一名偷偷賣菸的婦女，那是一九四七年二月二十七日。

第二天，也就是二十八日，一群市民衝向市政廳去抗議，大批市民被政府毫不留情地虐殺，因此台灣民眾的憤怒就蔓延開來。

好友王君說：「我們台灣人應該抗議外省人（大陸來的中國人）的暴行，我會抗爭到底。」

王君的一個年輕的日本朋友說：「台灣人真的很可憐，日本統治結束了，中國官僚卻濫用權勢，虐待台灣人民。」

我不能容忍國民政府的腐敗和暴行，但為了要照顧母親，也想能和妳見面，參加抗議活動的心躊躇了，因為我還必須重建我父親的醫院。但是……

看來這是一封沒寫完的信。

國際電話

當我讀完這封信，不自覺地流淚了。

「政雄……」

這是一個我很久沒有呼喚過的名字，我想知道沒寫完這封信之後的他，發生了什麼事，但不管怎樣，起碼他現在還活著。

我把政雄的信從房間裡拿出來放在佛壇上，把一根香折成兩半點燃，並放在香爐中。我合著雙手說道。

「姑姑、典夫，我要向兩位報告，政雄他還活在世間。兩位如有靈性，應該知道才對，看來現在才知道的只有我吧。」

一整夜我趴在自己的臥房裡，眼淚不停地流，哭累了小睡，遽然驚醒後又哭，我不知自己為何那麼傷心，我沉浸在痛苦的泥沼裡，不知如何選擇去向。

第二天是星期天，當我醒來時已經是中午時分，太陽照進老宅的大廳泥地，屋內顯得一片光亮。昨天一夜的哭泣，似乎已帶走我的哀傷，我不想再消極下去，也不想氣餒，我下定決心以樂觀的心情來面對自己的人生。這種內心的轉變，是因為政雄還活在人間，他帶給我想活下去的勇氣，三十年的歲月，我認為已把政雄忘了，其實是一種錯覺，他一直活在我的心中，只是強制自己去忘掉他罷了。

我是一個不會把傷心事放在心中太久的人，我把那封未完的信放到手提袋裡，決定到中華街去找清一，了解一些政雄的近況。

週日的中華街觀光客很多，熱鬧非凡。林清樓幾乎客滿了，一個我從未見過的女孩正在招呼客人：

「歡迎光臨！」

是個活潑，聲音清晰，面帶微笑，給人好感的女孩。走進店裡，純純遠遠就發現我。

「依江姐，快進來！」

清一也從廚房探出頭來。

「歡迎！歡迎！」

「你們正忙的時間，對不起！」

「客氣什麼，再過一個小時左右就沒這麼忙了，到時候我們三個人慢慢聊。還沒吃午飯吧，想吃點什麼？」

「那我來一份大盤的牛肉飯。」

「大盤的，能吃完嗎？」純純問道。

「吃得完。這家店的牛肉飯是世界上最好吃的，所以我想把政雄的份一起吃了。」

清一夫婦一臉驚訝，但他們似乎立刻明白我複雜的心情。不一會兒，一大盤牛肉飯端上來了，不是兩人份，像是三人份的量，我不由得笑了。

清一來到桌邊，故意一臉正經地說道：「政雄哥食量很大，沒有這個量是吃不飽的。」

純純笑著點點頭。

我有點後悔說我想把政雄的份一起吃。清一對我的幽默善意的回應，我正發愁吃不完，清一開玩笑著說：「我會把政雄哥的份打包給您帶回去，回家和他一起慢慢吃吧，哈哈！」

我們三個人大笑起來。

客人絡繹不絕，我坐在角落裡，靜靜地品嚐著我永遠不會忘記的牛肉飯。

店裡正在播放一首像是中文的歌曲，我不明白歌詞的內容，但那歌聲非常甜美，純純注意到我在仔細聽，說：「這是一位台灣歌手，名叫鄧麗君，政雄哥給我寄了一盒錄音帶，他說鄧麗君最近在日本出道了。」

我很驚訝純純很自然地提起政雄的名字。

「妳是政雄的表妹，對嗎？你們經常聯繫嗎？」

「……是的。尤其是林醫師回台灣之後……」

我以前聽清一說過，林醫師年輕時，與政雄的父親在同一家醫院工作，因為這個緣分，林家和胡家關係很密切。

純純繼續說道：「大約二十年前，秀子姑姑去世後，清一的父親……妳知道林醫師回台灣的事吧。在台灣，政雄重建他父親開設的古月醫院，林醫師回國後和政雄一起在醫院工作。」

「古月醫院？」

「日本統治時期，漢字『胡』分解為『古月』，現在叫胡內科。」

「原來如此。」

「是的。」

說完，純純朝店內看了一眼，客人漸漸少了。

「林醫師和清一是父子，所以經常聯繫，因此我也聯繫上政雄哥。」

二十多年來，只有我和典夫什麼都不知情。

「對不起！沒告訴您……我們不想破壞依江姐的幸福。」

我的心情很複雜，雖已事過境遷，但我想知道事情的真相。

「不好意思！讓您久等了，終於沒什麼客人了。」

清一從廚房走出來。

「休息時間到了，我們去二樓喝杯茶吧，有台灣高山茶哦。」

「這是在台南有名的老店買的高級茶，是清一喜歡的台灣茶，她說我不懂茶，喝了也是浪費，今天託依江姐的福，讓我也嚐一下。」純純半開玩笑地說道。

我也開玩笑地回答：「如果是這麼高級的茶，對我來說更是浪費，因為我也不懂茶。」

「不！不！不要把純純說的話當真，她因為喝了茶晚上睡不著覺，所以我不讓她喝。」清一急忙解釋著，純純看到清一著急的樣子，笑了出來。

我很羨慕這對夫婦感情很好，他們總是很快樂，消逝的歲月也不令他們顯老。雖然他們沒有孩子，但他們同心協力經營著自己的餐館，過著忙碌而充實的生活。如果我在人生中選擇一條不同的路，說不定也會是這樣……

清一泡茶有一套，一股優雅的茶香撲鼻，這是我第一次品茗，正如清一所說，它是台灣的好茶，具有濃郁的香氣。

「我今天來，是想多知道一些政雄的消息。」我單刀直入地說道。

「當然，如果依江姐想知道的話，我會告訴您我們所知道的事情。」

「昨晚看了政雄的那封信，老實說我有想去見他的衝動……但在那之前，我想多了解一些政雄所發生的事。」

在清一夫婦面前，我一直以姐姐的態度說話。

清一放下茶具，靜靜地說：「政雄哥在二二八事件中被捕入獄，出獄後因純純是政雄的表妹，一直和我們有聯繫。是我告訴政雄哥您已經結婚了……所以就沒有直接寄信給您。」

各種信息一下子在我腦子裡，變成一片混亂。

「你說的二二八事件和入獄是什麼意思？」

我對二二八事件一無所知，在當時日本完全沒有報導，入獄這個字眼令人震驚。

我想起了信封裡寫了一半的信，他提到對國民政府的抗議，政雄甚至使用了「內戰」這個詞，肯定說的是這件事。

「清一，請告訴我更多關於這方面的信息。」

「……當日本在一九四五年八月戰爭失敗後，台灣人很高興能回到祖國的懷抱。然而，中國來的官員濫用職權，貪污收賄。在日本統治結束後的短短一年多時間裡，台灣生產的大米有一半以上被中國政府徵收運往大陸，台灣米價飛漲，失業人數增加，治安日益惡化，許多台灣人認為日本統治時代反而比較好。」

從清一口中，我了解戰後一、兩年台灣發生了這樣的情況，日本那時候也正面臨嚴重的食物短缺，我每天都得為了獲得食物而拼命。

清一繼續說道：「這樣惡劣的情況一直持續著，台灣人的憤怒終於到了極點。

一九四七年二月二十八日發生了二二八事件，一名賣菸的婦女被警察毆打後，台北爆發了對國民政府的不滿，政府用機關槍掃射前往行政長官辦公室抗議的示威者，造成許多市民死亡和受傷。這個事件蔓延了整個台灣，開始到處抗議和動亂。」

一個賣香菸的女人……我了解了政雄信中所寫的事原來就是二二八事件。

「之後，台南也發生了這樣的暴動。台南工學院的學生用武力起義，當時有位英雄說服學生將武器歸還政府，然後他一個人頂了罪，被政府公開處刑，他用自己的生命挽救了許多年輕人的生命。」

我第一次聽到這件事，緊張地喘不過氣。

「那位英雄的父親是日本人，母親是台灣人，他原本是警官，之後考上律師。他活躍於台南，反對日本人對台灣人歧視，保護台灣人的人權，他叫做湯德章，日文名字坂井德章，是位受台灣人尊敬的英雄，他的正義和勇氣在民間流傳著。」

清一似乎對二二八事件知道得很詳細。

「可是，政雄和二二八事件有什麼關係呢？」

「政雄哥最好的朋友王君，是抗議組織的核心人物之一。」

政雄的信中也有提到「王君」的名字。

「政雄哥是王君的好友，所以被懷疑是學生組織的主謀之一，而被強行帶走。憲兵半夜衝進家裡，把熟睡的政雄哥叫醒，用繩子把他的手綁在身後，將他推進卡車帶走了。」

清一的語言中夾雜著悲傷和憤怒，神情嚴肅，我不敢打斷他的話，他和政雄有著深厚的友誼。

「國民黨政府自二二八事件以來，到現在都對台灣實行戒嚴……」

清一說完後沉默了下來，純純一臉痛苦的說道：「我們自從政雄哥入獄之後，就從秋霞那裡打聽消息。」

「秋霞是？」

「是政雄哥的妻子……沼田阿姨沒告訴您嗎？」

「……沒有！我和母親不怎麼提到政雄的事……」

說到這裡，我想起了政雄信中提到過這個名字，是照顧政雄母親的遠房親戚。政雄和這個叫秋霞的女人結婚了，我突然產生複雜的心情，為什麼我這麼在意政雄的妻子，我們已各自過著不同的生活，我那麼在意是怎麼了？

清一繼續說道：「一九五五年我父親回台灣時，受到政雄哥多方面的幫助。我父親在信中說『他就像我真正的兒子一樣，對我很好，我很幸福。』政雄哥代替我照顧我的父親，我對他感激不盡。」

這時電話鈴響了，純純過去接電話。

「……是的，……是的！我是林純子……是的，麻煩你了。」

好像是來自交換台的確認電話，叫她純純是她的小名。

「您好，哥哥！」純純發出了愉悅的聲音。

清一輕聲對我說道：「應該是政雄打來的電話。」

「耶……」太突然了，我有點緊張。

純純邊打電話邊看我，她用眼神示意問我要不要接電話，我急忙擺手又搖頭，沒有心理準備，也沒有去接電話的勇氣。

「……嗯，挺好的。政雄哥呢？……哦，這樣啊！嗯……」

電話裡說的是日語，純純明白我的心境，所以在電話中並沒有提及我也在場。

她放下聽筒，走過來對清一說：「你父親說希望你趕快寄些正露丸回去。」

「我父親雖然自己是個醫生，可是自己習慣吃正露丸對付百病。」

清一笑著對我說：「台灣的藥店也有賣的，但是比在日本要貴得多，所以經常叫我幫他買。」

我說：「我母親也常服用，她相信只要吃了正露丸就能保持健康，可能因為他們是同時代的人常吃的藥也一樣吧。」

純純說：「聽林醫師說過，戰前在台灣，沼田叔叔用正露丸救了依江姐您的親生父親呢。從那之後，清一的父母、沼田叔叔一家、依江姐的親生父母、以及秀子姑姑，都成了正露丸的忠實崇拜者。」

正露丸的話題聊得熱中，但是我卻非常在意剛才的國際長途電話。

「對了，你們經常打國際電話嗎？」

「我每個月會打一次電話給在台灣的父親詢問近況，有時政雄哥也會主動打過來。」

「電話費很貴嗎？」

「嗯，通過國際交換台接通，幾分鐘就要不少錢。」

清一又幫我倒了一杯茶。這時，從一樓傳來了呼喚清一的聲音：「店長，銀行的客人要找您。」

好像是剛才接待客人那個少女的聲音，她是個很討人喜愛的女孩。

「我現在就下去！」

清一下樓去了，我問純純：「樓下的那個女孩子是來打工的留學生嗎？」

「是，她從台灣來的，她叫美櫻，常來的客人都叫她小櫻。」

「哦，她給人的感覺很不錯。」

「是個聰明又老實的好孩子。……其實，她是政雄哥的女兒。」

「咦……！」

太意外了，我幾乎不敢相信。

據純純說，美櫻是政雄和秋霞的獨生女，高中畢業後，在政雄的鼓勵下進入日本的專科學校學習日語，由於小時候感染脊髓灰質炎，導致腿部輕度麻痺，去年在日本做了腿部手術，手術很成功沒有留下後遺症。她一邊上學，一邊在林清樓打工，清一夫婦現在是她的監護人。

我們走到樓下，美櫻爽朗地笑著說道：「您要回去了嗎？」

純純說：「這位依江阿姨，她和妳爸爸年輕時是好朋友，也是學校的老師，妳功課上有不懂的地方可以請教依江阿姨哦。」

「哇，太好了！拜託您了。」

美櫻禮貌地笑著向我道謝，可愛又開朗，我覺得一定能和她融洽相處，我抑住心中那份特殊的情感，微笑著問道：「聽說妳在上專科學校，學什麼呢？」

「在日語學科學習日語。」

她和純純、政雄都有一雙清澈明亮的眼睛，也帶著與生俱來熱情的溫柔感。我走出店門，她還在門口依依不捨地目送我離開，和記憶中的政雄一樣，約會要分別的時候，他也會用同樣的眼神微笑著目送我，直到我看不見為止。

走出林清樓，我漫無目的地在中華街閒逛，看到美櫻後，想念政雄的心情很迫切，情緒很複雜，想痛哭一場，傷感和矛盾在內心澎湃著。

回過神來，已經走出中華街，來到電信局門口了，此時我的心中有一股衝動。

「給政雄打個國際電話吧。」

手提包裡放著那封信，信封上有寫著他的電話號碼。

不知道是哪來的勇氣，走進電信局，毫不猶豫地填寫了國際電話申請單。這是我有生以來第一次打國際電話，還沒想好要和政雄說些什麼，就已經申請好了。

「青山女士，接通了，請到電話室來。」

總機的女職員催促著我，狹小的電話室裡放著一把椅子。

我坐下來，輕輕拿起聽筒⋯

「喂，我是青山依江⋯⋯舊姓沼田。」

我緊張得語調都有點僵硬。

「依江⋯⋯？太讓我驚訝了，妳怎麼突然給我打電話了？妳的聲音都沒變啊！」

政雄似乎也有些緊張，但說話還是和三十年前一樣爽朗，聽到政雄的聲音，我的緊張感放鬆了許多。

「妳還好嗎？」

「嗯，還好，政雄你呢？」

「謝謝，我很好。啊，我該說點什麼好呢？」

我也是同樣的心情。

「我經常聽清一提起妳，妳吃了不少苦啊！」政雄的語氣和以前一樣親切。

我感到一種被包容的溫柔感，不知不覺地淚眼朦朧。

「……最近才看了你的信……」

「妳在哭嗎？還記得嗎？我最喜歡妳的笑容了，所以不要哭。」

我嗚咽著，話也說不出來。

「只要妳想見我，我隨時都可以去日本找妳。」

「嗯……謝謝。」我熱淚盈眶，好不容易哽咽著擠出了這幾個字。

「依江，我從清一那裡知道妳家的電話號碼，今晚我打電話給妳，到時候我們再慢慢聊。讓妳負擔電話費太過意不去了。」

他的語氣比以前更穩重、溫和。

總機傳來通話即將結束的訊號，我聽從政雄的意見，輕聲說道：「知道了。再見……」

「嗯，今晚再連絡……」

政雄依依不捨地告別，在我耳邊甜蜜地迴蕩著，同時腦海中也浮現出剛才美櫻清純的笑容。

回到麥田町的家，天已經黑了。按計劃養母明天下午會回來。

我隔著黃楊樹的籬笆眺望著這棟房子，背靠竹林的古老日式房屋，靜悄悄地顯得有些寂寥，梅花的香氣陣陣襲來，仰望黃昏的天空，屋頂上有刻著野慈菇的家徽，青山家世世代代住在這棟房子。現在典夫去世了，維護這棟房屋就成了我的使命，但是我沒有子嗣，如果我死了，這棟房子該怎麼辦呢？

在沉思中不知不覺月亮已經清澈明亮地掛在天邊，月光隱隱約約地照射在井邊，院子裡有好幾棵百年樹齡的老樹仍枝葉繁茂，隨著季節而綻放不同的花朵。總覺得秀子姑姑和典夫還在這個院子裡的某處守護著我。

站著陷入沉思的時候，周圍已被黑暗吞噬。

「哎呀，我怎麼發呆了……已經是一片漆黑了。」

急忙進了大門，沿著鋪滿鵝卵石的小路走到玄關，打開電燈，昏黃的燈光照射在大廳的泥地上。滴答，滴答……能聽到老式時鐘的響聲。

這時，「鈴……，鈴……」電話鈴響了。

我慌忙脫下鞋子，奔向電話機。

一定是養母打來的，她很後悔典夫突然去世時自己正在旅行，沒能及時取得聯繫。從那以後，每次出門旅行，她都會打電話來確認平安。

「喂……」

我手提包還未放下，就趕忙拿起聽筒。

「青山依江小姐在嗎？」

是國際電話台打來的電話。

「啊……是的，是我。」

瞬間我緊張起來，不是養母，是政雄。

「喂！我是胡政雄，是依江嗎？」

「是的。」

「剛才我還在上班，沒能好好跟妳談話，非常抱歉。」

在耳邊迴盪的聲音是多麼熟悉，令人懷念不已。

「不！應該道歉的是我，而且你現在又打電話給我，國際電話太貴了，我才覺得不好意思呢。」

「別擔心！我現在是開業醫生，電話費還付得起。知道妳看了我的信，我很高興，因為這樣妳就明白戰爭期間我離開日本的理由和心情了。」

政雄繼續說：「寫到一半的信是有原因的，但在電話裡很難解釋……剛才我和清一通了電話，他說已經把我的事告訴妳了。」

「嗯。」

我明白政雄說話不敢明講的原因，目前台灣仍處於戒嚴令期間，電話很有可能被竊聽，為了怕對政雄造成危害，所以話題一定要慎重……。

「政雄，我想去台灣見你。」

我毫不猶豫地說出了我的真心話，連自己都感到驚訝。

「真的嗎？我也想見妳。」

我相信政雄這句話是發自內心的。

「學校放暑假的時候我就過去，日程定下來之後再和你聯繫。」

我們不像白天那麼緊張了，談話中已恢復和以前一樣的親密感。

最後，政雄在電話裡說道：「妳來台灣的時候，請把典夫君的照片帶過來，我很感謝他對妳的關照。」

政雄和典夫之間深厚的友情讓我感動。

那天晚上，我再度把政雄的信放在佛壇上，把線香折成兩半點燃。

「姑姑、典夫，今天我和政雄通電話了，他在台南和林醫師一起合開了一家胡內科醫院，我準備暑假去台灣和他見面。」

然後拿起姑姑的牌位，小聲說：「姑姑……因為姑姑去了天堂，所以林醫師就回到你們第一次見面的台灣，聽說是政雄代替清一在照顧他。所以姑姑，您放心吧！」

姑姑在台灣的護理學校上學時，認識了當時年輕的林醫師，兩人雖然沒有說出口，但應該是互有愛意吧。因當時林醫師已經有未婚妻了，而且未婚妻還是姑姑的同學。姑姑回日本不久，林醫師夫婦也遷居日本，在南京町開了醫院，林醫師的夫人在戰爭中因空襲去世後，姑姑就在醫院當護士，幫忙林醫師。那段時間，對姑姑來說也許是人生中最幸福的時期。姑姑去世後，林醫師回到台灣，和以前同事的兒子政雄一起工作、一起生活。

人與人的緣分是多麼不可思議啊……。

回想起來，我和政雄以及典夫也算是受命運的捉弄。人與人之間僅有愛情也不一定能結合，有緣分才能結合在一起啊。

我被線香的煙霧和香味包圍著，感覺姑姑和典夫就在我的身邊。

我對著典夫的牌位說：

「典夫，你會原諒我去見政雄吧。我們結婚的時候你說過：『我會代替政雄愛妳一輩子。』我得到政雄去世的消息後，是你的愛給了我活下去的勇氣……」

看著典夫的遺照，照片上的他也正溫柔地看著我。

「你以為已離開人世的政雄還活著。典夫，你會不會也和政雄一樣出現奇蹟呢……我希望你回來，即使是鬼魂的形態我也不害怕，政雄能從死亡的邊緣生還，那你也可以吧。

求求你了，回到我的身邊吧……」

昏黃的燈光照在老房子的榻榻米和紙門上，佛壇旁邊擺放著青山家代代相傳的木製屏風，屏風的中心雕刻著野慈菇的家徽。典夫死後，我成了青山家的女主人，在守護青山家的立場上，卻計畫著要去台灣見政雄，這讓我心中產生小小的罪惡感。

到台灣

第二天，養母從京都旅行回來，買了京都的銘果，要我拿一盒去給吉彥，她和媳婦感情不和，口口聲聲說要和兒子斷絕母子關係，但其實她對兒子，心中仍然有份不忍割捨的愛。

「養兒子最沒意思，辛辛苦苦的把他養大，等到他娶了老婆，心中就沒有媽媽的存在了。」

養母是個經常抱怨的人，不管我如何孝順她，也拼命的去收集糧食，維持一家生計，她永遠不會感激和滿意。她在三十多歲的時候丈夫過世，在戰爭前後她忍受許多苦難，所以知道如何應對多變的社會，但她有著凡事都表示不滿，喜歡挑出人的弱點來諷刺，也不善於坦誠向人道歉的性格。

到了四月，新的一年又開始了，我又提議將特殊班的學生和普通班的學生合併一起上音樂課，受到其他老師的贊同和好評。聽說孩子們在課堂上變得活潑，也懂得互相體貼。因此，合班上課的制度正式受到學校的採用，其他的班級也相繼實施。

有一天，我下班回來，養母拿著一個藍色大信封來到我身邊，我很快地意識到這是旅行社寄來的文件。

「為什麼妳要瞞著我呢？不僅是兒子，連女兒也對我隱瞞。」

「媽媽，不是的，是因為……」

我正想要解釋，養母馬上打斷我的話。

「我知道，妳要去台灣，妳想去找政雄吧。妳為什麼不告訴我，我不是一直都鼓勵妳去找他嗎？妳究竟不是我親生的女兒，妳的態度真讓我受不了，我是白養妳了。」

「對不起！我不是要隱瞞您，我確實是去了旅行社商談，但是沒想到這麼快就拿到簽證了。」

跟她談論這些時，我了解養母生氣的原因了，她不滿我瞞著她去申請一連串的出國手續。

「當然我打算馬上告訴您，但是學校剛開學，校務繁忙，我每天回來時間又晚，而您已入睡了，所以沒有來得及向您報告，真的很對不起您！」

我已習慣她對我的憤怒和抱怨。總之，先向她道歉比和她舌戰來得明智。

「妳和政雄聯繫好了嗎？」

「聯繫好了，政雄在台南開設一家醫院，林醫師和他一起看診。」

其實養母已經知道這些信息了，但是我還是告訴她。

「我覺得這社會很奇怪，孩子不照顧自己的父母，而去讓別人照顧。清一不照顧林醫師，吉彥也把我置之度外，而政雄卻和林醫師生活在一起，妳不覺得很奇怪嗎？」

養母越說越激動，因為憤怒、額頭浮現出青筋。

我聽著養母的抱怨，偶爾也會說一些話附和她，這是和經常生氣的養母最好的相處之道，也是我在多年來的經驗中學到的。

我從小就常被養母嘲笑和無理責罵，當她對某件事不滿意時，她會對我發脾氣、對我吼叫，我常常是她發洩的對象。

當然，那可能是因為我是被收養的，據說當時她也是同意收養我的。但是，當自己親生的兒子吉則和吉彥出生後，她就漸漸地對我疏遠了。

現在養母需要我，我有一份教員的薪水可以供她生活，我了解自己對她的重要性。

五月的連休結束了，轉眼就到了六月，天氣越來越熱，游泳的課程開始了。過去會游泳的孩子很少，但現在所有的孩子都上游泳課，學校裡比我會游泳的孩子多起來了。

想到要去見政雄，就令人興奮，好像感受到相戀時那股酸甜的滋味，但我不敢去奢求像年輕時那柔情蜜意的浪漫，因為政雄是個有妻室的人，雖然典夫已過世，但我還是典夫的妻子。

我沒有問起政雄的妻子秋霞的事，但從養母和清一夫妻那裡聽說是位從小就出入在政雄家的女孩，政雄來日本期間及戰後回台被押入獄期間，一直照顧政雄的母親，她和政雄結婚了，兩人卻長期分居……

我對政雄的女兒美櫻，從第一次見面那天開始產生好感。之後，我去清一的店幾次，和她聊得越多，就越發現她是個直率又聰明的孩子，真羨慕政雄夫妻有這麼好的女兒。

隨著暑假的來臨，我開始想起許多過去的事情，我常常夢見典夫回到這個家，明明是典夫，但他卻說自己是政雄。

某一天夜裡，我夢見典夫穿著政雄最後一次在葉山約會時所穿的台北高中的校服，典夫說：「我褲子的腰圍太緊了，可以幫我放寬嗎？」當我不知所措時，他又說：「我和典夫同心，我們兩個都愛著妳，我們永遠守護著妳。」

剛開始是一個人的聲音，中途卻聽到兩個人重疊的聲音，我拼命地想聽哪個聲音是真實的，同時又聽到有電話聲、收音機聲、學校孩子們的聲音，我無法分辨是誰的聲音，還有養母的聲音也交錯在一起。

我驚醒過來時，養母已經坐在我的枕邊了。

「妳昨天晚上也是很晚回來吧！昨天白天我接到旅行社來電話，說機票已經寄出來了，出發日期是兩星期後的星期六。」

養母的聲音是前所未有的溫柔，去台灣找政雄是她對我的期待，我如果和政雄再婚，她老後會比現在更舒適，她在心裡打著如意算盤。

我打算繼續在公立學校教書，直到退休，我可以領取養老金，不會影響我的生活，而且也可以照顧養母的晚年。政雄有自己的家庭，我覺得養母的期待我不能認同。

我把去台灣的日程、航班號、到達時間等用航空郵件寄給政雄。

正逢梅雨季節，雨下個不停，每天都很悶熱。快放暑假了，一面處理學校的工作，一面整理去台灣的行李，日子顯得十分忙碌。

養母準備很多上等的海苔要送給林醫師。

我準備了一張典夫和姑姑一起做農事的照片要給政雄，兩個人看起來都還年輕，我懷念起當時三個人一起生活的快樂時光。

我決定帶那封在戰爭期間最後一次約會時，政雄送給我放在口琴盒裡的信去台灣。

「如果妳早點告訴我妳的日程安排，我會和妳一起去的。」

養母又羨慕又遺憾地說。

「達藏和秀子年輕的時候都住在台灣，他們說台灣是個好地方，經常說好想再去，所以我想去一次，親眼看看那裡有多好。」

我想那是養母的心裡話，這次沒有邀養母一起去，我內心有點歉意。

然而在這個保有著古老傳統的村子裡，一家人一起出遊，沒有人留守在家裡，是會受到指責的。記得以前曾經和典夫一起出遊，家裡沒有人留守，鄰居對我們的白眼，我永遠無法忘懷。

上學期結束了，學生們的成績也打好了，結業典禮終於來臨了。

「太好了，終於可以放暑假了！」

「老師，再見。」

「祝你們暑假過得愉快，好好地把功課做好，等待開學時再見到開朗健康的你們喔。」

期盼去台灣的日子終於來臨了。

前一天，清一替我和政雄聯繫了，他說我到台北後，政雄會去松山機場接我。我滿腦子都想著和政雄見面的事，第一次要踏上自己的祖國台灣，很興奮也感慨良多。

自從聽說政雄失去音訊後，我就盡量不去想他，過著平庸而忙碌的日子，一直努力讓自己做一個日本人。有句話說：「種子不能選擇播種的土地」，但我從未忘記我是台灣人。

我和政雄從那次國際電話後，就沒有再直接打電話了。政雄不忍心我支付昂貴的國際電話費，而我是顧慮如果我打去時，政雄是診療時間，由妻子來接電話，那多麼不好意思。要是政雄打到我家，養母剛好在旁邊，也不方便隨意說話。

既然我們都有顧慮，最好是透過清一來替我們聯繫。清一也很樂意幫忙，此次台灣之行，由他和政雄溝通得以順利成行。

出發的那天早上，養母拿出一萬日圓的鈔票，要我在機場買幾條香菸送給林醫師。

「好的。錢我付，但我會說是媽媽您要送給他的。」

養母有點緊張，我意識到她對林醫師還是有愛戀的心，我同情的心油然而生。但林醫師的心中只有秀子姑姑，對養母沒有什麼特別的感情，人的感情是非常微妙複雜，單相思是多麼痛苦啊。羽田機場下著毛毛雨，也充滿著霧氣。

中華航空的客艙裡幾乎坐滿了，周圍聽到的語言應該是台灣話吧。但以前姑姑告訴我，台灣話和中國大陸使用的普通話及廣東話是不同的。這幾年來，我是台灣人的意識越來越強烈，但我不懂自己國家的語言，連台灣話和中國話都分不清，我內心有說不出的慚愧和無奈。

這是我第一次坐飛機，飛機離陸地起飛時，我很害怕，感到耳鳴，我趕緊吞口水，飛機飛上了雲層，明亮的陽光從機窗照射進來，和剛才未上飛機前在霧雨中的景象完全兩樣。

飛機平穩地飛著，我的心也平靜下來，我開始想著到台灣的事，政雄現在長得什麼樣子。前幾天清一到我家來，拿出一張照片，說著：

「這是今年政雄和我父親去爬山時拍的照片。」

養母很感興趣地仔細地觀察，但我暫不想看。

「我希望見到政雄之前自己先想像，到時遇見時，比較一下想像和真實有多大的不同。」

我閉上眼睛，想像五十多歲政雄的臉龐，然而腦海中浮現的卻是年輕時的政雄。

三個小時後，飛機降落在台北松山機場。

周圍有很多旅客，但我聽不懂他們說的話，當我和人群一起走出大廳時，我聽到一個熟悉的聲音：

「依江！」

當我環顧四周時，我看到一個男人在揮手。啊！是政雄。他帶著微笑慢慢地向我走來，我也加快腳步走向他。

我們面對面站著，他稍微變胖了，但他那整齊潔白的牙齒一如往昔，他笑的神情跟他的女兒美櫻很像。他說：

「妳和三十年前一樣都沒變，我一下子就認出妳了。」

我在不知不覺中已熱淚盈眶，政雄拿出手帕擦拭我的淚水。

「謝謝。」

我用微小的聲音向他道謝，而且不敢直視他。

本來想當我和政雄見面時，我要用開朗的聲音向他問候，也開開玩笑來掩飾久違的尷尬，並且製造一些快樂的氣氛，但沒想到我居然做不到。

我鼓起勇氣，抬頭去正視政雄，他也剛好正微笑地看著我。

「我們最後在葉山見面時妳十九歲，我二十四歲……」

我們兩人終於能自然地正視對方了。

突然我有一種不可思議的感覺，自己和政雄都是台灣人，卻用日語交談，在戰爭時期覺得是應該的，因為台灣是日本的殖民地，但是今天卻感到不自在。

他說：「妳累了吧。我們找個地方喝杯茶。」

接著，他揮手叫來一部計程車前往台北市區，帶我進入一家咖啡店，那時我突然頭暈目眩。

「怎麼了，不舒服嗎？」

「我可能是睡眠不足，沒事，我應該是累了。」

然而，我突然感到噁心和腹痛。

「政雄，對不起！我覺得應該出去比較好。」

離開咖啡店，政雄叫來一部計程車，要司機開往周永明診所。

「中午在機上用餐了嗎？」

政雄在車上問我，並伸手按著我手腕上的脈搏。

「只吃了少許。」

我有氣無力地說。

此時我的肚子更加絞痛，全身發著冷汗。

政雄伸手把我的上半身環抱在他的懷裡，他溫熱的胸膛暖和了我那微發冷汗的身子，肚子的絞痛好像慢慢地緩和下來，政雄把我抱在懷裡，我的病情好像已經好了一大半。

「我想妳因為疲勞，加上機上的空調而受涼了，應該沒事，但還是去醫院看看，以防萬一。」

他對計程車司機小聲的指示，車子很快就到了掛著「周永明診所」牌子的大樓前面停下來。看來是政雄熟悉的診所，護士們很親切地和我們打招呼，初診必須填寫一些表格，我看不懂中文，一面請教政雄一面填寫表格。

進入診察室，一位和我們年紀相仿的醫生露出驚訝的表情，和政雄交談一會兒，然後轉向我：

「妳是沼田依江小姐，啊，對不起！現在應該稱呼妳青山小姐，我從年輕時，就常聽到妳的名字。我姓周，歡迎妳到台灣來。」

他的日語說得很流利，我很驚訝。

周醫師很快替我看診。

「沒什麼異樣，只因旅途勞累，打個點滴，多休息一下就沒事了。」

一位年輕的護士把我帶到另一個房間，她用手指示我躺在一張鋪著乾淨床單的床上，她離開後，一位年長的護士進來了。

「青山小姐，周醫師的指示只要打點滴，就可以恢復了。」她的日語和周醫師一樣流利。

我躺在床上，閉上眼睛，接受點滴注射。

不知經過多久，我醒來了，政雄坐在床邊椅子上，看著窗外……啊！我來到台灣了，也和政雄見面了，我回想從早上到現在的一切經過。

政雄不知道我已經醒了，他看著遠方若有所思，我躺著靜靜地觀察他，政雄原本光澤黑亮的頭髮已增加了許多白髮，臉上的皺紋使政雄看來更成熟穩健。

忽然，我的視線被政雄發現了，他轉頭過來看著我。

「妳醒了，感覺怎麼樣？」

「我一到台灣就給你帶來麻煩，真的很抱歉。」

政雄靠近我，我尷尬地轉向一邊。

「妳不要這麼說，我很高興能為妳做點什麼。」

說著他撫摸我的額頭，說我沒發燒，像醫生對病人的動作，我不由得笑了。

「我從以前就很喜歡看到妳的笑容，剛才周醫師說妳很像日本演員高峰秀子。」

「哪有，別開玩笑了。」

「哈哈哈，是真的，我一直都是這麼覺得。」

聽到敲門聲，周醫師微笑地走進來。

「妳的臉色變好了很多。」

他用非常流利的日語和我說話。

「我和政雄從在日本醫學院讀書時就是很好的朋友，我們志同道合，但是外表上就完全不同，他看起來很像日本演員阪東妻三郎，但我就像演員志村喬，哈哈！」

政雄說：

「你為什麼老提演員來比喻呢？」

「以前你告訴過我，依江小姐喜歡看電影，所以我用演員的名字來比喻比較容易理解。」

周醫師平易近人又風趣。

打點滴後，我的體力已漸漸恢復了，準備和政雄一起離開診所時，周醫師用慎重的口氣說：

「我和政雄都得到上天的保佑，才能活到今天，所以我們要懂得珍惜後半生。」

他微笑地目送我們離開診所後，政雄帶我去台北車站。

「我們從這裡搭莒光號回台南。」

台南是我生父的故鄉，然而我生在日本，被日本人撫養長大，對台南完全不了解，我很高興能親眼去看看台南。

登上莒光號特快列車時已是傍晚時分，我的體力還沒完全恢復，但噁心感已經消失了。

我們併肩坐在一號車廂的最後座上，周圍沒有乘客，好像是上天故意安排的，讓我們這兩位久別重逢的舊情人，能隨心所欲地互相傾訴這幾十年來的辛酸和苦楚。

列車開始行駛，有一陣子，我們什麼話都沒說，只偶爾相視微笑。

「妳閉上眼睛休息一下，深夜前會到達台南，到時我再叫妳。」

政雄微笑的表情很像美櫻，我又想起美櫻了。啊，到底美櫻是政雄和妻子秋霞所生的孩子。我偷偷地嘆氣，怕被身旁的政雄發覺，但是很快地理智告訴我：

「不要嫉妒，我應該把過去對政雄的愛，去愛他的女兒美櫻。」

我閉上眼睛休息，年輕時和政雄相處的往事，一幕幕浮現在我的腦海裡。

和政雄第一次見面是在南京町金山洋品店的二樓，那時典夫也在場，但是我一開始就被政雄吸引了。

我們兩個人都喜歡電影，也常常討論電影，甚至偷偷地一起去看電影，山下公園、橫濱公園是我們經常約會的地方，我把他當成是我的真命天子，但是命運的捉弄，我們在葉山的一色海岸分手……。等著、等著，終於戰爭結束了，心想可以相見了，但卻聽說他在戰爭中失去音訊，也有人傳言他戰死了。他的死訊帶給我很大的打擊，我失去了活下去的勇氣，也曾有過自殺的念頭，但為了養母及弟弟的生活，我必須活下去，在那絕望且困境重重的狀況裡，典夫出現了……

我緊緊地閉著眼睛，不想再想下去。

列車在黑暗中行駛，車內很安靜，只有列車的行駛聲在迴盪著。

我輕輕地轉頭看看坐在身邊的政雄，他正在看書。

「妳醒來了？」政雄用溫和的聲音說道。

「這裡是哪裡？」

窗外一片黑暗，但依稀可以看見蔓延的稻田。

「這裡是台灣的中部，林醫師說過妳生母的故鄉好像是中部的鹿谷，這裡以產茶聞名。」

「嗯，我也聽秀子姑姑說過。」

「聽說妳父母和林醫師他們感情很好，年輕時經常一起在茶園裡玩。」

「是啊！秀子姑姑和他們也是一夥的，但是戰爭把一切美好的事破壞了，也奪走了人們的幸福。」

我猶豫要不要繼續說，但我決定說出來：

「我父母是台灣人，但我現在要當台灣人，也當不了……」

我很沮喪，但是政雄說：

「妳已經回到妳的家鄉了，以後妳可以隨時回來，台灣永遠是妳的故鄉啊！我歡迎妳。」

政雄的話使我原本傷感的心得到安慰，我說道：

「我養父年輕時住在台灣，我父親決定去日本讀書，是受養父的鼓勵才去的。在日本我出生了，但是父母病故雙亡，我成了沼田家的養女……」

漆黑的夜裡，列車的燈光穿過廣闊的田園地帶。

「日本戰敗，放棄了殖民地台灣，因此台灣人變成中華民國國籍，如果沒有那場戰爭，台灣人就是日本人……」

我倆彼此靜默一下，政雄說：

「如果妳想尋找妳父母的親戚，我會幫妳的。」

「……謝謝！我從來沒有想過，也不想特意地去尋找，如果緣分到了，說不定哪天就能見面……」

「就像我們一樣。」政雄說。

那瞬間，我感受到他那誠懇給人安全感的神情，和年輕時一樣，只是微笑時眼角多了幾道深深的皺紋，這幾道皺紋是我們之間，因歲月飛逝而留下來的痕跡，也是我們已多年不見的證明。我能再見到政雄，又一起坐在列車裡，這是我連做夢都沒想過的。此刻複雜的心緒，不可能告訴政雄，因為我們已經不年輕了，不能隨便說一些讓對方為難的話。

列車的速度漸漸慢下來了，窗外的世界已經清晰可見，車內的廣播聲響了。

政雄告訴我：「台南站快到了。」

到達台南車站下車時，已經將近夜晚十點了。

「今天是星期六，飯店沒事先預約的話，可能訂不到房間，如果不嫌棄的話，可以住我家，妳願意嗎？我家一樓是醫院，二樓是客廳和書房，我住在三樓，林醫師住在四樓，三樓有一個美櫻的房間，妳可以住在那個房間。」

我感謝政雄的好意，但我搖頭說：

「謝謝。不過，我不可以接受，因為太失禮了。」

我拒絕了。原本日本的旅行社要替我安排住宿，但我不知道台灣的行程，所以飯店就沒訂下來。

「你能幫我找個小旅館嗎？」

「嗯……啊！我知道一家不錯的旅館。」

政雄和我搭上一部計程車，在兩旁種滿棕櫚樹的林蔭大道上停下來，街上很安靜，政雄提著我的行李，我們穿過林蔭大道，進入一條小巷，沿著紅磚牆的住宅區，我看到盡頭有燈光，那是一家小旅館。

「這是一家有歷史的老旅館，但是乾淨舒適，有會說日語的服務員，應該有空房才對。」

走進旅館，一個五十多歲的女服務員露出和藹可親的笑容迎接我們，我聽不懂台灣話，政雄為我辦理入住手續。

「今晚就先住這裡，明天再做打算。如果妳願意，從明天開始，妳可以住在我家，我是說真的喔。我家離這裡很近。」

為了怕我為難，政雄開玩笑地說。

女服務員以為我們是戀人，準備帶我們到房間。

「依江，我也可以去房間嗎？」

「嗯……嗯，嗯！沒關係。」

房間在二樓，看起來很舒適，在一張小桌子上面，裝飾著一朵我喜歡的玫瑰花，還有一張可坐兩個人的沙發。

政雄幫我把行李箱拿進來。

「妳今天累了，好好休息吧。」

我對政雄微笑著。

「今天非常謝謝你。」

政雄拍拍我的肩膀說：「早點休息吧！我這就回去了。」政雄要離開，我突然感覺孤單，心中多麼希望今晚能在這個房間裡，和他共渡時光……不……怎能如此奢求呢。那瞬間覺得自己的想法太荒謬了。

我沉默了，靜靜地站著。他低聲地說：

「今天妳累了，什麼都別想，早點休息吧。晚安！明天早上我會來接妳。」

聽完政雄的話，不知為何，我淚水盈眶，眼淚滴在我淺藍色的襯衫上。

政雄一時不知所措，沉思片刻，伸手把我抱住。

「依江……無奈的時代過去了，現在一切不是很好嗎？不要難過……」

他低沉的聲音，通過厚實的胸膛，傳到我的耳朵裡。

想想自己太過分了，居然對一位已有妻室的舊情人如此冒昧，不禁羞愧起來，我抬起頭來，破涕為笑地對政雄說：

「依江，妳是個不被戰爭改變氣質的女人，在我心目中妳是永遠的少女。」

我微笑地目送政雄離開我的房間。

「你也早一點回去休息，明天見。」

政雄見我平靜下來，安心的放開我，臨走前他告訴我：

第二天我被電話鈴喚醒了。

「有位胡先生在大廳等您。」

「好的。請他稍等。」

我趕緊穿好衣服，昨晚一夜好眠，感覺很好，我把養母託付送給林醫師的海苔和香菸一起帶到大廳。

「早！昨晚睡得好嗎？」

我微笑點頭，政雄安心地看著我。

「我們醫院離這裡很近，今天是星期天，醫院休診，可以和林醫師好好聊聊。」

我一切聽從政雄的安排，只要和他在一起，到哪裡都行。

政雄帶我來到一家醫院前面，「胡內科」的看板很醒目，是棟四層樓的房子，門口掛著「本日休診」的牌子。

政雄打開大門，通過候診室，進入走廊後面的院長室。

「依江，歡迎妳來台南！」

林醫師從沙發上站起來。

「林醫師，請坐！我們好久不見了。」

我向他深深地鞠躬。

將近二十年沒有見到林醫師了，但是他看起來還十分健朗，政雄在林醫師的旁邊坐下，那一剎那間我有個不可思議的感覺，完全沒有血緣關係的政雄和林醫師卻愈來愈像，宛如一對感情深厚的父子。

「聽說妳要來台南，我和政雄都很期待。」

林醫師那安詳溫和的笑容沒有改變，看到他，我想起了秀子姑姑，我眼眶濕潤了。

政雄怕我傷心起來，趕快轉變話題：

「我們到樓上去吧。我帶妳參觀參觀我們的家。」

政雄和林醫師一起帶我上二樓客廳，牆壁上裝置一個有年數的酒櫃，裡面擺放著許多威士忌和白蘭地，還有一對鑲著珍珠的日本娃娃，看來也很陳舊。

林醫師和政雄都抽著「新樂園」的香菸，看到他們抽菸，我想起養母託我送給林醫師的香菸和海苔。

「太高興了！都是我喜歡的東西。妳母親好嗎？回去一定要代我向她道謝。」林醫師對養母看來沒有一點特別的感情存在。

「我喜歡抽菸，一樓是醫院，抽菸時我會到二樓來。」

「依江，妳在意菸味嗎？」

「我丈夫典夫也喜歡抽菸，所以已經習慣菸味。」

我喜歡爵士樂，但不喜歡爵士咖啡店的菸燻味，典夫也知道，所以盡量不在我面前抽菸，但是在兩個喜歡抽菸的人面前，我不敢說出我的真心話。

政雄溫和地聽著我和林醫師的談話，不知為何我很介意在政雄面前提到「丈夫」這個詞，我想看看政雄的表情，但是林醫師在場，我的視線不敢直視政雄。

「妳先生典夫的事，清一告訴我了……還年輕，真叫人心疼……」

我默默低下頭。

「戰爭中妳父親沼田君過世，整個家庭的生活都要靠妳，戰後妳也很辛苦，除了照顧一家的生活以外，又要供給妳弟弟吉彥的學費。」

林醫師叫養父「沼田君」，兩個人從年輕時就是很熟的朋友。

「沼田君原來身體很好，來台灣工作，因水土不服，身體變弱了，那時在台灣，我們大家每天都很快樂，沼田君還有妳的雙親和……」

說到這裡林醫師可能想到秀子姑姑，他突然不說話了，眼睛望著遠處。

我想找個別的話題來說，但一時想不出來。

此時，政雄很自然地開口說：

「依江，聽說妳去中華街見過美櫻，清一說妳要當她的老師教她日語，她對妳也很尊敬。」

政雄改變話題時，我鬆了一口氣，我開心地回答：

「美櫻是個乖巧聰明的孩子。」

「妳這麼說，我好高興。」

可以感受到政雄流露出父親的喜悅。

「妳如果喜歡她，就請妳教她日語。」

「當然，我很樂意，她一定會是個優秀的學生。」

「好吧。那就一言為定，一星期教幾次？」

「幾次都可以，來我家一起住也可以，我每天教她。」

我毫不猶豫地說出我的真心話。

「美櫻太幸運了，清一和純純都把她當成自己的女兒看待，現在又加一位教育家能指導她，太令人興奮了。哈哈哈！」

林醫師也跟著笑了，氣氛改變後，他開始講述他在日本生活的回憶，我們三個人不談悲傷的往事，選一些快樂的話題，政雄那瀟灑浪漫的性格不減當年，林醫師也因為我的到來臉上掛著幸福的笑容。

以前聽姑姑說過：「林醫師是位話不多的人，但對病人很親切、又有耐心。」現在他年紀大了，比以前健談，特別是那慈祥的表情，留給我深刻的印象。

我突然意會到養母為什麼會鍾情於林醫師的理由了，他是位嚴父兼慈母且事業和家庭兼顧的好男人。

大家暢談後，林醫師把拿在手上的眼鏡戴上。

「很抱歉，我有事要出去一下，我就先離開了，政雄陪依江好好敘敘。」

帶著圓框眼鏡的林醫師，看起來很像養父，我又想起養父，鼻頭一酸，我強忍著不讓淚水掉下來，我和政雄送林醫師到門口。

「怎麼了，妳累了嗎？」

政雄發現我似有感傷。

「看到林醫師的眼鏡，使我想起戰前過世的養父。」

「那副眼鏡是林醫師二十年前回台灣時，特地到眼鏡行去配的，他拿著一張以前的照片，去訂做一副相同的眼鏡。啊！妳父親好像也是帶圓框眼鏡。」

政雄突然想起什麼似的，說著：

「依江，來！我讓妳看一樣東西。」

他帶我到後面的一間書房，那是政雄和林醫師共用的書房，中間有一個木雕屏風，盡頭的左右各放有大書桌，政雄走到右邊一面說：「這是林醫師的書桌。」一面拿起放在書桌上的一個相框對我說：

「中間那位是林醫師。」

我仔細看看，那張已泛黃的照片，是三個充滿書生氣的青年，令我驚訝的是，三個人都帶著相似的圓框眼鏡。

「左邊是我的養父沼田達藏。」很熟悉的面孔我馬上認出來了。

「是的。依江，在右邊那位是妳的親生父親何正孝。」

我第一次看到父親的面孔，看來好像是個穩重且思慮周到的人。

政雄從林醫師的桌上，又拿來另一個相框遞給我看，三個穿著白色護士服女孩，大約是十六、十七歲左右。

「左邊的女孩是林醫師的夫人。」

看來像富裕家庭的千金，也長得秀麗。

中間是秀子姑姑，右邊的女孩是誰呢？梳著長辮子，眼睛明亮看來聰明伶俐。

「右邊是妳的親生母親沈月華。」

「……嗯，這位是我的……」

我又仔細看了一遍照片，我們長得有點像，又好像似曾相識。

「……今天第一次看到我親生父母的照片。」

政雄很擔心我會難過，一直關心地看著我的反應。

「不要擔心，我沒有那麼多愁善感，我的父母應該會感謝沼田夫妻撫養我，他們在天之靈應該是很安心才對。」

「像妳這樣有理智的人很少，令我佩服。」

他說的時候，用讚美和開玩笑的眼神，微笑地看著我。

我感到害羞，故意轉變話題，我指著左邊的書桌說：

「那邊的書桌可以看看嗎？」

「當然可以，只是有點亂……」

桌上也有一個相框，相框裡放著一張少女的彩色照片，是美櫻正面的照片，明亮的大眼睛，表情很開朗。

「美櫻高中畢業時，我幫她照的。」

「你拍得很好，美櫻很漂亮。」

當我拿起相框，仔細看時，發現照片後面，夾著另一張照片，是一張黑白的照片，一個三歲左右的女孩穿著和服的照片。

「好熟悉的面孔……是美櫻嗎？……在台灣也有這種七五三慶典的習慣嗎？」

「自從日本戰敗後，台灣這種習俗就取消了。」

「那麼……那位女孩是……」

那瞬間，站在我後面的政雄伸出他的手臂，把我抱在他的懷裡。

「那位女孩，現在就在我的懷裡，這張照片是很久以前秀子姑姑給我的，我一直很珍惜它……」

書房裡沒有冷氣，政雄的身體很熱，我的胸口也熱起來，時間彷彿停止了。有一段時間，我倆抱在一起，誰都沒有動。

「依江，這裡很熱，我們出去吧。」

政雄輕輕地鬆開手臂，將兩手撫在我的肩膀，用低沉的聲音輕輕地說。

我彷彿從夢中醒來，抬頭看著他，政雄用熱情的眼神注視著我。

這時候，一股甜蜜和酸楚輕叩我的心田。

不知道是悲傷、還是幸福、或是懊悔，總之是一種強烈的情感湧上心頭，因我們曾經深深相愛著。然而，時代的巨浪抹去了我們的幸福，三十年後我們再次相遇，但我們都不是以前的自己了，時光能倒流該有多好。

既然時光無法倒流，我應該多為政雄及他們一家的幸福著想才對，所以我決定不做讓政雄的太太和美櫻傷心的事。

和政雄重逢，我對他的愛又重新燃燒起來，但我不能原諒自己這種想法，我必須用理智來遏制愛的火焰。

我不想讓政雄知道我的心情，我若無其事地轉身走出書房。

「……我帶妳上樓去看看。」

他走上樓梯，帶我來到三樓的一個小房間。

「啊！有鋼琴，好棒喔。」

「是練琴室，美櫻從小有學鋼琴，她最喜歡莫札特的鋼琴奏鳴曲，好像是十一號奏鳴曲。」

當我得知美櫻喜歡彈鋼琴時，我心中感到震撼，上帝安排我和美櫻之間，除了她是政雄的女兒之外，又多了一個另外的接點，我們都喜歡音樂。

「除了這個房間之外，三樓還有我及秋霞與美櫻的房間，美櫻在日本，秋霞已經有很長的時間都住在寺廟裡，所以三樓只有我一個人住，有興趣看看我的房間嗎？」

房門半開著，我看到一張大床，橙色的燈光微微地照著床邊。

「啊！我今天忘了關床頭燈了。」

政雄不好意思地笑了，大房間裡，沒有放觀葉植物，也沒有掛任何圖畫，整個房間顯得很孤寂，不知為什麼，我的心莫名地隱隱作痛。

「要不要看秋霞和美櫻的房間？」

我猶豫著要不要看時，政雄已經打開美櫻的房間，粉紅的床套及鑲著蕾絲的粉紅窗簾，就像童話故事中公主的房間。

秋霞的房間在走廊的最盡頭。

「秋霞已經好久沒回這裡來了。」

政雄聲音暗淡低沉，我來不及拒絕，他已經推開了房門。

我聞到一股潮濕的霉味，因為只有一個靠邊的小窗，所以雖是白天，裡面也很昏暗，我可憐起秋霞來了，政雄沉默著。

我倆默默地走出房間。

「四樓是林醫師的房間和佛壇，妳要看嗎？」

我婉拒了，他也沒有勉強我。

「政雄，我來台灣之前，有收到清一轉給我的信，知道你父親過世了，你母親還健在嗎？」

「我母親也到父親的天國去了。」

政雄說完，很快地用開朗的口氣問我：

「對了，妳來台灣最想去哪裡？喜歡我帶妳去哪裡玩？」

「……我得先向你太太打個招呼，告訴她美櫻的近況。」

我和政雄不是偷偷在交往的情人，我們是正常交往的好友，所以我要先去拜訪政雄的太太才有禮貌。

「秋霞原本就很膽怯，她已經有很長一段時間處於精神不穩定的狀態，如果妳突然拜訪，她會驚嚇不安，所以要事先告訴她，請妳給我一點時間。」

「好的。我在台灣逗留期間，一定要和她見面。」

「妳這次只來五天，扣去前後兩天，只有三天，時間太短了，以後應該停留久一點。」

「你是個開業醫生，我不能打擾你太久，能來台灣見到你和林醫師，我就覺得很滿足了。」

「我太榮幸了。」

不知不覺地已經中午了。

「我帶妳去吃台灣料理。」

聽說這家餐廳是台南有名的餐廳，一盤盤豐盛的菜餚端出來，有烏魚子、有蝦捲，還有許多我未嚐過的美味。

「太豐盛了，我太幸福了。」

「這家是台灣料理的名店，常有許多日本客人來吃，今天妳就盡量吃，別客氣。」

「你常來嗎？」

「我和林醫師是這裡的常客。」

「對了！這家店最有名的是紅蟳米糕，這是林醫師最愛吃的一道菜，會在最後出菜，等一下妳就可以嚐到了。」

「聽起來好讓人垂涎，你和林醫師都是美食家。」

「美食家談不上，但我對飲食方面是蠻注重的，我們經過沒有東西吃的時代，那些淒慘的事實使我下定決心，只要昇平的時代到臨，在我能力許可範圍內，我要享受一切美食。」

聽著政雄說這些話，我也想起年輕時那段悲慘的日子。

吃完飯，政雄問我想去哪裡嗎？我回答他說：「想回旅館休息一下。」政雄順我的意思送我到旅館，微笑說：「晚上來接妳。」

躺在床上，我的腦海中一片紛亂，我說不出自己的心情，剛來兩天，但好像已經來了許多日子，政雄很熱誠但總是和我期待的有些差異。

我有點後悔來台灣，內心變得有些黯淡，我閉著眼，想暫時不去思索任何事，但思緒就如走馬燈，一幕幕浮起，不知為何典夫的影像非常清晰地在我的腦海中。

我人在台灣和政雄相會，內心卻想著典夫，我感到疲憊不堪，房間雖然開著冷氣，但我還是直冒汗，臉頰上不知是淚或是汗，我突然感到孤獨起來，來台灣之前期待的歡愉，變成落寞的哀傷，我也不懂為何自己會有如此的情緒。

我想見的林醫師與政雄都非常熱誠，但為何我會不快樂呢？我情緒低落得連自己都感到意外，一陣無力感令我慢慢地蒙上睡意。

傍晚我被房間的電話鈴聲喚醒了，政雄在旅館的大廳等我。

他穿著一件米色襯衫，看來十分清爽。

「晚餐想吃什麼？」

政雄好像要我嚐盡台南的美食。

「中午吃得太豐盛了，現在肚子還不餓。」

「那我帶妳去散散步，走走就會有食慾了。」

政雄的車子停在旅館的巷口，他帶我上了他那輛中古的轎車。

「很抱歉。我習慣開這輛舊車，林醫師常常跟我說，要我儘快買一輛新的。」

政雄的笑容充滿男性的魅力，我的心又動搖了，我對他仍然是愛慕的，現在又重逢了，我想要忘記他是很難的。早上我去胡內科醫院，愛情的火焰似乎再度燃起，努力以理性克制，但大半天後的現在，我的內心又動搖了，感情不是那麼簡單可以控制的。

政雄開車帶我繞過台南市中心一個有銅像的圓環，裡面有一個公園。

「那個公園叫『民生綠園』，以前叫『大正公園』，當時有一位英雄，他父親是日本人的律師，為了保護台南的學生們，在這個公園裡犧牲了。」

「是在二二八事件發生的時候吧！我從清一那裡有聽到一些，這是件悲慘的事件……」

政雄輕輕地點頭，表情有點哀傷，為了不影響我的情緒，他恢復平靜地指著對面的大樓說：

「那是戰爭前台南的州廳大樓，那個圓形有特色的屋頂上，總是飄著日本的國旗。」

接著又指著另一條大街說：「那條叫銀座大道，那時叫『末廣町』，和現在一樣都是繁華街道，矗立在大街上的那棟土黃色建築物是林百貨公司，『末廣町』的隔壁街道就是你今天早上去的胡內科，以前叫『錦町』。」

我漸漸明白那一帶的地理位置了，在我的腦海裡已將我住的旅館、胡內科、銀座大道，整理出一個簡單的地圖了。

「我從小就是在這個地區長大的。」政雄告訴我。

我坐著政雄的車，眺望窗外的街道，進入銀座大街，沿途商店林立，有賣烏魚子的店、有銀樓、有布莊、有電器行，大街兩旁的大樓都有帶屋簷的人行長廊，我感到好奇，政雄說那叫「亭仔腳」。

在長廊上有挑著水果叫賣的小販，有邊走邊逛店鋪的客人，有幾個小孩在角落玩跳橡皮筋遊戲，車子飛馳過去，我仍好奇地回頭看那群正在嬉戲的孩子們。

「住在都市的孩子沒有玩的地方，只好在自己家門口的『亭仔腳』玩耍。」

「美櫻小時候也經常在醫院前面的亭仔腳玩。」

政雄一提到美櫻，就露出欣喜的表情。

「美櫻很活潑，她是小孩王，很會招兵買馬，像個小男生。」

說著，車子來到一家冰果室前面停下來。

「依江，我帶妳嚐嚐這家的鍋燒大麵，我很喜歡。」

這家冰果室看來很有歷史，冷飲有雞蛋冰、牛奶冰、四果冰、木瓜牛奶，也有熱的紅豆湯、花生仁湯、鍋燒大麵等。

政雄很有耐心地跟我介紹各種的特色。

他說四果冰就是水果烘乾成蜜餞加上剉冰。

「我就選四果冰吧。」

政雄自己叫了鍋燒大麵。

我們選了一個角落的地方坐下來，裡面燈光微暗，政雄穿著一件白色麻紗襯衫，卡其色長褲，顯得比實際年齡年輕許多，我擔心自己疲倦的臉龐，是否會出現太多皺紋，心裡患得患失。

傍晚時分，情人一對對相偕進來，都比我們年輕，政雄看著我微笑，我也微笑地看著他。

鍋燒大麵和四果冰都端來了，政雄希望我先吃一點他的鍋燒大麵。起初，我有些驚訝，但他很自然地將筷子交給我。

「吃不完無妨，我來吃。」

和政雄共用筷子，使我感到害羞，但他說話會使對方安心，我聯想到他一定是一個好醫生，他的談吐能夠讓病人安心。

在他的慫恿之下，我們一起吃完鍋燒大麵和四果冰。

「原來想在這裡和妳敘舊，但看來場所不是很適合，我開車載妳去找個安靜的地方吧。」

海南島及二二八事件

車子穿過市區，我又看到傍晚經過的圓環，車子往銀座大通的反方向駛去，遠處我看到昨晚下車的台南火車站，車子繼續行駛著，不久來到一處寧靜的地方，政雄說這裡是成功大學的校區，是一所國立大學，以前叫台南工學院。

「我有位好友王君，當時是這所學校的學生，二二八事件中，他死得很慘，我也因他的關係坐牢受審……」

政雄把車子停在校園的一棵大樹下，除了遠處夜間部學生上課的教室裡照射出來的燈光外，校園的路燈是昏暗的。

駕駛座上的政雄看著漆黑的校園說道：

「因為發生二二八事件，我無法繼續寫信給妳。」

「嗯，嗯。」

我想起了政雄給我的信，中途好像沒有寫完，就結束了。

「我想告訴妳的事情很多，當時在葉山的海岸跟妳分開後，發生很多事情，妳想聽嗎？」

「當然想聽，請你告訴我。」

政雄深深地吸了一口氣，慢慢地準備告訴我一些經過的事。

一九四四年九月我透過朋友的介紹，登上了貨船，奇蹟般地躲過了美國潛水艇的襲擊，回到台灣。為了避免被派往激烈的戰場去作戰，我應徵一家日本在海南島經營的礦業公司當職員，這件事我在給妳的信裡已經提過了。海南島屬於中國，但當時被日本占領，它位於台灣西南部，位置靠近越南。

我隱瞞醫學院的學歷，經過體檢、筆試、口試後，我被錄取了，我高興得哭了。不去戰場，死亡的機率就會減少，能和妳見面的機會就愈大。妳知道，我是一個不喜歡流淚的人，但當我知道自己被錄取時，想到能夠再見到妳，我情不自禁地哭泣起來。

家父因為偷藏米糧，被捕入獄，醫院和整棟住家被台灣總督府接收管制，聽說家母也被帶去軟禁，場所在哪裡我也無法查詢。我只好去「無尾巷」王君的家住了一段時間，剛才我也提過，他是我從小的好友，他比我大一歲，我無家可歸，滿懷悲傷和怨恨，在王君家等待礦業公司的通知。

數日後，通知來了，在台南火車站集合，我們聚集後，被帶到國民道場，國民道場當時在台南各地設立，目的是將台灣青年皇民化，同時在台灣也實行徵兵制。在國民道場，首先要先接受半個月的訓練。

早上五點起床洗完臉後，我們光著上身，下身只圍上纏腰布，聚集在操場上，頭上繫著白色的頭巾，那是十一月，台南雖然很暖和，但清晨的冷風卻滲透了我裸露的肌膚。在操場上跑二十圈，出汗了就去游泳池，教官命令我們浸在水裡，用半蹲的姿勢只把頭露在水面，背誦三十分鐘明治天皇的和歌，我假裝在背誦，其實是只想著妳。朗誦結束後，我們離開游泳池，又得繞著操場跑十圈。吃過早餐，我們要禪坐冥想和去神社膜拜，下午就一直接受軍事訓練。

這樣的訓練持續了兩週，對我來說這不是訓練是一種虐待。

國民道場的訓練結束後，我再到王君的家去等待。年底接到通知，在台北火車站廣場集合，在那邊正式接受就任證書。

搭乘夜車前往台北時，臨上車前，好友王君趕到月台來為我送行，並送一條「曙」牌香菸給我，要我好好保重身體。

我說：「有心愛的人在日本等我，我一定要平安回來才行。」王君點頭且默默地微笑。

第二天早上八點，來自台灣各地的二百三十人，聚集在台北火車站，我就是其中一個，我們領了就任證書，聽了礦山長的訓話和教導之後，當晚就坐火車去基隆了。

隔天一早，一艘開往海南島的船，已經停泊在基隆港。

船於中午前出發，傍晚抵達高雄港。高雄港擠滿了船隻，天漸漸黑了，霧濛濛的，但我能看到每艘船上，都有許多身著軍裝的年輕同胞，聽說他們要在高雄集合，一起到南方出征。

入夜後，我站在甲板上，夜空星光點點，撩起我無限的情絲，惦念你的心十分迫切，但又能奈何呢！一切寄望等到和平那天，此行一去不知何年何月才能還鄉，獨自吞淚嘆息。

第二天早上，十二艘運輸船，包括我乘坐的那艘開始移動，一出海就可能有敵艦襲擊，所以要加強警戒，小心航行。一九四四年年底，南太平洋就像一個戰爭的中心點，所以我認為私人運輸船航行是魯莽且危險的。

船一艘一艘地在眼前經過，船上的青年們互相揮手鼓勵。

每個人都輪流到瞭望台看守、監視，如果平靜的海面上發現白色的波浪，那就是魚雷，所以要小心觀察互相警惕。如果發現魚雷，必須馬上通知航海官員，我們搭乘的運輸船，沒有武器設備，只能防備和躲避。

離開高雄港後的第二天，我們穿過巴士海峽，繼續向南前進，船隊從這個區域逐漸分離，向著各個目的地駛去。

第五天，霧太濃了，船隻一艘艘地消失，但我懷疑會不會是被敵艦擊沉了。

第六天上午，抵達海南島榆林港，剛好是離開台南後的第七天。

四周籠罩著濃濃的霧氣，我看到一群工人在搬運東西，上身赤裸，下身只穿著用麻袋做的短褲，兩個人扛著一根鐵軌，他們對我們大聲喊叫：

「這裡不是海南島，是個害人島！」

看到他們工作環境如此惡劣，我擔心自己的選擇可能錯誤了，心裡感到不安。但既然來了，也只能決定在海南島求生存了。

下船後，沿途都是棕櫚樹，搭上小火車進入山區，大約三十分鐘後到達礦區的中心。我負責管理礦工的進出動態，並注意礦工逃亡、怠工及生病等工作的。

由於醫療人員不足，我還被迫幫忙急救工作，我有醫學知識，被公司知道了，剛好派上用場，也受到他們賞識，漸漸地被安排幫忙醫療救護工作。

新年過後，是一九四五年，二月在礦區工作的日本員工，陸續被派到前線作戰，為了解決工人的不足問題，公司讓我擔任勞務課的工作以外，也兼任臨時醫生。

礦山長很看重我，因為我會說中文，他去當地民政調查的時候，總是要我陪他同行。

八月十五日我照常上班，上午十一點左右，礦山長和副礦山長一起急急忙忙開車趕往在海南島設立的特務處，課長和主管每一個人都表情嚴肅，一臉痛苦的神情，沉默寡言。

過了中午，緊急召集全體人員在神社前廣場集合，宣讀「詔書」日本聲明投降了，全體人員如晴天霹靂，日本人大多懷著悲傷的情緒，有的靜靜落淚，有的雙手蒙面痛哭。台灣人看起來很傷心，但實際上我認為有很多人假裝傷心，內心很高興，我就是後面這種心情，戰爭結束了，大家可以解放了，我可以去見妳了，還有什麼比這個更興奮的事呢。

礦業公司倒閉了，員工們各自尋找生路，等待能登船回日本的通知，中共剛到海南島不久，到處暴動作亂，威脅我們。

和中國共產黨發生對立的國民黨，以恢復秩序為藉口，向海南島出兵。動亂中，為礦工服務的台灣同鄉會解散了，我只想趕快離開海南島，和日本人一起回日本去找妳，我試著登上要回日本的船，但被日方拒絕了，他們說：「你是台灣人。」

在礦山長的推薦下，我負責交接工作的翻譯，和日本人朝夕相處，在這礦山區，日本人陸續準備回國，大家人心惶惶。因船隻缺乏，等待的時日相當長，這期間大家在空地上種植蕃薯、蔬菜、西瓜等，自力更生以聽候指示。

海南島回歸中國管制以後，日本人外出時必須佩戴「公用外出證」的臂章才能外出。有一位本來是礦業公司的職員，因公事騎腳踏車外出時，被中國軍扣留了，我陪同礦山長去一探究竟，突然一位騎腳踏車的中國軍人出現，他莫名其妙地大聲喊叫，隨後又突然對空鳴槍。

我和礦山長嚇得愣在一旁，那位中國軍人又繞到我們背後，用硝煙未熄的手槍在礦山長的背後不斷地用力敲擊，直到他疲倦才罷手。礦山長被嚴重的襲擊，蹲下來一動也不動，然後那位中國軍人，又發射三發子彈在我們腳邊，讓我們驚嚇不已。

他指著礦山長，對我說：

「你告訴這傢伙，別讓員工用新的腳踏車，我們這些戰勝國的人，要得到一部新的腳踏車，都不是那麼容易，何況他們是戰敗國的日本人。」

我想擦汗時，那位中國軍人說：「不許動！」他不讓我擦汗，大聲地威嚇我。

當我扶著受傷的礦山長回到軍政部時，中國軍傳來命令：「人可以釋放，但將腳踏車扣留。」

第二天，又下令我們去領腳踏車，領取時發現車子的車輪、坐墊及車把已被解體，只剩下無法騎用的骨架車了。

當時還留在礦山區的一位老大尉，看到這種情況，流淚哭泣，感慨戰敗國的下場是如此淒慘。我身為一個台灣人，心情十分複雜，我擔憂著像這樣的中國軍去到台灣，台灣人的命運將又會變成什麼狀況呢？

因為船隻不足，運送第一批台灣人回國的船已延到一九四六年的八月以後了，我每天忙著幫日本人的交接業務，又得為中國軍提供醫療服務，日本人變得十分柔弱，中國軍態度猖狂，令我感慨良多。

此時，在海南島等候船隻的人，還有一千多人以上，大多集中在榆林港碼頭，有的安置在舊宿舍，有的四散在各地，住處不定。在海南島找不到工作的人，大家都歸心似箭，有些淪為乞丐，向餐廳乞討殘餘飯菜餬口求生。

我屢次要求上司讓我早點回台灣，但他們認為我懂得醫學，可以留在那裡幫忙醫療工作，不答應我的要求。

當地的居民很依賴我，他們說：「胡醫師你要在這裡多待一段時間，幫助海南島的病人，你是醫生，留在這裡很吃得開，讓那些可憐的人早點回台灣吧。」

一位熟識的海南島人告訴我。

「聽說運送台灣人回鄉的船隻，是當時運礦石的輸送船，停泊在榆林港內時，被美國炸彈炸壞中段部分，只存船首和床尾，深怕有斷裂的危險，只能以每小時四海哩的速度行駛，那艘船很危險，我想你就不要趕著回台灣吧。」

也發生過這樣一件事。

一位台胞，站在一家餐廳外頭乞討飯吃，被餐廳的伙計用椅子敲打得頭破血流，大聲哭泣。只因為伙計們曾受日軍殘酷凌辱，而台灣人替日本人工作，是為日本走狗，當時深惡痛絕，如今日本戰敗了，正逮到報復的機會，將那股怨恨施加在台胞身上，以消怒氣。

「不要打架！」

我阻止那位伙計施暴力。

「關你什麼事！你有什麼權利阻擋我？」

他也拿著椅子向著我，準備敲打我的時候。

「啊，您是胡醫師！」

因為平時我曾替他們看病，所以這件事就平息下來。

在這段等待船舶回台灣的期間，颱風侵襲海南島各地，礦山區也受災嚴重，橋樑流失交通斷絕，海南島政府一時無法搶修，拖延許久。聚集在楡林港碼頭的台胞，漸漸進入無處可討生活的慘況，缺乏糧食及藥物，病死者日益增加。

在礦山區的台灣同鄉會，在戰後解散了。那時海南島有很多從台灣運來的糧食，一位在海南島的台灣人代表，向設立在海南島的軍政部要求撥出一些糧食，來救濟台灣同胞，以解決斷炊之苦。

在太陽炎熱，沿途柏油路快要融化的炙熱下，這位代表因買不到鞋，帶著同伴們赤腳在火熱的柏油路上趕路，到軍方去苦求能分給台灣同胞一些穀物，但往返多次，都沒有成功，看了令人心痛。

我到楡林港碼頭，探訪等待船隻的難胞們，因颱風過後，大家斷炊飢餓，又染上瘧疾或赤痢症，大家上半身赤裸裸的，下體只圍著用蚊帳撕開一尺寬的丁字褲，有人發抖得很厲害，呻吟的哀嚎聲令人憐憫，真是於心不忍。不喜歡流淚的我也無法控制了。

說到這裡，政雄深深地吸了一口氣。可能想到這些悲慘的遭遇，他的額頭微微的出汗，我很認真地想繼續聽下去。

在這段船隻缺乏的苦難期間，有些台胞迫不及待，將身上僅有的積蓄掏出來，集資雇小船，想冒險回家鄉，聽說在途中遇見海賊，被掠奪金錢、糧食，以致於斷糧餓死的不盡其數。

一九四六年秋天，海南島的日本人大都回去了，我負責的交接任務也進入尾聲，我呈請上級准我離職返台。然而，卻被軍政部退回，理由是我還要繼續協助醫療工作。

數日後，傳聞船隻已進港的消息，我趕緊整理行裝。礦山公司倒閉後由中國人接收，但有一位台灣人，因工作能力強，被強迫留在礦山公司工作，這段期間他十分照顧我，我向他表明我有位山盟海誓的女友，希望他准許我搭乘這最後一班的遣送船，他終於答應我的懇求。

當天晚上，他聯絡同胞將我的行李安置在船艙內。

第二天早上，同胞們陸續上船，我和那位留在礦山公司工作的台灣朋友，假借為台灣同胞送行，混入隊伍中，我立即脫去軍裝，借來破草席，覆蓋在身上，低著頭、裝成難胞的模樣，跟著隊伍，走上船梯。順利登上船後，同胞們立即掩護我進入臨時廁所內，以防軍政部派人來查詢。

果真不久，一個軍政部的人抵達碼頭，問船上同胞：「看到胡醫師了嗎？」同胞們回答：「胡醫師嗎？他送我們上船後，馬上趕回去替一位垂死的病人看病了。」軍政人員抱著疑惑的態度離去了。

不久船梯吊上來，汽笛聲響了，船終於開始動了，我如釋重擔，沉浸在歸鄉的喜悅中。

政雄輕聲地說：「當天我在甲板上看到的落日，就像我和妳在葉山海岸看到的落日一樣美……」

我感動地看著他側面的臉龐，政雄的視線望著車窗外黑暗的校園，繼續說。船航行中，我們所帶的糧食有限，大家都互相體諒，同舟共濟，船夫是一個廣東人，想借機敲詐我們，一些食品都賣得很貴。

航海經過第三天，將近巴士海峽時，突然波濤洶湧，睡在甲板上的同胞，因海水滲入甲板，潮濕無法入睡。船艙內多半是病弱同胞，為了怕傳染，大多數的人都停留在甲板上，我也是其中一個。

此時，那位船長破口大罵：「每次為你們台灣人駕駛，都會遇到大風浪，前次我為台灣人駕駛的遣送船也遇見如此的大風浪。」

同胞們聽了心裡很不是滋味，中國人將台灣人視為日本人，痛恨日本人的怨氣，發洩在台灣人身上。台灣剛光復不久，很多台灣人沉迷在歡欣之中，然而我對台灣的命運卻很擔憂。

船艙裡的許多同胞在航行中喪生，船上沒有藥物，只能眼睜睜地看他們死去，我身為醫生，心痛如絞，哀憫無奈。

一九四六年十二月中旬，臨近冬至，航路已離台灣不遠，很多人高聲喊著：

「能看到台灣了！」

「我們終於可以回家了！」

第二天早晨，船隻在台灣沿海航行。船長下令查點船上死亡人數，簡單地將草席捆縛屍體，船隻靠近基隆外港時，將屍體一一投入海中。瞬間，我心酸至極，我閉上眼睛為他們祈禱。

船在中午進入基隆港，停靠在碼頭，同胞們歡欣雀躍、悲喜交加，大家終於安然地抵達家鄉了。

基隆港雨不停地下，岸邊的屋簷下，放著熱米粉湯，供應歸鄉的同胞們止餓，大家熱淚滿面，相擁而泣。

聽到政雄這些話，我偷偷地流淚，政雄繼續說著。

十二月的雨很冷，大家習慣了海南島亞熱帶的氣候，一時無法適應，每個人都穿著單薄的衣服，所以都雙手抱在胸前發抖。

那天晚上，我們搭乘從基隆開的慢車南下，沿途各站都有人下車。我抵達台南站，已是隔天清晨了，當火車慢慢進站時，聽到站台上有人高聲喊著：「海南島的人回來囉！」

車內的人，一窩蜂地準備下車，我默默地跟在後頭，因為誰也不知道我今天會回到台南。

我去海南島之前，父親被監禁，母親不知去處，醫院和住家被台灣總督府管制，日本戰敗了，我的家不知道變成什麼狀況……

我坐人力車去錦町，看到「古月醫院」的大樓還在，但很蕭條。

我從人力車下來，裡面一位婦人拿著拐杖，蹣跚地走出來，仔細一看，我認出是我將近五年不見的母親。我赴日求學期間，曾一次回鄉省親，那時母親還是清清秀秀的，現在我眼前的母親，變成一位乾癟的老婦人，我好不忍心，立刻衝上前去。

「媽媽！」

我第一次如此大聲地呼喚母親，我激動得胸口抽痛。

「阿雄！真的是阿雄！」

母親也一眼就認出我，丟下拐杖，帶著泣聲呼喚我，無非她也看到我一身狼狽相而心疼吧。

母子重逢，悲喜交加，站在母親後頭的女子，我認出她是秋霞，從小住在我家，跟在母親身旁的一位遠親表妹。

我問母親：

「爸爸現在狀況如何？」

我一問，母親只是哭泣，站在身邊的秋霞告訴我：

「令尊在監獄裡，因心臟病發作過世了，令堂因傷心過度，得了憂鬱症。」

我靠近母親身邊，握著她枯乾的雙手，我安慰她說：

「媽媽！別傷心，戰爭已經結束了，我再也不會離開您了。」

「阿雄！你一定要好好地把醫院重建起來，好讓你爸爸死能瞑目……」

看到母親這個狀況，我的內心充滿著悲傷和氣憤。

父親被日本人逼迫入獄死在獄中，母親得了憂鬱症。

我不能不怨恨日本人，但雙親是台灣人的妳，是在日本長大的，已成為日本人，我如果恨日本人，應該也是要怨恨妳，但是我做不到啊。台灣人和日本人對我來說已分不清楚了，這種矛盾的心理，我想妳是能理解的。

政雄看著我，我默默點頭。我是台灣人還是日本人？是我多年來一直問自己的問題，近年來我更深切地在思索這個問題。

聽了政雄所說的慘痛遭遇，我心裡非常難過，想想在相同時期，我在日本也天天被空襲驚嚇，背負著失去養父的傷痛，和學生們一起集體疏散到安全的地方避難。戰爭後，食物缺乏，每天為了三餐到處奔波，那個時期裡，我和政雄都各自面臨到各種折磨。政雄淒慘的遭遇，讓我太心痛了，悲傷的心情令我不能自拔。

政雄用傷感的語氣又繼續說。

從海南島回來以後，我心裡矛盾重重，千頭萬緒。

戰後一年多以後，我才從海南島回到台灣，就感受到台灣經濟的危機。中國本土因和日本長年的戰爭，米糧不足已進入絕境，國民政府來台後，將台灣的米大量的輸到中國本土，導致台灣米價高漲，三個月內米價漲了五十倍，失業的人與日劇增，治安也開始惡化。

台灣人在日本殖民地時期，因不平等待遇而受到歧視，我恨日本統治時，我們台灣人被捲入戰爭的苦海裡。日本戰敗了，台灣光復了，大家高興可以回到祖國的懷抱，不料從中國來的國民黨政府統治台灣，秩序混亂、經濟惡化，甚至比日本殖民時期更糟。所以，我的心情由喜悅和期待變成失望和不滿。

那段時間，我喜歡一個人在街頭觀望深思，心想生活的重擔在我身上，我不能不趕快振作起來。

有一天清早我出去散步，看到台南車站旁有許多日本人要遣送回國，大家默默地排著隊，準備坐火車到基隆港去搭船回國，沒有推擠，也沒有吵鬧。

沿著火車站走下去，看到台南一中的校園裡，飄著青天白日的國旗，正是朝會時間，學生們唱著三民主義的國歌，我雖然沒產生什麼反感，但一幕幕都是我尚未能適應的場面。

街道的兩旁，有人鋪著草蓆，拍賣一些日本人留下來的家具，許多東西都是台灣人夢寐以求的高級品，大家爭先恐後地搶購。

我心情沉重地回到家，打開收音機，聽到收音機裡，不停地重複廣播著：

「台北市西門區一帶有民眾在暴亂，台北市的學校暫停上課。」

收音機插入一些雜音後又接著說：

「一位賣菸的女人和警察起衝突，警察開槍了。」

「因為賣菸婦女的事件，政府用機關槍掃射去政府大樓抗議的人，造成許多人傷亡。」

我驚訝地再撥轉別的電台時，一位播音員，激動的用台灣話和日本話，重複地播放事件的經過，並竭力呼喚道：

「全省台灣同胞，要堅強起來，一起來抗爭外省人，共同來討伐官商勾結，外省官員仗勢欺人，作為台灣人要勇敢地挺身而出。」

接著收音機又傳來：

「台南地區以省立工學院的學生為中心，大家拿著以前日本軍隊使用過的武器，去圍攻警察局、廣播電台和報社。」

「政府人員也不時從裡頭向圍攻的學生們開槍，雙方互相射殺，暴動局勢非常劇烈。」

聽完廣播後，我趕緊騎腳踏車到無尾巷的王君家，從海南島回來後尚未和他見面。

衝到王君家時，他家圍聚許多青年學生，王君看到我，喜出望外，來不及敘舊，他高聲喊著：

「阿雄！我們台灣人怎能被外省人欺凌呢？來！來！像你這樣有正義感的知識分子，應該為我們台灣人出力才對。」

原本沉默寡言的王君激昂地說。

「阿雄！我們為台灣加油吧！」

一位站在王君旁邊的青年，用日本話告訴我：

「台灣人真可憐，受日本統治了五十年，日本戰敗了，卻又來一批中國官吏，濫用權力欺凌百姓，我們日本人也為台灣人抱不平。」

王君站起來，用平靜的聲音，向一群熱血沸騰、情緒高昂的青年們說：

「今天晚上，我們再聚會一次，好好地商討如何來進行。」

大家心有默契地，很快地解散了。

王君對我說：

「這次起義你參加與否，我不勉強，但是我絕對是全力以赴，去拼到底了。」當時，我在王君的面前沒有表示贊成或反對。

但我內心對國民政府的暴政及戰後台灣經濟的急速惡化，心裡十分不滿，也對國民政府以武力控制台灣人民，感到非常憤怒。

「依江，我內心很痛苦，日本人統治時，我們台灣人被捲入戰爭的苦海裡。日本戰敗了，台灣光復了，但接著從中國來的國民政府，卻在這短短的一年多，就開始內亂。」

「好友王君的心情我十分了解，也想一起參加抗議活動，但為了照顧母親，也為了想和妳再見面，我內心非常矛盾，有如被撕裂的痛苦。反覆思索後，理智告訴我，現在的我，必須先重整家園，把父親的古月醫院重建起來，以了母親的心願。」

說完這些話後，政雄突然沉默下來，我把左手放在他的右手上，我們兩人都靜默著，從車子裡的擋風玻璃看著夜色中的校園。

「但終究他們認為我和王君是同黨的，我也被抓去坐牢受審，因此寫給妳的信，中途無法繼續寫了。」

車內沒有亮光，看不清楚他的表情，所以他才敢盡情地說出他的傷痛，否則政雄應該無法說出口才對。

「戰爭結束之後，國民黨取代日本在台灣掌權，政府官員貪污腐化，台灣人剛從戰爭的浩劫走出來，在一九四七年又發生了二二八事件。」

政雄又繼續說：

「大約在同一時期，國民黨和共產黨正在中國大陸內戰，兩黨在對日戰爭中暫時停止衝突，共同建立抗日戰線。但是日本戰敗後，兩黨又繼續開始內戰，最初國民黨在美國的支持下占主導地位，但逐漸失勢，在一九四九年國民黨軍人及其家屬從中國大陸遷居到台灣。」

政雄越說越激動：

「自從他們移居台灣後，國民政府長期實施戒嚴令，有些官員也利用權勢收賄貪污，使台灣人的心靈受到嚴重的傷害。」

「政雄，我從你的信中，和聽你現在所說的經過，我知道你渡過一段難以形容的痛苦經歷。不……不僅是你，所有的台灣人……台灣人被日本拖入戰爭的火海裡，本來以為日本戰敗後，可以逃脫苦海，但卻被推進血腥的黑暗裡，我覺得台灣人太老實了。」

我內心為台灣人抱不平，接著我大聲地說：

「所以容易受到外來政權的欺凌。」

政雄對坐在車上興奮說話的我，小聲地說著：

「……我想當時所有的台灣人都搞不清自己是日本人、台灣人，還是中國人。在我出生之前，台灣就被日本統治，雖然我們和家人及朋友都說台灣話，但是在學校課程是日本語，無形中都自認為自己是日本人。當日本和英、美開戰時，我們也以日本人的身分到前線去作戰，也許那是因為我們想證明自己是日本人……」

「我是台灣人卻生長在日本，被日本人養育，又受日本教育，到底自己是哪個國家的人？」我恢復平靜地說。

「日本戰敗後，學校的教育由日本語改為中國話，我們在家裡繼續說台灣話，美櫻的學生時代她們在學校被禁止說台灣話，說台灣話被聽到時，會被老師罰站或被打，甚至於罰款。」

依江感到驚訝說：

「啊，有這樣的事？」

我和政雄默默地看著擋風玻璃的另一邊，校園裡很安靜，遠處校舍的教室裡學生尚未下課，還燈火通明。

我和政雄都是台灣人，但是我們都受日本教育長大的，我們對戰爭感到不滿，對自己祖國台灣受到蹂躪，感到悲哀，這種心靈的矛盾是言語無法形容的。因為典夫是日本人，我和典夫沒說過這些問題，但是我和政雄可以毫無顧忌地說出心裡的話，長年在心裡的痛苦和矛盾，好像得到釋放，也感到無比的安慰。

為了不想再沉浸在傷感中，我用開朗的聲音說：

「我們下車到校園去走走好嗎？」

國立成功大學校園很廣闊。

抬頭一看，是一片美麗的星空，月光照亮了政雄端正的臉龐，涼爽的夜風，輕輕吹過樹梢，是一個美好的夏夜。

春天的夢

在校園內的路燈下我們停住腳步。

「啊，趁著還沒忘記，把這張和你約定的照片拿給你。」

照片上是年輕時的典夫和姑姑，一邊做農事一邊爽朗地笑著。

「哇！謝謝。啊，典夫，秀子姑姑！好懷念他們啊！他們兩人和我記憶中的樣子幾乎沒什麼改變。」

政雄恢復了愉快的表情，我說道：「我有話想對你說，你聽了不要驚訝哦。」

「沒關係！妳說什麼我都會聽，無論是稱讚我或是責備我，都沒關係。」

「我有件事想和你商量，……也想聽你的意見。」

「請說，老師，快點說啊！老師！」

政雄像小孩懇求老師一樣，半開玩笑地說，我不禁笑了出來。

「那我就說了哦。但你別笑我。是這樣，我想當美櫻的『阿姨』，更親密的說是當她的『乾媽』。」

他露出困惑的笑容：

「什麼意思？」

「秀子姑姑把我當成自己的女兒一樣，在我的人生中，她是我最大的精神支柱。」

說這話時，腦中浮現姑姑溫柔的笑容，在我內心流過一道暖流。

「美櫻在日本期間，我想要像秀子姑姑對我一樣，成為她親近的阿姨，無論什麼事我都願意幫助她，也可以住在我家，上學或就職時，我也樂意當她的保證人。」

政雄開心地笑了起來。

「真的嗎？妳這麼想，我真的很高興，謝謝妳。」

我們又走了一會兒，走進一片草坪，政雄坐了下來，雙手抱在腦後躺在草坪上，他看著星空，我也坐在他旁邊，仰望著同一個方向。

「如果沒有戰爭，我們也許會有很多孩子吧。」

那是我不能實現的夢想，他的話刺痛了我的心。

「我有先天性不孕症，所以不能生孩子，這一點真的很對不起典夫，幸虧你沒有和我結婚，不然就不會有美櫻了……」

政雄坐起身，用雙手包住我的手。

「我不是故意這麼說的，對不起。傷害了妳。」

然後，他繼續說道：「都是我不好。如果典夫和妳之間有孩子的話，我會好好疼他，努力照顧他的，典夫就像另一個我一樣。不，他的度量比我更大，他讓妳幸福，我衷心地感謝他。」言語中充滿了由衷的誠意。

「因為妳是典夫的妻子，所以我不想傷害妳，我很尊敬典夫……妳能了解我的心情嗎？」

我直視著他的眼睛，深深地點了頭。

我對政雄的深情沒有消失的。但是，作為夫妻一起生活了二十五年的典夫是令我尊敬的。所以，我不想做對不起典夫的事，我想政雄也一樣。

我們默默地坐著。

此時，從遠處的校舍裡三三兩兩的走出一些人，朝這方向走來，有騎腳踏車的，也有騎摩托車的。

「夜間部好像下課了。」政雄說道。

我說：「該回旅館了，今天謝謝你！你也回去好好休息吧。」

兩人站起身來，朝車子停放處走去，政雄的手輕輕搭在我肩膀上。

今天我正式的提到美櫻的事，之前兩人一直迴避這個話題，我今天突然說了出來。政雄對我的愛，好像沒有改變，這一點我感到很高興，也熱切盼望著他能對我表現得更加熱情。但另一方面，又害怕這成為事實，內心充滿了矛盾。

政雄開車送我到旅館前，問我：「要不要陪妳一起回房間？」語氣既不像是開玩笑，但也不像是認真的，我笑著搖了搖頭，下了車。

「謝謝你送我回來，晚安！」

「明天早上我再來接妳。」

我一直目送著車子從巷子裡消失。

回到房間，走進盥洗室準備洗手，但是進去後一直呆站著。

我問鏡子裡的自己。

他問我要不要一起進房間，我為什麼拒絕了呢？為什麼不帶他到房間來呢？

我心裡感到後悔。

另一方面，我的理性卻告訴我，政雄是有妻子的人，並且他說他很尊敬典夫，我也不想做對不起典夫的事。既然如此，當然應該拒絕，拒絕才是正確的做法。

混亂的心情漸漸平靜了下來。

我想明天一定要和秋霞見個面。

第二天，我穿了粉紅色襯衫和白色休閒褲，這是政雄年輕時說過很喜歡的一套搭配，來接我的政雄穿著卡其色褲子和白色的休閒襯衫，在烈日下也顯得很清爽。

在車裡，他給我看了台南的地圖，好幾個地方都用紅筆做了標記，看來是想帶我去那些地方，上面還寫有赤崁樓、孔廟、延平郡王祠、安平古堡等文字。

「這些都是妳一定要去看看的名勝古蹟，明天我再帶妳去，今天我們先去別的地方吧。開車一個多小時就到了。」

「謝謝。不過，我什麼時候去見你夫人呢？」

來台灣已經是第三天了，卻還沒有和秋霞見面，這讓我很在意，我覺得這是非常失禮的事，也有一種瞞著人家妻子與其老公幽會的愧疚感。

「明天我帶妳去……」政雄說，他的聲音一如既往地溫柔，表情卻有些僵硬。

一提到秋霞，他就表情消沉，我沒有再問下去，心裡卻悶悶不樂。

「我們現在要去的是一個叫六甲的地方。」

政雄故作輕鬆地說：「六甲那兒有我母親的親戚在，所以小時候母親經常帶我去，特別是荔枝收成的時候，全村人一起加入很熱鬧，所以一定要去的。村裡的大嬸們都稱呼我『醫生仔』。」政雄說完後自己也莞爾而笑。

大約一個小時後，我們來到了六甲的水果市場，那裡擺著很多從未見過的水果。

「這是荔枝，這是土芒果，這是蘋果芒果，那是……」

政雄認真地介紹著，雖然想像不出是什麼味道，但能結出這麼多種水果，這裡一定是個適合生活的地方。

出了市場，車子在沙石路上緩緩行駛，看到了一個大大的池塘，裡面漂著很多小船，好像在摘取什麼，他們正從水中打撈著某種東西，我好奇地想去看看。

政雄把車停在池塘邊的一家小店前，我先下了車，從店裡走出來一個好像是老闆的男人跟我說了些什麼，因為聽不懂，我向還在車裡的政雄求助。

大概是聽到我用日語跟政雄說話，店主用日語問我：「妳是日本人嗎？」我回答：「是的。」

他繼續說道：「我受過日語教育，雖然日本的統治在我國民學校六年級夏天就結束了，但是我們這一代骨子裡有股日本精神。」

他戰爭結束時是六年級，也就是說他和我當時教的孩子們年紀差不多大，我在足柄的山村與兒童一起過疏散生活的時候，這位先生在台灣的國民學校接受日語教育。

政雄用台灣話和店主對話，說完後對我說：「他們在採收菱角，菱角是菱的果實，這個季節盛產，常常可以吃得到。」

老闆端上來剛煮好的菱角。

「請吃吧，別客氣。」

那是一種有著黑色外殼，形狀很特別，呈半月形，兩端像牛角一樣尖，也像微笑時候的嘴型，殼很硬，一剝裡面就露出了白色的果實，嚐了一口，像栗子一樣的美味。

「好吃！」

店主笑著說：「多包一些，帶回去吃吧。」

他純樸而富有人情味的性格，使我對六甲這個地方產生美好的印象。

車子繼續開往下一個地方，我注意到今天政雄臉上沒有笑容，好像有什麼心事。

「政雄，你這麼忙，還每天陪我，真對不起！我後天就回日本了。」

「如果妳一直在台灣就好了，那樣就可以每天看到妳了……」

這句話讓我昨晚勉強用理性壓抑的感情再次動搖了，我低下頭，兩個人都沉默著，車子向前繼續行駛。

到了一片被綠色包圍的廣闊湖泊，我不由自主地喊道：「哇！太漂亮了！」打破了兩人之間的沉默。

「這裡叫烏山頭水庫，是個水庫湖。」

「水庫？是人工湖嗎？」

「是一個叫八田與一的日本工程師建設的，從上面看是珊瑚的形狀，所以叫珊瑚潭。」

政雄望著蔚藍的湖水，繼續說：

「小時候我和父母一起騎腳踏車來過，那時父親告訴我，他的好朋友就是這裡的人，現在在日本當醫生。聽父親這麼說，我就想如果將來我當醫生，我也要到日本去唸書。」

「你父親的好友，難道指的是林醫師？」

「嗯。」

涼風徐徐，我們坐在湖畔的樹蔭下。

「妳說的沒錯！我父親和林醫師年輕時是在同一所醫院當醫生，也是好朋友，林醫師和妳父親何正孝是童年好友。當時，妳父親經營一家雜貨店，妳的養父沼田達藏在台南的銀行擔任重要職位，四人都在台南工作，彼此關係很好。」

原來是這樣，我們的父母年輕時在台南就有交情了。

或許政雄的父親和秀子姑姑以及我的親生母親都是至交呢，我這樣想像著。

「他們之間的關係我了解了。不過，林醫師為什麼要去日本呢？」

「日本大正末期發生了關東大地震，沼田叔叔接到回國的通知，同時也因為他對台灣的氣候不適應，身體日漸衰弱，所以決定馬上回國。那時他就勸林醫師說：『關東震災導致日本醫生不足，你要不要來日本行醫呢？』」

接著，政雄又說了讓我吃驚的事：「聽林醫師說，是沼田叔叔勸妳父親何正孝去日本唸書的，妳父親從台灣高等商業學校畢業後就繼承了家業，據說當時在台灣開的雜貨店是一家小有規模的百貨商場，生意不錯。妳父親一邊做生意，一邊熱心閱讀哲學和經濟學的專業書籍，對先進的思想和政治也很感興趣，透過林醫師這個共同的朋友，和沼田叔叔相識。而且沼田叔叔工作的銀行和妳父親的雜貨店很近，所以兩人就變得親近起來了，後來沼田叔叔就幫助妳父親申請去日本求學的手續。」

我第一次聽到生父去日本的理由，這背後有著政治的因素，我對此理解的同時，也對生父產生了親切感。政雄繼續說：「當時，妳父親和沈月華阿姨已經結婚了，所以夫婦倆一起到日本。在日本，沼田叔叔也很幫助妳父母，不久就有了妳，但妳母親因難產去世了，妳父親在日本學習經濟學，因為出版了批評日本政府的雜誌，無法回台灣。不久後得了肺結核，在妳母親去世不到一年後，也撒手塵寰了。」

原來是這樣啊。父母來日本後相繼去世的事，是從養父母那裡聽說的，那是養母有次不小心洩漏的，詳細的情況我就不知道了，今天終於明白自己的身世了。

「可能沼田叔叔對妳父親有著特殊的友情，所以收養了妳，但是日本人領養台灣人的孩子，在當時是非常罕見的事情。」

聽了政雄的這番話，我再度深深地感受到養父的偉大。

「這些細節我也是從林醫師那兒聽說的，這次妳來台灣，我想帶妳去看妳父親以前經營雜貨店的地方，不過遺憾的是找不到確切的地點，因為台南的市區變了很多，之前好像在古月醫院附近，所以想再查查看……」

我搖了搖頭。

「今天我知道這些就足夠了。政雄，真的謝謝你。一切都已經過去了，不用勉強去找父親開雜貨店的地方，有緣自然會知道的。」

政雄點點頭說：「和我們一樣，對吧？」

我想起抵達台灣的那天，在開往台南的列車上他也說過同樣的話，我和政雄相視而笑。

回到台南市區時，已是傍晚時分。

「剛好是吃飯時間，我們去吃台南的名產擔仔麵吧。」

政雄帶我到了一家小店，紅紅的燈籠下擺著低矮的竹椅。

「這家店是擔仔麵的老店，創始人是個漁民，聽說每當海上風浪大，無法出海捕魚的日子，就靠賣這種麵來維持生計。」

把麵盛在小碗裡，端了出來，麵條上放著豬肉切碎用醬油燉煮的肉燥，聽說湯是用蝦頭和蝦殼熬出來的。

政雄教我台灣話的讀法：「這個叫『塔阿米』，寫作『擔仔麵』。」他還教我店名的讀法，但我一發音，他就覺得很好笑，不由得笑了出來。

「說到台南名產，油雞也很有名，這道菜也不能不吃。」

政雄想帶我再去另一家店，但我已經吃不下了。

「下次有機會再去吧！今天能詳細了解我的親生父母，與你父親、林醫師、沼田父親的關係，真是太好了。」

這是發自我內心的話，很高興今天讓我知道了父輩們命運的因緣。

「其實還有……」

我欲言又止，本來想說，我期待和政雄再會，兩人一起在台灣過日子的夢想……。因為不可能，我說到一半就沉默了，政雄問：「還有……妳想說什麼？」

「……我想作為一個台灣人，生活在這裡。」

這也是我的真心話，台南的街道、六甲的水果市場、菱角池塘邊的商店，都讓人感到親切。住在這裡，我一定能很快融入台灣的生活。我想起年輕時，為了能在故鄉台灣當教師而進入師範學校唸書的。

和昨晚一樣，政雄開車送我到旅館門口。

我說道：「今天也謝謝你了，晚安！」

臨走前他說：「和妳分別後的三十年裡，我覺得妳一直和我生活在一起，也一直在我身邊。」

這句話讓我感受到他心胸的豁達和自己的渺小。

當晚，很自然地和政雄告別，沒有寂寞感，也完全沒有想要追求超越友誼關係，所以內心很平靜。

第二天早上很早就醒了，這是來台灣的第四天，想到終於要和秋霞見面了，心情有點緊張。

我拿著準備送給她的日本特產，我們約定上午十點在旅館大廳等政雄，可是到了約定時間，他們還沒來。

過了十五分鐘，還是沒來，我擔心是不是出了什麼事，決定去胡內科看看。醫院離旅館很近，我知道怎麼去，但是走到那裡，醫院入口的鐵門已拉下，掛著「今天休診」的牌子。等了一會兒，還是沒人來，說不定政雄正在旅館等著呢，於是我又趕緊回去旅館，但是大廳裡一個人也沒有，我問了旅館的服務員，但他們說沒有人來找我。

焦慮和擔心混雜在一起，一直沒見到政雄，時間不知不覺就到了下午。

我開始在房間裡整理行李，不管怎樣明天都要回日本。

心想對「以前的戀人」，我怎能苛求太多呢，畢竟一切都已經過去了。

從手提袋裡取出三十年前放在口琴盒的信封，信封正面政雄寫著：「如果我有什麼不測，請打開信封。」封口還粘著膠水，我覺得如果拆封，政雄就好像真的死了，所以聽到政雄的死訊後，我也沒打開，因為我不相信政雄已經死了。

我把這封信帶到台灣，想和健在的政雄一起打開。

來到台灣後，一直沒有機會拿出來。

我緊握著這封信，突然房間的門鈴響了，是政雄，我趕緊把信放入手提袋裡，他的頭髮和服裝有些微亂。

「政雄，你怎麼了？」

他看起來疲憊不堪，無力地苦笑說：「對不起，我來晚了。今天一大早我就去找秋霞，讓她和妳見面，但她不同意，勸了很久，最後還是沒能說動她，很抱歉！這次好像不能和妳見面了。」

聽說秋霞精神不穩定，一直待在寺廟裡，要她去見自己丈夫的舊情人，肯定有難處，去勸說的政雄應該也是一件痛苦的事。我想見她，是為了讓自己不帶任何愧疚的與政雄見面，為了自我滿足，而使政雄夫婦非常為難，我覺得很後悔。

「是我不好，擅自提出這樣的要求。」說著，我拉起政雄的手，讓他坐在沙發上休息，我站在他坐的沙發前面，低著頭表示歉意，他伸出雙手圍抱著我的腰，那瞬間，原本站著的我順勢跪坐在他的沙發前面。

「請不要勉強秋霞姐，是我不好，一直要求想見她。」

我握住他的手，向他道歉。

「依江……」

我跪坐在沙發前，政雄伸手，把我的頭輕壓在他的膝蓋上。

「依江，我想告訴妳一些心裡話，十幾年前，美櫻患脊髓灰質炎留下了後遺症，秋霞非常自責，說是要出家當尼姑，我多次跟她說：『這不是妳的錯。雖說有後遺症，但不影響生活的。如果妳出家了，美櫻就不能和自己母親一起生活了。』最終她總算妥協了，放棄出家，以吃素來祈禱美櫻的幸福。」

我從政雄的膝蓋上抬起頭，注視著他：

「秋霞姐為什麼這麼自責呢？」

「她帶著美櫻和朋友去旅行的時候，美櫻在途中發高燒，因為當時沒有採取適當的措施，所以才導致女兒留下了後遺症，她心裡有罪惡感……」

「是這樣啊……」

「秋霞是我父親的遠親，少女時期來我家幫忙，就一直住在我家，因為我是這家主人的兒子，所以和我結婚，她有著身分上的自卑，可能也覺得我不是真心愛她。因為我是在知道妳和典夫已經結婚的消息後，才決定和她結婚的……」

接著，他繼續告訴我：

「秋霞好像也很在意生的是個女孩，過去台灣重男輕女的風氣很盛。」片刻沉默後，政雄說：「美櫻的事發生後，她就變了……拒絕夫妻關係，甚至說過要我去找新的戀人。不過，她為了美櫻不想離婚。」

我想，政雄也應該一樣不想離婚才對。

「美櫻去了日本之後，雖然秋霞沒有出家，但是一直住在寺廟裡唸經，她希望能靠宗教的力量，讓自己從罪孽中解脫。」

政雄看著我說：「為了成全她修身贖罪的心願，我把行醫當成唯一的精神寄託。」

聽著他的話，我的心情慢慢沉重起來，在這四天裡，他看起來快活而樂觀，但內心卻承受著這許多的痛苦。

既然他已經對我坦白說出心裡話，我也毫不隱瞞地告訴他我的真心話：

「我來台灣之前，內心一直期待著能和你恢復以前的關係。隔了三十年再見到你，和你在一起的時間非常開心，被你擁抱時那種幸福感無法言喻，我如果說出來你可能會看不起我，說實話，那一瞬間，我奢望著能和你有超越友誼關係呢。」

說出這句話後，我羞澀得雙手掩著臉流淚了。

「不，我怎麼會看不起妳呢。我對妳的感情和以前一樣，知道妳對我仍有這份深情，我很高興。」

「……但是一和你見面，就禁不住想到典夫和秋霞，感到有種罪惡感，心裡很矛盾不知如何是好，今天我了解你和你家人的痛苦，我知道自己應該怎麼做了。我不奢望和你重新成為戀人，我希望我們能成為好朋友，包括我們互相的家人。」

我望著他說：「我會把年輕時對你的愛發揚光大，獻給你的整個家庭。」

政雄情不自禁的把我緊緊抱住，我倆沉默無言，臉頰緊緊貼在一起，我們不出聲地流著淚，和他緊貼的臉頰間成了一條小淚溪，淚水滴落在我的脖子及襯衫。

兩人盡情地流著淚，但彼此都明白對方的想法和立場，所以都沒有哭出聲來。

經過一段時間，我們心情都平靜下來了，併肩坐在沙發上，政雄說：「妳昨天說過想當美櫻的阿姨。」

「美櫻要是能和妳一起生活，我就能放心了。」

「我想如果可以的話，太好了。」他又接著說。

「什麼意思？」

「妳會作為人生的前輩支持美櫻，美櫻今後也可能會成為妳的一份力量。」

這句話出乎我的意料，我覺得心裡出現了一道曙光。

我們繼續聊天，彼此共同分享著人世間的寂寞和無常，長時間我們保持著親密的沉默。

「你很忙，我們明天就在台南道別吧。」

「為什麼？我送妳去台北松山機場。」

「不，因為在機場分別會很傷心。」

「我想起來了，在日本最後一次見面時妳也是這麼說的，記得我們就在葉山的海岸分別的。」

政雄看著我微笑著：

「去松山機場的話，妳可以乘坐計程車，我幫妳安排。」

將近三十年對政雄的思念，以及得知政雄還活著後的複雜心情，似乎都得到了平復，心情舒暢，希望政雄也是如此。那天晚上，他很晚才回去胡內科。

第二天早上，收拾好行李，帶著行李箱到了大廳，政雄已經在那裡等著了，他遞給我一個紙袋，說：「這是台灣名產烏魚子，我和美櫻都很喜歡，妳一定要嚐嚐。」

「啊，好貴重的東西……謝謝！我會拿到清一的店裡，和美櫻與清一他們一起品嚐。」

走出旅館的玄關，有一個人抱著有一米高的紙工藝品走過來，我好奇地看著。

「啊！今天是七夕。」政雄說。

我說現在是八月啊，政雄說台灣的七夕是舊曆的七月七日。

「台灣的七夕是七娘媽的生日，七娘媽是掌管孩子成長和守護孩子的女神。」

紙工藝品用五顏六色的紙精巧地裝飾著，看起來像是塔一樣的宗教建築模型。

「是根據祭祀七娘媽的神社做的，稱為七娘媽亭。在台南十六歲的孩子每年農曆七夕那天舉行成人儀式，孩子和家人拿著七娘媽亭去廟裡，把它放在桌子上，讓孩子從桌子下面鑽過去，然後把七娘媽亭燒掉，獻給天上的七娘媽。」

「這是父母慶祝及祈禱孩子健康成長的重要儀式。」

我用崇拜的眼光目送抱著七娘媽亭的人遠去。

「美櫻在十六歲那年也舉行了這個儀式。」

聽了這話，我想到了一個好主意。

「日本滿二十歲時，在一月份會舉行成人式，美櫻明年二十歲，到時我為她準備和服。」

「真的嗎？哇，她一定會很高興的。」

「我覺得和服一定很適合她，所以當父親的你，明年一月十五日一定要來日本哦。」

「謝謝。我一定會去的，不只是成人儀式時，我打算以後經常去日本看美櫻。醫院有林醫師在，所以很放心。」

這時，一輛車停在旅館前，是政雄安排到松山機場的計程車。突然，我發現路旁的樹上開滿了鮮紅的花。

看到我抬頭看花，政雄說道：「這叫鳳凰花。台灣學校的畢業典禮是六月，所以這種花在六、七月盛開，給人一種畢業季節的感覺，就像日本的櫻花一樣。」

上了計程車，我回頭對他說道：「日本見！」

我盡可能地露出開朗的笑容，但淚水卻漸漸模糊了雙眼，不知道是因為分別太難過，還是因為能見到他太高興。政雄一如既往地用溫柔的眼神朝我揮手，他看起來沒有悲傷的表情，這讓我有些許的不滿，但馬上覺得自己不可以有這樣的想法。

道路通暢，計程車比預計的時間提早到達松山機場，辦理完登機和出境手續後，我在免稅店裡想購買台灣名產，因為是第一次來海外旅行，所以想給養母和吉彥一家買些新奇的禮物帶回去。離登機還有一段時間，我首先找到了清一拜託我買的鳳梨酥，說是很適合喝茶時的甜點，然後想去買點台灣茶，但是產地有很多，不知道選哪種，我精挑細選，終於買完東西。看了看手錶，糟了！早就過了開始登機的時間，好像有聽到廣播，但因為是英語和中文廣播，所以就沒注意到。

我抱著台灣名產慌忙跑去登機口，工作人員正焦急地等著我，我趕快跑進機艙。

我剛坐下不久，飛機就起飛了，和來的時候一樣，幾乎滿座。機體逐漸上升，現在才想起來，旅行中一次也沒給養母打過電話，養母總是嘮叨著要我旅行時跟她保持聯繫，我如果能從台灣給她打個電話，她一定會很高興，但事情太多了，我把這件事給忘了。我打算回到羽田機場就馬上給養母打電話。此時也想到本來想和政雄一起看，卻沒找到機會看的信，我打開皮包取出那封泛黃的信。

信封正面寫著「如果我有什麼不測，請打開它」。鋼筆字跡已經褪色，三十年來這封信我一直保留著。政雄沒有死，他現在在台南當醫生，為當地人們奉獻力量，所以沒必要打開了，但我還是抵擋不住好奇心，打開了信封。

依江，這也是我最後一次這樣呼喚妳。

南方戰線起初進展順利，但今年塞班島淪陷以後，戰況變得非常緊張。之前被召集的那些朋友們所在的部隊轉移陣地好幾次了，現在都不知去處。我也不知道入伍後會被派到哪裡去，我覺得在面臨死亡的時候，就沒有時間給妳寫信了，所以決定現在就把信寫好。

我付出一輩子的生命也要讓妳幸福的，但是戰爭使個人必須為國家而犧牲。我們在這樣的時代相識，可能就是命運吧，我不想留下妳去戰死，但是我們卻是活在這個無奈的時代裡。

如果傳來戰死的消息，請不要等我，找個好伴侶，好好過幸福的人生。即使我的白木箱骨灰盒被送回來，我也不在裡面，已經不存在於現實世界了，請鼓起勇氣忘掉過去，去尋找新生活，衷心祝願妳身體健康！

政雄

看完信的時候，感覺時間彷彿回到了三十年前，不知道自己身處何地，也忘了自己是幾歲。

我告訴自己，現在是一九七四年，昭和四十九年，戰爭結束後已經過了二十九年了，政雄還活著，今天早上不是還在一起嗎？

但是，被時代和命運翻弄的這將近三十年無法重新再來，這麼一想，感觸良深，淚水無法制止。

為了不讓鄰座的乘客發現自己在哭泣，我面向機窗外，用手帕掩住了嘴哽咽著。

飛機漸漸平穩地飛行，請繫好安全帶的標幟消失了。

我去化妝間，想平復一下心情，也整整儀容。在返回座位的途中，我發現遠處的座位上坐著一位似曾相識的中年男子，我想仔細看看是誰，結果對方也注意到我，他看著我，摘下頭上的貝雷帽和眼鏡。

啊，不會吧……

「政雄？」

我半信半疑地低聲呼喚著，輕輕走近他身邊，他露出溫和的笑容。

「嚇到妳了？我本來就打算和妳坐相同的航班去日本的，想給妳個驚喜，所以一直沒告訴妳。」

他開心地說著。

我回到自己的座位，坐了下來，感到一股春天的氣息吹進我的心坎裡。至今為止，我的人生就像一段漫長的冬天，期待的春天終於到來了……。

飛機飛上雲霄，窗外是一片藍天。

腦海中浮現出美櫻聚精會神彈著鋼琴的姿態，曲子是她喜歡的莫札特鋼琴奏鳴曲第十一號，第一樂章是典雅的變奏曲，第二樂章是小步舞曲，接著是廣為人知的第三樂章「土耳其進行曲」，宛如水滴在蓮葉上滾動的輕快旋律。

現在是沒有戰爭的新時代，即使沒有血緣關係，或許也能把某些東西承傳給下一代。守護美櫻的成長，讓我能再體驗一次青春，她和我當時在戰爭中與政雄分別時的年齡差不多。

我第一次去台灣，被親切的人情味及豐富的物產深深的吸引，我感覺住在那裡一定會習慣的，真想有機會能住在台灣。

在我內心，我是一個日本人，同時也是一個台灣人。

五天的旅行結束後，我預感到自己的人生裡，新的一幕很快會被拉開的。

二〇一九年　春天

沐浴著柔和陽光的公寓客廳裡，兒子建議說：「媽媽，五月連休的時候，大家一起去中華街吃飯好嗎？」

因為是連休，在中華街的中華學院上學的孫子們也可以來。

「日本平成的年號從五月開始就改為令和了，我們一家人來聚一聚。」女兒開心地說。

橫濱麥田町的老宅改建為公寓是在平成中期，已經是十五年前的事了，這是我把她視為母親的青山依江阿姨生前最後一個重大的決定。我最愛的依江阿姨，在公寓竣工的第二年就去世了，她一直到退休，都是小學教師，退休後還一直義務地參與孩子們的教育工作。

「我們聚餐後，大家也一起去給依江阿姨和她的養母掃墓吧。」我對孩子們說。

「非常贊成。我們有兩部車，大家都坐得進去。」女兒也十分贊同。

沼田千代是依江阿姨的養母，依江阿姨去世後，她又多活了五年左右，在一百零三歲時往生了，從去世前幾年開始，她就得了老人痴呆症，一直管我叫「依江！」「依江！」「不是的，我是美櫻。」不知糾正了多少次……，直到最後還都在說著許多怨天尤人的話，現在想來也很懷念。

「對了。聽說這次羅拉要來日本演出，我去買票吧。」女兒告訴我。

「太好了，謝謝妳。羅拉還是那麼活躍。」

「她是實力派的資深爵士鋼琴家，羅拉是依江阿嬤好友的女兒吧？」

「是啊，羅拉才十幾歲的時候參加國際鋼琴比賽，我和依江阿姨還一起到美國去助陣呢。我當時在音樂大學唸書，那個時候也見到了羅拉的媽媽梨花阿姨，大家非常高興，她是個精力充沛的美女啊。依江阿姨和梨花阿姨從在女子學校就是好朋友，非常談得來。」

「哦！」

「依江阿姨還曾經一個人去美國拜訪過梨花阿姨呢。」

從那時起已經過去四十多年了……。

我從台灣的高中畢業後，來日本的專科學校學日語，在依江阿姨的支持下，我考上了日本的音樂大學，遺憾的是我沒有羅拉那樣的才能，我擔任橫濱私立高中的音樂老師，工作也很愉快。如果是在公立高中已經到退休年齡了，幸好是私立高中，還可以繼續工作一段時間，對音樂的熱愛和對教育的熱情，這些也許是我受依江阿姨的影響。

我和依江阿姨雖然都是台灣人，但都在日本生活了很長時間。年輕時，我曾為自己的身世而苦惱，她鼓勵我說：「我們既是台灣人，又是日本人，這不是很美好的一件事嗎？」她還經常說：「我不會說台灣話，但是美櫻妳的台灣話、中國話、日本話都說得很好，太棒了！我好羨慕妳！」受到這些話的鼓勵，我透過台灣的親戚和朋友，在工作之餘，長期從事著音樂方面的日台交流活動。

溫柔的丈夫幾年前去世了，兒子和女兒也都已經結婚，有自己的家庭了，現在只有我一個人住在這棟公寓裡。

兒子望著窗外說：「小時候經常來玩的麥田町也變了不少呢。」

「是啊！我剛來這個家的時候，四周還有很多樹林和田地，院子裡的竹林沙沙作響，從春天到夏天青蛙會呱呱叫個不停……依江阿姨說她最喜歡這種聲音了。」

「因為她覺得消失的人好像還活在那裡……，大概是想起了她的丈夫典夫和秀子姑姑吧。或許，還會想起我的父親胡政雄。」

父親偶爾會來日本看我，成人式的時候，看到我穿著依江阿姨為我訂做的和服，非常高興地誇我好漂亮。母親的病也逐漸好轉，夫妻倆安穩相處的時間也越來越多了，就在這個時候，兩人一起去參加佛教寺院的活動，但回程途中卻因飛機失事而去世，那是我從音樂大學畢業幾年後的事。

波隆、波隆……。

鋼琴聲讓我回過神來，兒子觸摸著鋼琴的琴鍵。

「這架鋼琴，從很久以前就一直放在家裡了。」

「是梨花阿姨回去美國之前，送給依江阿姨的，聽說是橫濱的華僑製造的，有年代了很珍貴，每年都會請人來調一次音，所以音色很準。」

「哎……媽媽，彈首曲子吧。」女兒喜歡聽我彈琴。

手指放在琴鍵上，感覺心情舒暢，這是依江阿姨彈過無數次的琴鍵，我只彈了一首從小就喜歡的莫札特的鋼琴奏鳴曲第十一號的第一樂章。

兒子說道：「公司的同事不久前去台灣旅行，他說台灣人很親切，東西也很好吃，還想再去。近期我們也打算去，媽媽您也一起去吧，您好久沒回台灣了吧。對了，我們也去美國旅行吧。有機會也去趟海南島，海南島被稱為中國的夏威夷，好像是個非常漂亮的島嶼。」

雖然戰爭在地球上並沒有完全消失，但在日本的我們是生活在一個可以去世界各地旅行的和平社會，我們必須將這和平社會延續給子孫，甚至下一代。忽然，我的腦海裡浮現出音樂將世界各國的孩子、大人、老人包圍起來的畫面。

兒子打開窗戶。

窗外的櫻花正盛開著，放眼望去，一片粉紅的花海，和煦的春風輕輕地吹進來，我彷彿聞到花朵淡淡的香氣。鋼琴上擺放著青山家依江阿姨、典夫姨丈，沼田家依江阿姨的養父、養母及秀子姑姑的照片，還有我父母的照片。春風輕輕撫摸著他們。

依江阿姨一生歷盡滄桑，但我深信，在另一個世界的她是幸福的！

（終）

参考文獻

加藤周一著『羊の歌』（全2冊）岩波書店　２０１０年（初版１９６８年）
加藤周一編『私の昭和史』岩波書店　１９９０年（初版１９８８年）
廣澤榮著『私の昭和映画史』岩波書店　１９８９年
文藝春秋編『日本の映画ベスト１５０』文藝春秋　１９８９年
村永薫編『知覧特別攻撃隊』（有）ジャプラン　２００５年（初版１９８９年）
菅原幸助著『日本の華僑』朝日新聞社　１９９１年
（財）中華会館・横浜開港資料館編『横浜華僑の記憶』（財）中華会館　２０１０年
横浜開港資料館編『横浜中華街１５０年』横浜開港資料館　２００９年
横浜開港資料館編『横浜中華街　開港から震災まで』横浜開港資料館　１９９８年（初版１９９４年）
横浜開港資料館編『横浜開港資料館紀要第32号』横浜市ふるさと歴史財団　２０１５年
村上令一著『横浜中華街的華僑伝』新風舎　１９９７年

横浜市史編集室編『写真で見る横浜大空襲』横浜市　1995年
伊勢ぶら百年編集委員会編『伊勢ぶら百年』伊勢佐木町一・二丁目商和会ほか　1971年
王良　主編『横濱華僑誌』（財）中華会館　1995年
王良　主編『横濱華僑総会邁向六十年記念特刊』中華民国留日横浜華僑総会　2002年
葉石濤著『青春』桂冠図書　2001年
葉石濤著『台湾男子簡阿淘』草根出版　2002年（初版1994年）
楊蓮福著『圖説台湾歴史』博揚文化事業　2003年（初版2001年）
楊蓮福著『圖説台湾へ代誌』博揚文化事業　2001年
羅吉甫著『日本帝国在台湾』遠流出版　2004年
藍博洲著『幌馬車之歌』時報文化出版　2004年
林木順編『台湾二月革命』前衛出版　1997年（初版1990年）
李筱峰著　蕭錦文訳『二二八事件の真相』日本李登輝友の会　2009年
陳柔縉著　天野健太郎訳『日本統治時代の台湾』PHP研究所　2014年
載國煇著『台湾　～人間・歴史・心性～』岩波書店　1988年

伊藤潔著『台湾　～四百年の歴史と展望～』中央公論新社　１９９３年
有隣堂１００年史編集委員会編『有隣堂１００年史　１９０９～２００９』有隣堂　２００９年
横浜市立矢向小学校『やこう』（創立５０周年記念誌）１９９３年
横浜市立矢向小学校『わたしたちの町　やこう』（創立５０周年記念資料集）１９９３年
施燦雄著『難忘的回憶』２００５年
郭明亮、葉俊麟著『一九三〇年代的臺灣』博揚文化事業出版　２００４年
曾慶國著『二二八現場』台灣書房出版　２００８年
横浜市教育委員会『横浜市学校沿革誌』１９５７年
中区制五〇周年記念事業実行委員会『横浜・中区史』１９８５年
横浜市立矢向中学校『矢向中学校二十周年記念「矢向のはなし」』１９８５年
横浜市立桜丘高等学校『横浜市立桜丘高等学校創立五十周年記念誌』１９７７年
横浜国立大学教育人間科学部『横浜国立大学教育学部の歩み』２００２年
横浜市の学童疎開五十周年を記念する会　編集協力『横浜市の学童疎開～それは子どもたちのたたかいであった～』横浜市教育委員会「横浜市の学童疎開」刊行委員会

1996年

山本健次郎著『よこれき双書　第五巻　横浜市の学童集団疎開』山本健次郎・横浜歴史研究普及会　1985年

横浜の空襲を記録する会（編集責任者　手塚尚）『伝えたい　街が燃えた日々を―戦時下横浜市域の生活と空襲―』2012年

4・15鶴見の空襲を伝え平和を願う実行委員会『1945年4月15日　炎の中を―鶴見空襲体験の記録―』1996年

横浜市・横浜の空襲を記録する会　編『横浜の空襲と戦災I―体験記編―』横浜市1976年

水島朝穂・大前治著『検証防空法―空襲下で禁じられた避難』法律文化社　2014年

鴨下信一著『誰も「戦後」を覚えていない』文春新書　2005年

山田風太郎著『戦中派不戦日記』講談社文庫　1985年

劉嘉雨著『僕たちが零戦をつくった　台湾少年工の手記』潮書房光人新社2018年

新人間 360

春之夢：台灣日治時代青春、愛恨與戰爭的記憶傷痕

作　者─許旭蓮
插　畫─尤怡涵
主　編─謝翠鈺
企　劃─陳玟利、鄭家謙
封面設計─江孟達
美術編輯─趙小芳

董 事 長─趙政岷
出 版 者─時報文化出版企業股份有限公司
108019 台北市和平西路三段二四〇號七樓
發行專線─（〇二）二三〇六六八四二
讀者服務專線─〇八〇〇二三一七〇五
（〇二）二三〇四七一〇三
讀者服務傳真─（〇二）二三〇四六八五八
郵撥─一九三四四七二四時報文化出版公司
信箱─一〇八九九　台北華江橋郵局第九九信箱

時報悅讀網─http://www.readingtimes.com.tw
法律顧問─理律法律事務所　陳長文律師、李念祖律師
印　刷─勁達印刷有限公司
初版一刷─二〇二二年六月十七日
定　價─新台幣四〇〇元
（缺頁或破損的書，請寄回更換）

時報文化出版公司成立於一九七五年，
並於一九九九年股票上櫃公開發行，於二〇〇八年脫離中時集團非屬旺中，
以「尊重智慧與創意的文化事業」為信念。

春之夢：台灣日治時代青春、愛恨與戰爭的記憶傷痕 /
許旭蓮作 . -- 一版 . -- 臺北市：時報文化出版企業股份
有限公司 , 2022.06
面；　公分 . -- (新人間 ; 360)

ISBN 978-626-335-529-3(平裝)

863.57　　　　111007970

ISBN 978-626-335-529-3
Printed in Taiwan